人でなし神官長と棺の中の悪役令嬢

日向そら
Sora Hinata Presents

fairy kiss

この作品はフィクションです。
実際の人物・団体・事件などに一切関係ありません。

人でなし神官長と棺の中の悪役令嬢

一

「いつ目覚めるか分からないなんて……！　どうして貴女《あなた》だけがこんな目に……！」

「嘘《うそ》でしょう……ねぇ、目を開けてエライザ。いくらでも謝るから……！」

「小さい頃から見てたのに、どうして俺はお前を信じきれなかったんだ……」

　クラベルテ国の王都の南に建立された神殿。

　普段は静謐《せいひつ》で満たされている小さな祈りの間には、若い男女が集まっていた。祭壇の前に置かれた硝子《ガラス》の棺《ひつぎ》に取り縋《すが》り、泣き出し謝罪し、あるいは呆然《ぼうぜん》と見下ろしている。

　棺の中には、白いドレスを身に着けた少女が納められていた。密に生えた長い睫毛《まつげ》は伏せられ、白い肌に映える炭のような漆黒の髪は艶やかに胸に流れている。腹の上で組んだ手に百合《ゆり》を抱く姿は美しくも悲愴感《ひそうかん》が漂う。

　だが、しかし。

　棺の中で横たわっている少女……もとい悪役令嬢・エライザは棺のすぐ側《そば》で、オロオロ歩き回っていた。慟哭《どうこく》する彼らには見えない薄《うっす》らと透けた……いわゆる幽霊状態で。

（あの気の強いマリアンヌが人前で泣くなんて！　ああ、慰めてるメアリーも目の下が荒れてる

（キースなんて私の護衛から外れて一年以上経《た》ってるんだから、全然！　全く！　気にしなくてもいいの！　っていうか、みんな泣かないでぇえ！）

エライザはあわあわと口を開いては閉じることを繰り返し、振り乱した髪と同じ黒檀《こくたん》の瞳を潤ませた。自分の身体《からだ》を取り囲み、嘆き悲しむ友人達《たち》への罪悪感から胃まで痛くなってくる。

一方、部屋の後ろでは、女神もかくやという美貌を目深に被《かぶ》ったフードで隠した神官長アレクシスが、そんな彼らを静かに観察――いや、落ち着きなくうろちょろするエライザを冷ややかに睨《にら》んでいた。

（ひっ……！）

思わずビクッと身体を竦《すく》ませたエライザだったが、気づかなかったふりをして反対側を向くと、彼の側近である少年従者ノエルは壁際で気まずそうに俯《うつむ》いていた。出逢《であ》って三分にして、エライザが『神殿の良心』と呼んだだけのことはある。いや、むしろそれが人間として正しい反応だろう。

まるでブラックコメディ――お芝居のような一幕。

エライザはぐっと拳を握り込み、アレクシスをこっそり睨んでから、心の中で叫んだ。

（みんなごめん！　それもこれも全部、この人でなしドS神官長のせいなんだから――！）

*

二カ月前。王城の中央広場。

「――え？」

暗い廊下から明るい太陽の下に引きずり出された瞬間、エライザはその眩《まぶ》しさだけでなく、頭の中に一気に雪崩《なだ》れ込んできたごくごく平凡な日本人の人生――前世の記憶に思わず声を上げた。

屋外の広場。周囲に建てられた木の柵の向こうは、たくさんの人々が押し寄せ、異様な熱気を持ってこちらに注目していた。

（なにこれ……夢？）

怒声と共に投げられた石が、裸足《はだし》のつま先に当たり、痛みに我に返る。

そんな中でもより一層きつい視線を感じ、呆然としたまま首を回せば、バルコニーに作られた特等席に、エライザの元婚約者であるこの国の王太子レオナルドがいた。脇には宰相の息子、次期騎士団長と言われている大柄な騎士も立っており、見目麗しい彼らに守られるように、すぐ側にはピンクゴールドの髪を持つ美少女が座っていた。その光景は、取り戻した前世の記憶の中で、プレイしていた乙女ゲーム『運命はあなたに贈る最愛の証《あかし》―エンデーク王立学園物語―』のオープニング画面そのものだ。どうやら自分は転生してしまったらしい。しかも。

（このシチュエーションは……は……？　嘘でしょ……）

最悪すぎる。後ろ手に縛られていなければ、きっと両手で頬を叩《たた》いていただろう。

記憶が正しければ、このシーンはゲームに出てくる王城の広場。状況から自分は中ボス的な立ち位置の悪役令嬢エライザで間違いない。しかも察するに、今から処刑される五分前！

（嘘でしょ⁉　悪役令嬢に転生するにしたって、前世を思い出すのが処刑直前ってどんな鬼畜仕様なのよ！　普通、子供の頃に記憶を取り戻して、処刑を回避するのがセオリーでしょうが！）

一体なんなんだ。もしや自分は前世で村でも焼いたのだろうか。いやそれはない。前の自分は……そう、某コスメブランドの美容部員で、締め日の打ち上げに同僚と飲みに行くような平凡な人間だった。その帰り道……薄暗い住宅街の中、見覚えのない男と銀のナイフ……おそらくあの頃、世間を騒がせていた通り魔に襲われたのだろう。トラ転ほどベタではないけれど、上位に食い込む転生理由だ。どうせなら転生特典やら特殊能力を授けてくれる、女神様中継《仲介人》ぎコースに入りたかった……！

「足を止めるな」

必死で過去を手繰り寄せていたエライザの背中を、後ろに立っていた兵士が突き飛ばす。

よろけつつも前に進めば、太陽の光に照らされ反射した処刑台の刃《やいば》が、目に飛び込んできた。

幾人もの血を吸ったのだろう刃の黒さと鋭さが異様な冷気を放って肌を刺す。前世で最後に見た暴漢の鋭いナイフと重なり、恐怖でぞわりと肌が粟立《あわだ》った。唇が戦慄《わなな》く。

……悪役令嬢エライザの処刑は、心優しいヒロイン・ミリアと、ヒーローとの価値観の違いによって起きる初めての喧嘩《けんか》をする為の必須イベントだ。

ちなみにエライザが死刑を宣告された理由の半分は、彼女の両親が人身売買という非道極まる悪事に手を染めていたせいである。隣国に逃亡する道中で呆気《あっけ》なく事故死した彼らの罰も加算されたらしく、即座に死刑が確定し、執行される今日まで三日。今思えばまともな裁判ではない。

「エライザ・ランバートよ。ミリア・ロベール嬢への暗殺未遂、並びに人身売買幇助《ほうじょ》の罪で死刑を執行する！」

もう何もできない。倒れそうになったエライザの腕を乱暴に摑《つか》んだのは、マスクを被った死刑執行人だった。

恐怖に思考が停止しかけたところで「エライザ！」と聞き慣れた声が群衆の方から聞こえてきた。

押し寄せる人々に交じって柵を摑んでいるのは、長身の青年とその場には似つかわしくないドレス姿の令嬢二人。乳母の息子で幼馴染《おさななじみ》、そして学園に入るまでエライザの護衛をし、その後は騎士団に入ったキースと、ヒロイン・ミリアを苛《いじ》めようとするエライザを諫《いさ》め、時には庇《かば》ってくれた友人マリアンヌとメアリーだった。

……今思えば政略結婚だと割り切っていた婚約相手だったのに、どうしてあそこまで嫉妬して取り巻きを使ってイジメや嫌がらせをしたのか、自分でも理解できない。レオナルドとは幼い頃から定期的に会っていたが、その度に「地味で退屈だ」とイヤミを言われたり、我儘《わがまま》や癇癪《かんしゃく》に付き合わされたりと苦手にしていた。しかもそこまで言われても何も返せないほど、悪役令嬢になる前のエライザは大人しい令嬢だったのである。

だというのにミリアが学園に来てゲームが始まった途端、エライザはつれないレオナルドを振り向かせる為に、彼が好きな派手で露出の激しいドレスを着て、それに似合う化粧を施し、踵《かかと》の高いヒールを履いて、傍若無人に振る舞った。そう、あのエライザは今の自分は勿論《もちろん》、元のエライザでもなかったように思える。しかしそんな考察をしたところで全てが遅い。

（……今更、自分の過去なんて振り返っても仕方ない。問題はキース達、特にマリアンヌよ！）

改めてマリアンヌを見れば顔は歪《ゆが》んで青白く、頬は涙で濡《ぬ》れていた。メアリーも同じようなもので、そんな彼女達を群衆から身体を張って守るキースもまた、必死の形相で叫んでいた。

押し殺していた感情が一気に膨らみ、ぐっと喉が詰まる。三人は……この三人だけは最後まで見捨てずにいてくれて、こんな場所まで来てくれた。いや来させてしまった。

すっかり力の抜けた両足を叱咤《しった》して、何とかその場に踏ん張る。

(どうせ私は死ぬんだから！)

だったらせめて最後まで見捨てずにいてくれた友人に報いたい。エライザを庇い続けたせいで、彼らには随分肩身の狭い思いをさせてしまった。

「――マリアンヌ！　春の祭典からすぐ、貴女の領地……セディーム領にまた魔物が現れるわ！　前回以上にたくさんの被害が出るから、今の内に森の中に隠れている魔物を探して！」

十分な水も与えられていなかったせいか、乾いた唇が切れ、酷《ひど》く喉が痛んだ。

しん、と広場が静まり返る。エライザの叫びにみんなが呆気に取られる中、最初に沈黙を破ったのはレオナルドだった。

「なんだと!?　セディーム領の魔物は私自らが討伐した！　生き残りがいるなどありえん！」

そう、数カ月前、たまたまレオナルドが狩りの為に訪れていた、セディーム辺境伯の領地にある森に魔物が出没し、彼が討伐したのはごく最近のこと。けれどそれでも確かに起こるのだ。

怒声なんて、死の恐怖に比べたら何でもない。エライザはレオナルドを無視し、マリアンヌに向かって必死に記憶を呼び起こしながら言葉を続けた。

「あと、領地の西にある廃坑の鉱山からダイヤモンドが出るの！　……本来ならそれを被害者救済に当てるんだけど、きっと人格者である辺境伯……貴女のお父様なら国境と魔物の森を守る為に使うって信じてる！」

　名指しされたマリアンヌはもう訳が分からないという表情で、大きな目を見開いたままだ。

「それと、あとは……そう！　今年の秋に豪雨がきて、各地の川が氾濫《はんらん》するの。流されないように逃げるか備えるかよく考えて判断して！」

　これは個人ではなくみんなに伝える情報。そう思って周囲を見渡せば、中庭の熱気は戸惑いへと変わっていた。それぞれ顔を見合わせて声を潜めていたが、すぐにレオナルドが「黙れ！」と叫んだことで、再び騒ぎ出した。

「死の恐怖に気でも狂ったのか？」

「死ぬ間際まで俺達を混乱させようなんて、噂《うわさ》以上の悪女だ！」

　そんな民衆を代表するように、レオナルドがバルコニーから飛び出してきた。後ろから静止する声が上がるが、無視して駆け込んでくる。

「エライザ！　お前という奴《やつ》は最後の最後まで民衆の不安を煽《あお》るのか……！　長年の婚約者だというのに気づけなかった自分の愚かさが情けない。その腐った心根、私自ら叩き斬ってやる！」

「レオナルド王太子殿下！　悪女をどうか成敗してください！」

「この魔女め！」

　民衆の声に後押しされるように駆けてきたレオナルドに、強く肩を掴まれる。振り払ってやろうかと思ったその瞬間、レオナルドの背中越しに、大きく振りかぶった太い腕が見えた。その手には大きな石が握られている。

(あ、あれ……！)

エライザは確認するよりも早くレオナルドに引っ張られた勢いのまま、全体重をかけた。後ろ手に縛られているせいで、そうするしかなかったのだ。

そんなエライザを支えきれず、その場に尻餅をついたレオナルドが驚きに目を見開く。エライザのこめかみにドンッという鈍い音と、ぐわんと目が回るような痛みが走り、視界がちかちかと白く点滅した。とろりと流れた生ぬるい血が地面を濡らしていくのが分かる。

「な、なんだ……お、おい……」

レナナルドは訳が分からないとでもいうように地面に広がる血と、エライザを交互に見やる。しかしすぐにレオナルドを追いかけて広場に下り立った騎士達が叫んだ。

「石を投げた者を捕まえろ！」

「ひぃいいい！　すみません！　まさか王太子殿下に当たるなんて……！」

「石……？　まさかお前、俺を庇った、のか？」

エライザから離れながらも、レオナルドがぽつりと呟《つぶや》いた。

(殺されそうなのに、好きで庇うかっての！)

おそらく口が利けたら真正直にそう応えていただろう。

だけど、これで庇った意味を聞きたくなった筈《はず》だ。このまま気絶したら死刑は仕切り直し、その日まで生かす為に最低限の治療はしてもらえるだろうし、その間にさっき叫んだことが起きれば、話の流れは変わり、エライザも死刑を免れるかもしれない。

エライザが何故《なぜ》知っているのか問い詰めなきゃいけないだろうし、未来を知っていることで利用価値を見出《みいだ》されるなら幸いだ。

（あ……でも、もしかしたらミリアの聖女覚醒のチャンス、潰しちゃったかも）

本来のゲームの流れなら、ここでミリアが聖女の特殊能力である治癒力を顕現させ、投石で傷を負った王太子を癒し、結果、神殿から後見され、その地位を盤石なものにしていくのだが……。

（……駄目だ。考えが、纏《まと》まらない……）

しょせんエライザは脇役。簡単に原作改変はできないらしい。レオナルド以上に打ち所が悪かったようで、痛みを通り越して頭が熱い。しかもうつぶせに倒れたせいで、地面に流れる自分の血に溺れそうだった。

（あー……死ぬわ。コレ）

妙に冷静だったのは、すぐ側で鈍色《にびいろ》に光るギロチンにかけられるより、はるかにマシな死に方に思えたからかもしれない。おそらく前世では通り魔にナイフらしきもので刺されたせいで、トラウマになってしまったのだろう。銀の刃に今度は首ごと斬られるなんて、想像しただけで恐ろしい。

耐えがたい寒気に身体が小刻みに震え、先程までうるさかった心臓の音も小さくなっていく。ヒロインのミリアが驚いた顔でこちらを見ている気がするけれど、幕が下りるように視界が狭まって、世界が急に静かになる。

しかし、その今際《いまわ》の際で、身体が何か優しく温かいものに包み込まれた気がした。深い森と清涼な朝の空気が入り混じったような香りが、痛みも鉄の匂いも和らげてくれる。エライザの身体からは自然と力が抜け、そのまま意識を失ったのだった。

＊

「――イザ嬢、エライザ嬢、起きてください」

どこかで聞いた、いつまでも余韻が残るような低く玲瓏《れいろう》な声。呼びかけられた名前が自分のものだと気づいた途端、意識が浮上した。鼻腔《びこう》をくすぐったのは、濃く深い森の香り。

重い瞼《まぶた》を押し上げようとしたものの、それより早く視界が開ける。不思議な感覚だったけれど、それよりも指先ひとつ動かせないことにエライザはぎょっとした。さぁっと血の気が引く。

(この状態は……なに？　目の前に何か透明な壁が……硝子？　え、私、閉じ込められてる⁉)

視界は妙にはっきりしているというのに、それ以外は感覚すらないという異常事態だ。

透けた硝子の向こうの高い真っ白な天井に、勿論見覚えはない。どくどくと心臓の音が大きくなったその時、サラリとした焦げ茶色の長い髪が大きく揺れて、視界に入ってきた。

(う、わ……綺麗《きれい》な人……)

ついで見えたのは白皙《はくせき》の美しい顔立ち。肩幅から男性だと分かったが、中性的で不思議な雰囲気があった。焦げ茶色の髪に同じ色の瞳というごくありふれた色合いなのに、それすら特別なものに見えるほどの左右対称の完全な美貌。片眼鏡でその一部が隠れているのが勿体《もったい》ないくらいで、エライザの心臓は一度止まった。いや正しくは、あまりの美形っぷりに彼を神様だと思ってしまったのだ。しかし頭の隅に僅かに残っていた理性と前世の記憶が彼の正体を探り当て、心の中で叫んだ。

（神官長アレクシス！）

そう、彼もゲームの登場人物の一人。攻略対象でこそなかったものの、ヒロイン・ミリアが『聖女』に認定されるスチル一度きりの登場だったにもかかわらず、追加攻略キャラに違いない、と確信されていた人物だった。ヒロインを優しく導く涼やかなイケ声。顔は勿論のこと、長髪の横髪の一部を編み込んだ髪型やチェーン付きの片眼鏡という、オタク心をくすぐるビジュアルをしていて、人気が出ない筈がない。しかし公式は一年経っても攻略対象の追加を発表することはなく、焦《じ》れたファンによってSNSや二次サイトは彼のファンアートで溢《あふ》れかえった。——そんな大勢の乙女達の一人だったエライザも見惚《みと》れはしたものの、はっと正気に戻り、必死でこれまでの記憶を手繰り寄せる。

……自分は処刑直前に前世を思い出し、マリアンヌ達にこれから起こる出来事を伝え——レオナルドを庇い、意識を失った筈。血の量、寒気……と、打ち所が悪そうだと思ったけれど、目の前にゲームの登場人物がいる……ということは、即《すなわ》ち自分は死んでいない！

『あの！　ここはどこですか⁉　今、私、どうなって……！』

一生懸命叫んでいるのに、やっぱり口が動いている感覚がない。できるのはアレクシスを見上げることだけだ。

パニックになり、神官長！　神官長！　と、連呼すると、彫刻のようだったアレクシスの顔が僅かに歪み、硝子の棺の蓋を指先でトンと強く叩かれた。びくりと押し黙ったエライザが黙り込むと、ようやく薄く形のいい唇が開かれた。

「そう叫ばなくても聞こえています。私は耳がいいので、大きな声を出さないでください」

（んんん？）

その話し方や、分かりやすく嫌悪の交じった表情に違和感を覚える。

（え……あれ、こんな人だっけ？）

スチルの穏やかな微笑《ほほえ》みと丁寧な言葉遣いから、ファンの間では物腰穏やかな聖人君子。だけどちょっと天然で女の子には奥手……なんていうキャラで描かれることが多かった彼の人物像。エライザはすっかり騙《だま》された気分でショックを受けた。……実際のところ勝手な思い込みなので彼に罪はないのだが、公式の供給が少ない不幸な夢女あるあるである。

そしてアレクシスはそんな夢想を木っ端みじんに打ち砕くような冷ややか、かつ面倒そうな口調で説明を始めた。

「ここは神殿です。身動きが取れないのは、貴女は今、神殿の神具の一つである『再生の棺』に入っていて治療中だからです」

『「再生の棺」……？』

「どんな怪我《けが》すらも治せる奇跡の結晶、エルフだったという初代神官長が創った神具です」

……ちなみにこのゲームの舞台は、ゲームや小説なんかでよくある中世と近代が入り交じった、ご都合主義の緩いファンタジー世界である。ただお決まりの魔法を使える人間はごく一部で、身分関係なく突然変異で生まれてくる。魔法が使えると分かった者は、その時点で魔塔と呼ばれる場所に赴き、検査やテストを受け、その後、魔力が少なく危険性のない者は普通の生活に戻り、それ以外は暴走を防ぐべく神殿に身を寄せるのが殆《ほとん》どらしい。そして魔力が高いごく一部の人間はそのまま魔塔で魔術師を目指す——というような設定だ。

勿論、ファンタジーらしくゲームの終盤には、ドワーフやエルフ、後日談では人間化もできるドラゴンも出てくるし、人間とは比べ物にならないほど強い魔力を持っている。彼らは隠れ里からあまり出ることとなく、普通の人間ならば会うことができないせいで、存在を疑う者も現れそうなものだが、それを思い知らせるように、定期的にドラゴンは空を高く舞い、自然を操るエルフでなければ説明できない異常気象なども起きることから、彼らは畏怖の対象でもあった。

(そんな天上の存在が創った神具……って、ゲームに出てこなかったよね？)

ゲームの記憶を掘り起こして、エライザは考え込むが、そんな彼女に構うことなく、アレクシスは再び口を開いた。

「エライザ嬢は出血量が多すぎて一度心臓が止まったこともあり、回復にまだ少しかかるものの、ひと月後には意識が戻る見通しがつきました。——しかし、それよりも今すぐお聞きしたい話があり、古代魔法で貴女の意識だけを呼び起こしたのです」

エライザを見下ろす神官長の表情には警戒心がありありと浮かんでいる。あまりの雰囲気の悪さに逃げ出したくなるが、当然足が動くわけもない。

「しかし、よく私が神官長だと分かりましたね。それに未来を予言したことも……。理由をお聞かせいただけますか」

『……！　あ、それはえっと……』

　ぎくりとして、言葉に詰まる。

（しくじった……これはどう説明すれば）

　そう、この世界で過ごしたエライザの記憶によれば、アレクシスの素顔はごくごく一部の人間にしか知られていない。王家と神殿の複雑な権力関係もあって、王太子の婚約者だったエライザは勿論、公式行事でも彼らに近づいたことはなかった。そんな自分が彼の顔を一目見て、名前を呼んだのだから不審に思うのは当然だ。

（うわ。どう説明すれば……処刑間近で前世の記憶が蘇《よみがえ》ったとか、ここがゲームの世界だとか……いや、さすがに頭がおかしいって思われるよね……）

　アレクシスがただそれを聞きたいだけに助けたのだとしても、喋《しゃべ》ってしまえば早々に殺されてしまう……なんてことは、さすがに職業柄ないだろう。エライザは必死に考えを巡らせ言葉を発した。

『予言……予言っていうか……えっと……あの！　夢を見たんです！　神官長の顔もその時に出てきて……！　もしかしたら神様が私を可哀想《かわいそう》に思って、見せてくれたのかもしれませんねっ……あははっ……』

「……」

　沈黙が重い。そろりと見上げてみれば、アレクシスの目は一層薄く鋭くなっていた。

「急に饒舌《じょうぜつ》になりましたね。オウム返しにして、笑いだす……人間が嘘をつく時の典型的な行動です。生殺与奪権を握られているというのにいい度胸と褒めるべきでしょうか。いえ、いっそ、このまま永遠に眠りますか？」

口元だけで微笑み、紡がれた言葉はとても辛辣だった。今回はゲームそのものの穏やかな声音にもかかわらず慈悲の欠片《かけら》もないことに、僅かな希望とファン心と共に残っていた純粋で優しいアレクシス像が、粉々に砕け散った。

（……いや、そもそも神官長のくせに命を盾にするなんて極悪すぎない？　人でなしすぎる！）

人生二度目の死刑宣告をされ、エライザは頭を抱える。元悪役令嬢とはいえ所詮小娘。地位も名誉も、おまけに膨大な魔力もある神官長に勝てるわけがないのだ。

もう頭がおかしいと思われたって仕方ない。むしろこの状態で駆け引きなんて不可能である。

――エライザは葛藤の末、自分は処刑されたあの日、前世の記憶を取り戻したこと。この世界は自分が暮らしていた世界にあったゲーム……は、うまく説明できなかったので、選択肢のある小説のようなものだと告白した。最後にそのおかげで未来を知っていたと話を締め括《くく》り、アレクシスの様子を窺《うかが》う。

「そうですか。なるほど……」

考える時の癖なのか片眼鏡の縁を撫《な》でたアレクシスは、静かに頷《うなず》いた。予想に反してその目には心配していたような呆《あき》れや疑いは浮かんでおらず、エライザはかなり驚く。

『……随分、あっさりと信じてくれるんですね』

「ええ、昔読んだ古い文献に、同じようなことを言っていた人間が何人もいたという記述があった覚えがあります」

『……！　それって私みたいに前世の記憶を持って、転生した人がいたってことですか⁉』

古い文献……つまり前例があるのなら、今、この時代にも存在するかもしれない。

同郷なら、夜通しこの世界の不条理さについて語り合いたい……！

詳しく聞こうとしたエライザだったが、アレクシスはエライザの反応に面倒そうな顔をして、分かりやすく話を逸《そ》らした。

「それよりも、貴女が眠っていたこの一カ月の間に起きた出来事を聞きたくありませんか？」

『一カ月⁉　そんなに経ってたんですか……あ！　マリアンヌの領地の魔物は……』

思ってもみない時間経過にエライザもつい話に乗ってしまい、問い返す。アレクシスは顎に手をやり、こくりと頷いた。

「ええ。半信半疑のようでしたが、さすがセディーム辺境伯。あの日の内にすぐに領地に戻り、森に騎士団を派遣されたそうです。結果、魔物の生き残りを見つけてその場で処分されたので、幸いにも怪我人は出ませんでした。それからすぐに貴女が予言した鉱山の方にも調査団をやり、ダイヤモンドの原石も発見できたそうです」

『よかったぁ……』

エライザはそう呟いて肩から力を抜く。今思い出したが、確かマリアンヌの兄弟が領民を庇い、大怪我をした筈だ。

「特に大雨の予言は、セディーム領で予言されたことが本当だった故に、多くの国民が備え、国も動かざるを得なくなり、ことなきを得ました。自分達の生活に直結する災害だったので、国民からエライザ嬢への感謝の声は後を絶ちません」

『……被害が少なかったなら、良かったです』

自分の行動は無駄じゃなかったんだとほっとする。けれどその一方で、ゲームの内容を変えてしまったことが気になって声が小さくなってしまった。

「二つの予言が当たった以上、神殿は正式に聖女として貴女を認定しました。王家も同様に認め、正式に謝罪したいとのお言葉を預かっています」

そうなんですか、と頷きかけて、ふと引っかかった言葉に『ん？』と止まる。

『……今、私を聖女として認めた、って言いました？』

「ええ。だからこそ、貴重な神具まで使い貴女を助け、こうして保護しているのです」

『待って？　あ、あのすみません！　私、聖女じゃありません！』

一瞬迷ったものの、覚悟を決め、正直に打ち明ける。ここで聖女のふりをしても、さっきのようにすぐにばれてしまうだろう。しかし——。

「ええ、そうでしょうね。貴女には聖女特有のオーラを感じませんから」

流れるように同意され、エライザは勢い余って声が上擦りそうになった。

奇妙な静寂が続き、勢いを失ったエライザは訝《いぶか》しげに尋ねた。

『じゃあ、どうして助けてくれたんですか……？』

「貴女が未来を読めることが気になって、と先程も言ったでしょう。それに……レオナルド王太子殿下の新しい婚約者ミリア・ロベールが聖女として覚醒する様子がないので、いっそ代わりになっていただこうと」

『え……ミリアが聖女だって知って……あ！　さっきのオーラ云々《うんぬん》ってやつ……？　いや、ちょっと待ってください。それより聖女の代わりになるってどういうことですか！』

「――大きな声で捲《まく》し立てないでくださいと先程も言ったでしょう！」

大きな声がよほど苦手なのか、今度こそ耳を押さえてぎろりと睨まれる。一瞬怯《ひる》んだものの、エライザだって譲れなかった。

『偽者だってバレたら確実に死刑じゃないですか！』

「おや、それでは王城に戻って『私は聖女ではありません』と、自ら首を差し出しますか？　それは私の責任問題に繋《つな》がるので困りますね。こちらは王家への背信行為だと知りながら、満足に裁判にもかけられなかった貴女を可哀想に思い『未来を予言した以上、聖女である可能性がある』と、慣れぬ嘘までついて助けて差し上げたのに、随分なことを仰《おっしゃ》る」

片眉を器用に上げネチネチとそう言うと、最後にちらりとエライザを見る。その焦げ茶色の瞳には打算しかないように見えるが、エライザは言葉を返せなかった。

（ううう……この人でなしドS神官長め……）

確かに今更、繋がった首を自ら差し出すのは嫌すぎる。

黙り込んだエライザに満足したのか、口角を上げたアレクシスは畳みかけるように話を続けた。

「そこで貴女には神殿を助けてもらいたいのです。恥ずかしいことに昔は王家とも肩を並べる権力を持っていた神殿も今や信徒も減り、老議会の席も一つのみ。国政への僅かな関与もできなくなるほど、神殿の立場は弱くなってしまいました」

ちらりとイヤミな視線を送られたエライザが渋々相槌《あいづち》を打つと、アレクシスは「よろしい」と頷き、話を続けた。

「偽者とはいえ、五百年ぶりの聖女誕生です。信徒は勿論、それ以外の国民の関心も高まっている今、信徒や神殿への参拝者を増やして運営資金の安定した確保をし、そして貴族からの支持と定期的な寄付を取り戻すいい機会でしょう」

アレクシスの言う通り、数十年前まで神殿の権力は王家と二分していたと聞いたことがある。けれど魔道具が発達した故の時代の流れか、自然崇拝を中心とした教えを主とする神殿の熱心な信者達は少なくなってしまい、今や存在価値は冠婚葬祭だけだ。

少し考えてエライザは口を開いた。

『……つまり、神殿の寄付金獲得の為に聖女を利用したい、と？』

「人聞きの悪いことを仰る。いえ、よろしい。貴女に分かりやすく言えば、つまりはそういうことです。何をするのも先立つものが必要ですからね。意外に理解が早くて結構です」

流れるようなイヤミは先程の大声の仕返しだろうか。言い返したくなる気持ちを堪《こら》えて、エライザは質問した。

『でも、偽者なのにどうやって聖女として活動するんですか？　それに目が覚めるまで、後一カ月もあるんですよね？』

そもそも聖女の力を示せ、なんて言われたらどうすればいいのか。

エライザが不信感に声を潜めたところで、アレクシスは笑みを深めた。片眼鏡の硝子がきらりと光った気がしたのは気のせいだろうか。エライザは目覚めてから最大級の悪い予感を覚えた。

「いいえ、目が覚めるのを待つなんて勿体ない。時は金なり、と、東国から来たという言葉もあります。どうせなら眠っている一カ月間『生神』ならぬ『死なない聖女』として、この横たわって眠る姿を参拝者達に公開させてもらえませんか？」

『なんて??』

アレクシスの言葉が理解できず、思わずそう漏らしたエライザに、アレクシスは棺の表面を優しく撫でながら言った。

「『再生の棺』は中の人間が回復し、起きようとしなければ蓋が開くことはありません。どんな攻撃を受けても割れたり壊れたりしませんので、安全は保障しましょう」

『……いや、そういう心配をしてるんじゃなくて……』

戸惑うエライザに、アレクシスはわざとらしく眉尻を下げてみせた。

「貴女が今入っている『再生の棺』は、初代の神官長が自ら創った奇跡の神具で、人を集める為に近々公開する予定でした。しかし命が危うかった貴女の為に使うことになってしまい、それもできずに困っていたのです。――が、棺に横たわる貴女を見て、堅物揃《ぞろ》いの神官達が口を揃えて美しいと称するではないですか」

……確かにエライザは悪女らしく美しい。棺の硝子越しに見るせいか整った造形が理想の陰影を作り、人形めいた硬質な美しさが一層際立っている。瞼を閉じているおかげで長身と性格のきつさからくる近寄りがたい威圧的なオーラもなくなっているのだろう。

（……でも、実際のエライザってさぁ……）

「それに貴女、一年前まで貴族の令嬢らしく品行方正で、周囲の人間にも優しく接する穏やかな気質だったそうですね。しかし突然、仲が良かった友人達と距離を置き、それまで側についていた使用人達も総入れ替えした。後に彼女達は『自分では止められない両親の悪事を捜査で露見させる為に、自ら悪目立ちし、世間の目に触れるように振る舞ったのでは？』と、大衆新聞の記者に話し、涙なしでは読めないいい記事になりました。おかげで裁判が適当に行われたことが発覚し、王家の支持は著しく下がりました。処刑を決定した王、そして一方的に婚約破棄したレオナルド王太子殿下、貴女の後釜に納まった婚約者のミリア・ロベール嬢も非難の対象になっています」

『なんてご都合主義な……』

どこをどう切り取ればそうなるのだろう。

確かにアレクシスの言う通りエライザの性格はミリアの登場により一変した。倫理観、人格すら失わせたあの激しい嫉妬心はもう思い出すことはできない。やはり何度考えても、あれはゲームの強制力としか思えなかった。

（……今は大丈夫よね？　もうレオナルドのことなんて何とも思ってないし……）

少し不安になって、自分自身に問いかける。前世の記憶と正気を取り戻したエライザは、レオナルドに対して全く未練はない。むしろ、婚約者がいるのに恋人を作った彼には嫌悪感しか湧かない。せめて綺麗に別れてからやれ。

——そもそも振り返ってみれば、幼い頃から顔だけは天使のように可愛《かわい》かったが、それ以上に我儘で暴言も酷かった。

ここ最近も城下街でミリアとのデート中に傍若無人に振る舞い、突然店を貸し切りにすると客を追い出したり、抵抗した店主や客を捕縛した上に、八つ当たりで広場の出店をいくつも壊したと聞いている。

（控えめに言って小物かつクソすぎる……ゲームの中ではここからミリアと過ごして試練を乗り越えて改心していくとはいえ、さすがに『俺様属性』なんていう言葉だけで片付けられないわ）

ちなみにミリアに対しては複雑だった。前世ではミリアイコールプレイヤー……つまり自分だったからだ。前世の記憶を取り戻したエライザとしては「苛めてごめん」と誠心誠意謝罪したいところだが、被害者からすれば顔も見たくないだろう。顔を合わせないように過ごすべきだと思うものの、そう簡単に切り替えられない理由もあった。

（……さっき神官長、ミリアが聖女として覚醒する様子がない、って言ってたよね？　ゲームの中では聖女っていう立場になったからこそ、レオナルドと対等に話ができたんだし、何より聖女の治癒の力で、これから起こるイベントを乗り越えていくのに……）

「——聞いていますか。エライザ嬢」

考え込んでしまったせいで、一瞬返事が遅れてしまった。じとりと睨まれ慌ててアレクシスに意識を向ける。

そう。ミリアのことは後で考えるとして、今はとりあえず自分のことだ。

『外堀固められても、偽の聖女役は勿論、見世物もごめんです。しかも眠ってる姿なんて、うら若き乙女を何だと思ってるんですか！』

「おそらく貴女が思うような邪《よこしま》な気持ちを持って参拝する者はいないと思いますよ。出血の多さと、一度心臓が止まった様子を民衆や貴族達ははっきりと見ています。『再生の棺』の力とはいえ、一度息を吹き返した貴女の存在そのものが奇跡のように感じたでしょう」

エライザは高速で首を横に振る。いや実際は振っていないのだが、身体が動いたなら三半規管がおかしくなる勢いだっただろう。

『嫌です！　そもそも見世物……いえ、偶像崇拝的なものなら、神官長の方が相応《ふさわ》しいのでは！』

性格はイヤミだが、思わず天国に来たかな？　と勘違いするご尊顔である。これこそお金を払って見るべきものだ。

「いえ、私では異質すぎてみんなが見惚れて動かなくなってしまいますから、エライザ嬢くらいが好ましいかと」

（きぃいいい！　真実すぎて反論できない！　これだから顔がいい男は！）

『……っそれでも絶対嫌です！』

確固とした意志でそう伝えれば、アレクシスは今日一番大きな溜息《ためいき》をついた。

表情を一変させ物憂げに視線を落とす。エライザは芝居だと分かっているのに、うっと視線を逸らしたくなるような罪悪感を覚えた。なんて罪な美貌なのだろう。

「そうですか……。それは困りましたね。実は『再生の棺』を動かすには膨大な魔力が必要なので、貴女を死なせてはいけないと、できうる限りの魔力を注ぎました。そのせいかひと月経った今も私の魔力はまだ回復していないのです。いつもなら布教も兼ね、商家や貴族の方々に請われ、定期的に持病の緩和の為に訪問させていただいているのですが、それもできず……寄付金も得られず、神官達の質素な食事すら危うく、神殿を預かる身として恥ずかしい限りです」

『う……』

確かに死にかけた人間を治療したのだ。魔力のないエライザには想像できないが、それなりの魔力量は必要なのだろう。感謝しながらもエライザは必死で頭を動かす。……ここで説き伏せられてしまえば『棺の中の悪役令嬢展』が開催されてしまう。

『っあ……あの、他の神官でも魔力による治癒はできるんじゃ……』

「ええ勿論、神官達にも協力していただきました。彼らも貴女を哀れに思い、最初の頃は寝ずに祈りを捧《ささ》げておりましたね。優しい彼らなら一日にパン一つだとしても、それもまた試練だと耐えてくれるかもしれません。しかし、このまま神殿の寄付金が底を尽きれば、神殿が運営している救護院の子供達にも影響が出るでしょう。せめて育ちざかりの彼らにだけでも温かいスープを与えてやりたいのですが……」

(イ、イヤミ～！)

アレクシス一人ならば、きっと持ちこたえただろうが、助けてくれたらしい他の神官、しかも子供達まで出されて無視できるほど、エライザの良心は死んでいなかった。

（でもそんな死体まがいを参拝したいなんて変わった人いる？　……いや、いるか。私も地元で開催されたエジプトのファラオの展覧会、見に行ったもんな……）

むしろ、誰も来なくて、責められたらどうしよう……。

何とかならないかと口を開いては閉じるエライザだったが、じいっとアレクシスに穴が空くほど見つめられ――白旗を上げた。

（見世物期間は一カ月だし……！　我慢できないことは、ない……多分）

『……う……が、頑張ります……』

血を吐くように声を振り絞れば、アレクシスはにこりと微笑み「ご協力ありがとうございます」と、満足げに礼を取った。目覚めて初めて――おそらく初めての彼の心からの笑顔だが、ちっとも嬉《うれ》しくない。舌打ちしそうになったエライザに、アレクシスは流れるような仕草で手を掲げた。

「それでは、次目覚めるまで健やかにお過ごしくださいね」

（え、もしかしてこのまま意識を落とされる⁉）

『ちょ、ちょっと待ってください！　せっかく目覚めたんだから意識だけでも起きていたいです！』

必死でそう叫ぶ。どんな感じで見物されるのか確認したいし、アレクシス以外の人間とも話してもっと正確に現状を把握したい。偏った情報しか与えられていない可能性だってあるだろう。必死に言葉を重ねるエライザに、アレクシスはすっと手を引き、片眼鏡の縁を撫でた。

「……確かに貴女を聖女と信じ、告解する者も出てくるかもしれません」

その言葉にエライザはぶんぶんと頷き『色んな方の弱みを握れる可能性もあります！』と、もう一押ししてみる。自信も確証もないが、まぁ、十人に一人くらい……いや百人に一人くらいなら、声に出して懺悔《ざんげ》する人もいるだろう。いや、いてほしい。切実に。

「貴女にしてはいいアイデアですね。では日程を調整してきますので、また明日にでも」

物言いに引っかかったものの、ほっとしたのも束《つか》の間、さっさと踵《きびす》を返したアレクシスにエライザは自分の状態を顧みて、今度こそ顔を真っ青にし『ちょっと待ったぁあああ！』と叫んだ。

よほど驚いたらしく、びくっと肩を上げ、ゆらりと身体を返したアレクシスのこめかみには血管が浮いていた。

「……大きな声は出すなとあれほど言ったでしょう……！　何度言えばその小さな頭は覚えるのですか！」

これまでで最大の怒りを含んだ声だったが、エライザももう黙ってはいられない。

『まさかこの状態で放置する気ですか⁉　指先ひとつ動かせない状態のまま放置されるなんて、どう一日を過ごせと！　気ぃ狂うわ！』

「それくらいで？　一日中、そこで転がっていればいいだけでしょう」

全く話の通じないアレクシスにエライザが怒鳴り返そうとしたその時、遠慮がちな少年の声が部屋に響いた。ついで軽い足音が近づいてくる。

「大丈夫ですか？　お邪魔かと思ったんですが、叫び声が聞こえたのでつい」

「ノエル……いいところに来てくれました。この困った人間を落ち着かせてくれませんか？　意識を失いたくないと仰るのでそうすれば、今度はこの状態は嫌だなんて大きな声で我儘を言うのです」

「え？　……えーと……」

困惑が滲《にじ》んだ相槌を打つと、小さな顔が覗《のぞ》き込むように視界の中に入ってきた。

年齢は十二、三歳くらいだろうか。明るい金髪に茶色い目をしていて、神官服を身に着けている。

顔だけなら見習いと思えそうだが、その服は正式な神官のものだ。

「上から覗き込む失礼をお許しください。初めましてエライザ様。僕は神官長アレクシス様の侍従をしているノエルと申します！」

胸に手を置き、ニコッと人懐こい笑みを浮かべる。その天使のような微笑みにエライザは一筋の光を見た気がした。自分の直感を信じ、全力で縋る。

『助けてください！　この人でなし……いえ、神官長様が、このごく一部の視界と聴覚だけで一カ月間過ごして、見世物になれって仰るんです！』

エライザの必死の主張に、ぱちっと少年神官……ノエルが目を瞬く。

そしてアレクシスに視線を向けると「ええ……それはさすがに……」と、僅かに非難の交じった声を上げた。そしてエライザを安心させるように力強く頷く。

「アレクシス様。修行でもあるまいし、若い女の子にこの状態のまま一カ月を過ごせというのは酷だと思います！」

（だよね!?　私おかしいこと言ってないわよね？　いい子……！　天使がいる！　神殿の良心！むしろこの子こそ神官長に相応しいんじゃない!?　私絶対支持するわ！）

地獄の果てに天使を見たような気持ちで、エライザはノエルを心の中で応援する。

「人の精神は脆弱《ぜいじゃく》です。ましてやエライザ様はあんな状態でここまで運び込まれたのですよ。そんな不安定な心のまま負荷をかければ、精神に異常をきたす可能性もあります」

「……それほど繊細な方には見えませんが」

「アレクシス様！」

アレクシスの言葉にノエルはキリッと真面目な顔を作って諫めると、アレクシスは納得がいかない顔をしつつも口を閉じた。そして大きな溜息をつくと、再びエライザに向き直り、手を掲げた。

「……狂われても困るので、動けるように仮初めの身体を与えましょう」

（ノエル君！　神――！）

拍手喝采し、心の中でノエルに向って祈りを捧げる。

すぐに緑がかった光の粒子がきらきらとエライザの身体に降りかかり、あれほど重かった身体が風船にでもなったようにふわりと軽くなる。ぼんやりとしていた輪郭が半透明になったところで、エライザはいつのまにか棺から出て、アレクシスの前に立っていることに気づいた。

（立ってる……）

棺で横たわっている自分と今の身体を交互に見比べる。服装は長袖のシンプルな白いロングワンピースに柔らかい布靴。最終的に少しだけ透けた自分の身体が不思議で、ちょっと気持ち悪い。仮初めの身体、と言うので、妖精めいた雰囲気を期待していたけれど、想像していた以上に幽霊みたいでがっかりした。……ホラーで有名なあの人を思い出させる、この長い黒髪が悪いのだろうか。

（一応、お礼を言うべきよね……？）

思いのほか身長が高かったアレクシスを何げなく見上げると、何故かエライザをじっと見下ろし……いや、凝視していた。

（え、こわ……）

……何か失敗したのだろうか。不安になってぺたぺた顔を撫でて確認すれば、高い鼻が存在することにほっとした。もしや前世の顔に戻っているのでは、と思ったけれど、幸いなことにエライザのまま生成されたらしい。

しかしいつまで経っても彼の弱まらない眼力に悪い予感がして距離を取れば、尚《なお》も詰めてきた。それも上から覗き込むように屈《かが》まれて、一層距離が近くなる。

「……!?」

今の今まで舌戦を繰り広げた相手だというのに、神がかった美貌に息がかかるくらいの距離で見つめられて、つい反射的に顔が熱くなる。……そんな場合ではないことは重々承知しているが、相手は二次元よりも魅力を増した、かつての推しなのだ。

耐えきれなくなったエライザが勢いよく後ろに下がると、ようやく自分の奇行に気づいたらしいアレクシスも、はっとしたように素早く身体を引いた。

それでも、エライザをじっと凝視する目はそのままである。

「……あの、何でしょう？　何か、あるんですか？」

もう意味が分からない。一定の距離を保ちつつ、照れくささも交じって険の籠った声で尋ねれば、アレクシスはぐっと眉間に皺《しわ》を寄せた。

「……そちらにいる貴女と随分印象が違って驚いただけです」

苦々しく発せられた言葉にエライザは振り返り、棺の中の自分を改めて見下ろす。

硝子の棺の中にいるエライザは本当に眠っているようで頬に赤みさえ差していた。髪も綺麗に梳《くしけず》られ、化粧も貴族の集まりに行く時のように華やかだ。黒髪、ついでに黒目ながらも前世の顔を西洋風にアレンジし、うまく上位互換したな、という絶妙な融合具合で別人感はそれほどない。その上、睫毛をバチバチに上げ、アイラインもきつめに跳ね上げ、華やかなローズベージュの口紅……と、派手目の仕上がり。我ながら美女といっても差し支えなかった。正直この顔じゃなければ展示なんて最後まで断っていたかもしれない。どうやら若干透けた今の身体はすっぴんで生成されたらしい。

「……ばっちりお化粧してますから、印象が違うのは当然かと。あ、あと、ヒールですかね？」

そう、実はエライザは身長が低い。しかしドレスのスカートの綺麗なドレープを出すのに足の長さはとても重要で、ヒールの踵は十二センチ以上が鉄則だった。なので床に立ちアレクシスを見上げると、少々首が痛い。

（……『化粧とすっぴん全然違う！』みたいなディス？　あ、純粋に化粧技術が高すぎてびっくりしたとか？　元美容部員を舐《な》めてもらっちゃ困るわ……ってあれ？）

「……じゃあ化粧してくれたの誰ですか？」

最後は牢《ろう》の中で過ごし、汗と脂、汚れで化粧もすっかり落ちていた筈だ。

アレクシスの真意を探りつつ、思いついた疑問を口にすれば「……顔半分が血で染まっていたので、記憶のまま魔法で再現しました」と、答えた。さっきまでのキレがないが、気遣いもない。前半部分はいらん情報である。

しかし、同じようにエライザを見ていた神殿の良心、ノエルが「わぁ！」と歓声を上げた。

「棺の中のエライザ様はお綺麗ですけど、意識体のエライザ様は可愛らしいですね！」

（いい子ー！　ノエル君、めっちゃいい子の上に将来有望すぎるー！）

一歩間違えれば軟派男のセリフだというのに、全く邪気がない。心からそう思っているのが分かる無邪気な笑顔に、エライザは幽霊状態の僅かに透けた手で、ぐっと胸を押さえた。人でなし神官長のせいで傷ついた心に染みる。

「ね？　アレクシス様。お化粧してないエライザ様も可愛いですよね？」

「……」

また沈黙が落ち、気まずくなる。

何なの、と諦めの境地で溜息をつけば、アレクシスは表情を隠すように口元を手で覆って斜め下を向いていた。

（……まぁ、この人にとったら化粧もしてない女子なんて、その辺の蟻《あり》みたいなもんだろうけど）

顔を背けるなんて見たくもないということだろうか。……さすがにそれは酷すぎない？　と、若干イラっとすれば、アレクシスはノエルに同意も反論もすることなく、しれっと話を変えた。

その内容は今のエライザの仮初めの身体（意識体と呼ぶらしい）について。

まずアレクシスとノエル以外の人間は、エライザの姿が見えないし、触れられないことや、声を聞かれて目が合えば、他の人間にも認識されてしまうこと。食事は取っても取らなくてもよいこと。あまり本体から離れると意識と身体の繋がりが切れてしまう可能性があるから、神殿の外へは出ないこと。そして最後に日中意識体で動き回るのなら、夜の五、六時間は棺の中で眠る方がいい、とアドバイスめいた言葉で締め括られた。

「目を覚ましてからの生活を考えれば、規則正しい方がいいでしょうからね」

ノエルの言葉に、なるほど、と頷く。棺の中の身体は充電器のようなものだと思えば分かりやすい。それに夜の神殿は怖いだろうし、特に起きていてもいいことはなさそうだ。

素直に頷けば「もう夜も遅いですから」と、結局最後まで視線を合わせなかったアレクシスに再び棺に入るように促されて、少し身構えてしまう。

しかし今ここにはノエルがいる。人でなしドS神官がこのまま永眠させようと企《たくら》んでも、きっと彼が止めてくれる筈だ。棺の中に入る時は一瞬ひやりとしたけれど、横になれば棺を満たす森の匂いが身体をリラックスさせてくれる。

(これ……目が覚めた時も思ったけどいい匂いだよね……なんか安心する……)

呆気なくストンと意識は落ち、エライザはそのまま眠りについた。

二

遠くから鳥の声が微《かす》かに聞こえて、朝だと気づく。

寝起きの気怠《けだる》さもなく、ぱちっと瞼を開けると、エライザはそのまま身体を起こした。

昨日はそれどころじゃなかったこともあり改めて部屋を見渡す。灰色の壁には燭台《しょくだい》だけがかかっており、棺と後ろの祭壇に対面するように、木製の長椅子が三つずつ二列並んでいるだけの、とても殺風景な部屋だ。

物体をすり抜ける感覚はないが、気持ち的にはよいしょっと棺を跨《また》いで外に出てみる。

意外にも眠り心地はそう悪いものじゃなかった。寝起きの癖で瞼を擦《こす》れば、薄ら透けた指にぎょっとし、エライザは落ち着くために一旦胸を押さえて深呼吸した。

(それにしてもこの幽霊状態で一カ月か……。いやいや、今は生きてること、それに若干透けてるっていっても、自由に動き回れるようになったことに感謝しよう)

……今、胸に触れている感覚はある。自分の身体が認識できれば、そこまで不便ではないだろう。

前向きにそう思い直したところで、改めて自分が今まで入っていた棺を見下ろしてみた。

こうして鑑賞してみると、硝子の棺、もとい『再生の棺』はとても繊細で美しい。繋ぎ目に細かな花や蔦《つた》の細工がされていて、それら全てが金だった。神具だとは聞いていたが、芸術、資産的価値も十分高そうで、これなら見に来る価値はあるかもしれない。

（そもそも神官長の言った通り、本当にこんな状態で一カ月後には動けるようになる？）

うーん、とエライザは腕を組み首を傾《かし》げる。アレクシスの美貌の裏に隠しきれていなかった胡散《うさん》臭さを思い出すと、真実かどうか疑わしくなるが――。

エライザはアレクシスではなく、最初から最後まで親切だった少年侍従ノエルを信じることにした。今思い出しても、あの小鹿のような綺麗な瞳に一片も曇りはない。

そして噂をすれば影。ノックの音が響き、ノエルが入ってきた。

「おはようございます！」

ぱあっと太陽が昇ったような笑顔を浮かべて、元気よく挨拶したノエルに、エライザは胸をぐっと押さえた。守りたい、この笑顔……と前世のオタク心が叫ぶ眩しさである。

「お、……おはよう。ノエル君。……あ、今更だけど呼び方、これでもいい？　様付けとか神官様って呼んだ方が……あ、そもそも敬語すら使ってなかった……」

「いえ、エライザ様が呼びづらくなければ、君付けで呼ばれるの新鮮なので嬉しいです！　それに神官である以上身分はありませんから。話しやすいようにお喋りしてくださいね。僕もその方が気が楽なので」

ペカーッとまた眩しい笑顔で返され、エライザはうんうんと意味もなく頷く。エライザ人生を含め前世でも決してショタ属性はなかったが、ノエルは妙に母性をくすぐられる存在だ。そもそも極悪非道な人でなし神官長から庇ってくれたのだから、好意は彼に全振りである。エライザは全力でノエルを推すことを決めた。むしろゲームに出てこなかったのが不思議なくらいだ。

「支度が済んだらアレクシス様のお部屋に参りましょう。これからのことをお話ししたいそうです」

勿論、意識体に支度の時間など愚問である。

すぐにエライザよりも少し身長の低いノエル先導のもと、エライザは『再生の棺』がある部屋から初めて外に出た。まずは人っ子一人いない灰色の壁が続く広い廊下。減ったとはいえ、参拝者は少なからずいる筈だし、神官もそうだろう。その声が聞こえてこないとなると、ここは拝殿ではなく、神殿の中でも奥にあたる本殿なのかもしれない。

(それにしてもこんな広い廊下に装飾品の一つも置いていないなんて……)

お金がないと言っていたのが納得できるくらい飾り気がない。人影もない上に、灰色ののっぺりとした壁に挟まれた廊下が続くので、どこか寒々しい。

そしてノエル曰《いわ》く、エライザが予想した通り、ここは本殿だった。人気がない理由は、アレクシスがあまり騒がしいのは好きではなく、事務作業に必要な最低限の人員しかいないせいらしい。神具なんてものもあるし、何より地位的に警備上まずいのでは？　と、浮かんだ疑問を口にすれば、アレクシスの魔力は歴代の神官長の中でも群を抜いて高く、ごくたまに神具やお供え目当てで入ってくる強盗も一人でやっつけてしまうそうだ。

(ああ見えて強いんだ……)

荒事とは無縁そうな中性的な出《い》で立ちを思い出し意外に思うが、魔力を使うのに筋肉は必要ないのだろう。確かエライザが昔、街で偶然見た魔術師も細身だった気がする。

一つ角を曲がればすぐそこに、目的地である神官長の執務室があった。アレクシスの私室兼寝室も隣り合っていて、中で繋がっているらしい。素晴らしい社畜構造である。後は宝物庫と貴賓室、それと小さな部屋がいくつか。ついでに本殿に繋がる出入り口も教えられ、頭に叩き込む。

ちなみに今までエライザの棺が置かれ、過ごしていた場所は、祈りの間と呼ばれる歴代神官長が個人で使う為の祈祷《きとう》室だったらしく、アレクシスの代ではほぼ使われていなかったそうだ。

執務室の大きな扉の前に立ち、少し強めにノックする。が、返事はない。

まさかすぐ近くだし、呼び出しておいていないということはないだろう。

何度か繰り返すと、ノエルはエライザに向かってちょっと困ったように笑ってから、そのままがちゃりと扉を開けた。

（え、いいの？　怒られない？　……っていうか、いるし……）

神官室は広くも狭くもなく、一部は応接間になっていて、大きな執務机の前にいるアレクシスの姿が目に入る。視線は机を超え窓の向こうに向けられ、何かを熱心に見つめているようだった。口元に手をやり、ほぅ……っと熱い溜息をついているように見える。なまじ美形なせいでなまめかしく、エライザは見てはいけないものを見てしまった気がして、居心地悪く視線を逸らした。

（……恋する乙女……？）

真っ先に思い浮かんだ言葉に、エライザ自身が鼻で笑いそうになってしまった。ないない。相手はあの人でなし神官長だ。恋なんて人間らしい感情など持ち合わせているわけがない。

「アレクシス様！　エライザ様をお連れしましたよ！」

案の定、完全にこちらを向いたアレクシスの顔は、先程とは打って変わり不機嫌そうだった。ただ僅かに窓の向こうに未練を残すように一度そちらを見たものの、すぐにソファへとエライザを促す。その一連の仕草から昨日に引き続き、あまりエライザと視線を合わせないようにしているのが分かった。

（……昨日から一体何でこっち見ないの？　っていうか窓の向こうに何があるのよ）

ソファに向かいながらも窓の外を見てみるが、中庭が広がっているだけだ。

（……ま、いいか。どうせ寄付金のことでも考えてたんでしょ……）

治療する為にかかった魔力のことでネチネチ責められ、参拝料という名の見世物料まで取るとのことで、エライザの中でアレクシスは、人でなし、ドSと同列にかなりの守銭奴になってしまった。気にはなるけど深入りはしないと片付け、ソファに腰を下ろす。アレクシスも正面に座り、ノエルがその後ろに立つと、早速話を切り出してきた。

「『再生の棺』の公開日ですが、本来の予定通り明後日《あさって》に決まりました」

「明後日!?　……それはまた急ですね……」

思わず叫んでから、誤魔化すように呟く。どんなに公開日が遠くても、諦めがつくとは思えないが、予想していた以上に早い。

「ええ。既に貴女に使うことになる数カ月前から公開の日は広場に掲示していましたから。それに一刻も早く赤字分を取り戻し、救護院の子供達や神官達を救わねばなりません」

痛いところを突かれて、エライザは速やかに口を閉じ、静かに話を聞く態勢を取った。

「そもそも神殿は、誰でも入れるよう礼拝堂を開放しています。しかし一般の方が神殿を訪れる機会はありませんし、普段どんな活動をしているのか知られていません。故に生活に困窮した時に、神殿にさえ来れば最低限の衣食住を保証してもらえるということを、知らない者が多いのです」

「え……神殿ってそこまで慈善事業に力を入れてるんですか？　そんなに無制限に受け入れていたら、いくら何でも……」

「ええ。運営は苦しいですね。しかし今、それができるのが神殿だけなのです。先代国王の時代は国策の一つとして弱者救済の予算を神殿用に取ってくださったり、各地に救護院や孤児院を置いていたのですが、今王は興味がないようで……。結果、神殿に集中することになり、今の救護院も建て増ししたものになりますが、既に定員はいっぱいです」

初めて聞く話だ。しかし確かに――子供の時と比べて、貴族主催のチャリティパーティーは減っていた気がする。

（え、ゲームの中では特に情報もなかった王様だけど、そんなに駄目なの？　……あーでも、あのレオナルドの父親だもんな……）

あの親にしてこの子あり……と、妙に納得していると、アレクシスはおもむろに話題を変えた。

「『再生の棺』公開前に、練習と様子見を兼ねて、明日の朝、以前から面会を希望していた貴女のご友人達をご招待しようと思っています」

思いがけない言葉にエライザは目を見開き、問い返した。

「もしかしてキースやマリアンヌ、メアリーですか⁉」

「ええ、キースというのが騎士団所属の騎士ならば合っていますね」

キースは王城の広場にも来ていた幼馴染である。勿論、残り二人もそうだ。最後にかけてくれた悲愴な声はまだ耳に残っている。

（ああ、でも謝れないのが残念すぎる……）

何せ姿は見えないし、喋ってもいけないのだ。そうか。前もって練習をする理由が分かった気がする。おそらくエライザが想像している以上に顔見知りの前で気配を殺し、黙っていることは難しいのだろう。うまくできなければ聖女参拝計画も台無しになってしまう。そうなれば今度こそアレクシスに永遠の眠りにつかされるだろう。怖すぎる。

（それにしてもみんなに会うの、あの処刑の日以来よね……。一カ月以上経つらしいけど、元気にしてる……わけないよね。あんまり気にしてないといいんだけどなぁ……。目が覚めたら一番に謝りに行こう。……ってそんな時間あるのかな？）

ふと思いつき、はっとする。エライザとしたことが怒濤《どとう》の展開についていけず、今後のことを尋ねていなかった。目覚めるまで聖女として見世物になるとして、その後だ。

（私の馬鹿馬鹿馬鹿！　すごく大事なことじゃない！）

「あの！　昨日聞きそびれたんですが、一カ月後、目覚めたとして……『聖女』でもない私は何をすればいいのでしょうか」

前のめりになったエライザに、アレクシスはちょっとうるさそうに眉間に皺を作ったものの、特に迷った様子もなくすらすらと答えた。とっくに考えていたのだろう。

「一度死の淵《ふち》に立った故に聖女の力は失われたとしましょう。それなら本物の聖女であるミリア・ロベールの力が覚醒したとしても言い逃れできますし、何ならその時点で神殿を去ってくださっても構いませんよ」

思いがけない言葉に一瞬固まる。気になっていたミリアの覚醒について言及されたからだ。

「あ……そうですよね。聖女の力、いつかは目覚めますよね……！」

「そうでしょうね。覚醒していない方がおかしいくらいのオーラを感じるので、おそらく近い内にそうなるでしょう」

エライザはその言葉にほっと胸を撫で下ろした。自分のせいでミリアが聖女として覚醒しなかったのは事実なので、ずっと気になっていたのである。

しかしミリアの力が覚醒すればエライザも解放されるらしい。本来なら喜ばしいことだが、両親は亡くなっているし爵位も剝奪され、親戚から縁も切られている。先立つものがなければ生活もままならない。マリアンヌ達なら助けてくれるだろうが、さすがにずっと生活の面倒を見てもらうのも気が引ける。友人だからこそ、そこまで甘えられない。

エライザは少し考えてから、そろりと顔を上げ、両手を組んで下手に出てみた。

「えっと……その後も、小間使いとして神殿に置いてもらうことはできませんかね……？　戻る家もありませんし、生活できるお金も……」

いつになく殊勝なエライザの態度が意外だったのか、アレクシスはエライザを見下ろし、はっとしたように固まった。

「……っ」

怯む様子を見せ、ようやくしっかりと目が合ったアレクシスに畳みかけるように『お願い』と精一杯哀れな表情を作って見つめてみる。するとさすがに哀れに思ったらしく、アレクシスは「ンンッ」と軽く咳払《せきばら》いしすると俯いて目を閉じ、ややあってから静かに口を開いた。

「……では、ミリア嬢が聖女として覚醒してもしなくても、貴女には神殿で一、二年元聖女として広報を兼ねた慈善活動をしていただきます。勿論謝礼も用意します——が、昨日もお伝えした通り、王家から正式に謝罪したいとの伝言を預かっていますし、相当の謝罪金をいただけるでしょうから無一文で放り出すわけではありませんよ」

「……謝罪金……？」

声に出して繰り返せば、ぐんとテンションが上がった。謝罪金、即ちお金である！

身寄りもない一般市民になる以上、自立は必須。もらえるものはもらっておきたい。

王家ならば見栄もある以上、相当ふんだくれるだろう。代わりに今回の処刑騒ぎについて王家を擁護する宣言くらい求められるかもしれないが、一言、二言くらい安いものだ。

（あー……じゃあ、今のナシで！　……とは今更言えない……お金さえあれば、神殿に置いてもらえなくても大丈夫なんだけど……）

勢いで頼んではみたものの、冷静に考えれば聖女が二人もいたら邪魔だろうし、一人は能力なしの元悪役令嬢だ。周囲に煙たがられる可能性は否定できない。

しかし王家と交渉までしてくれるというのに機嫌は損ねたくない。さすがに都合が良すぎるかな……と、アレクシスの顔色を窺えば、まだ不安だと思われたらしい。アレクシスは眼鏡の縁を軽く撫でながらやや声音を和らげた。

「……では、参拝者と寄付金も増え、昨日仰っていた告解の中で要人の秘密を握るような活躍をされたなら、寄付金の二割を謝礼に上乗せして用意しましょう」

「本当ですか！」

思いがけない提案に、エライザは思わず食いつく。自立資金は多ければ多いほどいい。目の前で自分が見世物になっているのを、ただ見ているだけなんて気が重いと思ったけれど、背に腹は代えられない。これは積極的に耳をそば立てなければ。

（えーっと……目が覚めたら一定期間は元『聖女』として奉仕活動して、自由になれたら、一旦どこか……人が多くて目立たない観光地にでも引っ越して、一定期間はホテル暮らしかな……。そりゃ一生は無理だろうけど、元貴族令嬢がすぐ一般市民に溶け込めないだろうし……）

よくある田舎でスローライフに憧れはあるが、現実問題、前世からエライザは虫が苦手だった。自然が多いだけならともかく、自給自足の畑仕事ができるわけがない。前世は一人暮らしも長くそれなりに生活できていたが、この世界には便利家電はないし、貴族令嬢だったエライザは料理も洗濯もしたことがなく、竈《かまど》に火を起こす方法すら分からない。ホテル暮らしをやめて一軒家を買ったとしても、どう考えても生活に無理がある。最低限の使用人はいるし、中途半端にお金を持っていると勘繰られる可能性も考えれば、護衛もいるだろうか。やはりお金はいくらあってもいい。

（やっぱり偽者なのに元聖女扱いされ続けるのも心苦しいし、さっさとお金貯《た》めて出ていこう。この際、積極的に神官長に協力してやるわよ……！）

アレクシスと大差のない守銭奴っぷりを自覚しつつも、新たな決意を固めていると、アレクシスがゆっくりとソファから立ち上がった。

「話は以上です。明日の面会……いえ、参拝は念の為同席させていただきます。特にセディーム家には多額の寄付をいただきましたので、失礼のないよう」

セディーム家といえばマリアンヌの実家だ。辺境伯は資産家だし、今回のことではダイヤモンド鉱山も見つけたので、懐は温かいだろうが、さすがに看過できない。

「友人からお金を巻き上げるのやめてくれます？　……っていうか意識が戻ってないのに『失礼のないよう』って何をしたらいいんですか？　あ、もしかしてこの姿で会っていいとか……！」

「そんな筈がないでしょう。黙って同じ部屋にいる、これだけで結構です。彼らを含めた周囲の関係者は勿論、王家や貴族、民衆には聖女はこのまま一生目覚めない可能性もある、と説明していきます。その方が約束された目覚めより神秘性と悲愴感が高まりますからね。――念の為言っておきますが、露見したらその姿は即終了。お相手にも強い催眠をかけて忘れていただきます。気を引き締めて業務にあたってください。貴女から仰ったことですからね」

強い口調で言われて、エライザはムッとしつつもこくりと頷く。

確かに目下の目標は信徒と寄付金の獲得。イコールエライザの自由への一歩である。だがしかしややこしい言い方も悪いのではないだろうか。

「……ああ、毛が逆立って猫のようですね」

揶揄《からか》うでもない小さな声でそう呟かれ、エライザが「は？」と、不審気にアレクシスを見やれば、彼は視線が合うよりも先にソファから立ち、執務机に向かっていた。その顔は見えず、揶揄われたのか独り言だったのかもよく分からない。

（……一体、何だっていうの！）

エライザはその背中に向かって、心の中で思いきり舌を出し、それこそ不機嫌な猫のようにそっぽを向いたのだった。


――それからすぐにエライザは執務室を出て、なるべく人にぶつからないように慎重に廊下を歩いていた。驚いて声が出ないとも限らないからだ。

ノエルが神殿全体の案内を申し出てくれたが、彼にだって侍従としての仕事があるに違いなく、いつまでも面倒を見てもらうのも気が引けたのだ。心からお礼を言いつつも丁重に断れば『口寂しくなったら食べてください』と、焼き菓子らしい包みを握らせてくれた。スパダリを越えておかんである。完全に大人と子供の立場が逆転してしまっている。

目が覚めて動けるようになったら、大人らしく倍返しだ。お礼を言ってクッキーの袋をポケットにしまい込んだエライザは、とりあえず身近な場所から探索してみることにした。まずは事務官達が働いている隣の部屋に入り込んでみる。しかし扉をすり抜ける瞬間、ぬるりと何とも言えない感覚がして、鳥肌が立った。

（これ苦手だわ……こんにゃくの中を通り抜けるみたいで気持ちわる……。棺の中から出る時は不思議と何も感じないんだけどなぁ。挟まれても痛くないんだから、誰かの後について、なるべく普通に入るようにしよ……）

両手で鳥肌が立った腕を擦《さす》りながら、部屋を見渡せば神官服を着た事務官達が三人、忙しそうに働いていた。無駄口ひとつない仕事場はなかなか堅苦しそうだ。

ちらりと見えた細かい数字にオーバーワーク気味だった前世を思い出し、事務官の一人が外に出たタイミングを狙い、部屋からそそくさと逃げ出す。

（広い廊下……うう……やっぱり寒々しいわ）

静まり返った廊下を歩き、ひとまずぐるりと回ってみれば、今いる本殿は平屋造りで二階がなく、中庭を挟んで凹型になっていた。廊下に装飾品がないせいで方向を見失いそうだと思ったものの、アレクシスの執務室も、棺が置かれた祈りの間も、扉のデザインが違っていて大丈夫そうだ。

どこを見ても構わないと言われたので、遠慮なく本殿内の貴賓室や宝物庫の入り口、各部屋を見て回り、その後は拝殿の方へと向かう。本殿の出入り口から拝殿に向かう長い渡り廊下がある上に、神官の数が多くなっていくので、拝殿にも迷うことなく辿《たど》り着けた。

角を曲がり、拝殿のメインだろう一際大きな礼拝堂に入る。しかし、外への出入り口は開放されているにもかかわらず、見ているこちらが寂しくなるくらい、がらんとしていた。

（本当に参拝者がいないのね……）

平日だとはいえ、ずらりと並ぶ長椅子には物見遊山で来たような家族連れが一組、走り回っている子供が三人、それに一番前の席に熱心な信者らしき数人、静かに祈りを捧げているのみ。その奥では神官達が手持ち無沙汰を慰めるように掃除をしていて、そちらの人数の方が多いくらいだった。

何となく悪戯心《いたずらごころ》が湧いて、目の前で手を振ってみせるが当然ながら反応はない。やはり説明通りアレクシスとノエルにしか見えないのだろう。窓の向こうからも、遊んでいる子供達の声が聞こえてきて、神殿らしい厳かな空気はこれっぽっちもない。

ひととおり回ってみれば、本殿より拝殿の方が広く、二階は神官達の居住区になっているようだ。少し興味を引かれたものの、そこは個人のプライバシーを尊重しお邪魔せず、一階にある談話室や大きな食堂、厨房《ちゅうぼう》も覗いてみる。料理人も神官が兼ねているらしくお昼が近いせいか、とても忙しそうだった。大鍋を持った神官と危うくぶつかりそうになり慌てて身体を捩《よじ》って躱《かわ》す。正面から外観を見たい気もしたけれど、今日はここまでにして、元いた本殿に戻ることにした。

（やっぱり本体と離れすぎてもよくないんだ。微妙に疲れたような……）

戻ったエライザは一旦自分の身体のある祈りの間に入ったものの、すぐに手持ち無沙汰になった。何せ娯楽が皆無だ。感じていた疲労もなくなったので、先程は入らなかった中庭に足を向けることにした。

中庭といっても狭くはないし、ちょうどいい感じの木陰もある。勿論太陽の光を浴びても溶けたりはしないと思うが、前世で紫外線の恐ろしさは叩き込まれているので、日陰を探してしまうのは条件反射だった。

エライザはきょろきょろと周囲を見渡し、ちょうどよく木陰になっている場所を発見して、芝生に直接座り込む。爽やかな心地いい風が頬を撫で、どこかで咲いているのだろう花の香りにほっと息をついた。

（気持ちいい……感覚があってよかったなぁ。――あ）

そうだ、とノエルにもらった焼き菓子の存在を思い出し、ポケットから取り出す。縛ってあったナフキンを広げて出てきた小さいクッキーを翳《かじ》ってみると、優しい甘さが口いっぱいに広がって、頬が緩んだ。

「おいし……」

久しぶりの甘味のせいか、とても美味《おい》しく感じる。やはり食は大切である。

（支障はなくても、一日一食くらいは食べたいなぁ……いやいや、それは贅沢《ぜいたく》ってもんよ。今のところ借金しかない居候みたいなものだし）

大事に食べようと思い、新しく取り出そうとした一枚をぐっと我慢して元に戻す。お腹を膨らませる為に深呼吸してみた。

（さすが神殿。空気が澄んでるというか清々《すがすが》しいよね……緑も多いし、動物達もいっぱい……）

実はさっきからクッキーを狙って、ちらちらと野ウサギがこちらを見ているのである。一度しまったクッキーの包みを開け、細かく割って投げてみると、ぴゃっと一度顔を引っ込めた後、再び顔を出し、そろりそろりとやってきた。

細かすぎたせいか、持って帰る気配はなく、その場でもしゃもしゃと食べる口元がとても可愛い。

そして小鳥やリスまで集まってきた時、一段とぽっちゃりとしたリスがエライザの膝の上に乗ってきた。人懐こいので誰かが餌付けをしているのかもしれない。しかしクッキーを持つ手によじのぼろうとするリスの動きはどうにも重そうで、俊敏性の欠片もなかった。

(こんなんで生きていけるのかな。狐《きつね》なんかはいないようだけど……)

「そんなにお腹《なか》すいてたの?」

また一つ欠片を砕いて、肩に止まった小鳥とリスに半分ずつ与える。

小鳥は仲間達とつつきあってうまく食べているが、リスは鋭い齧歯《げっし》であっというまに食べきってしまった。手のひらの小鳥用のクッキーを狙っているが、いくつものくちばしに追い払われて、しゅんと小さくなる。しかしその内スンスンと鼻を動かし、クッキーをしまい込んだエライザのポケットに頭を突っ込むと、包みを掠《かす》め取った。

「あっ!」

包みが開きばらばらに落ちたクッキーをささっと口の中に含むその姿に、エライザは顔を顰《しか》める。せっかくの兵糧が……と、泣きたくなったものの、半分を置いてクッキーを取り上げた。

「食い意地張りすぎよ。もう駄目」

落ちてしまったものはもう食べられないが、砂糖も含まれている人間の食べ物をそのまま与えるのは動物達の身体に悪い。そもそもここの管理者でもない自分が餌付けするのも無責任のような気がして、よいしょ、とリスを膝から下ろしてしまう。しかしシュバッとすぐに戻ってきてしまい、呆れた溜息をついたところで、視界の端に白い影がふわりと映った。

(――幽霊!?)

咄嗟《とっさ》に叫ばなかったエライザは偉かった。そう自分を褒め称《たた》えたい。叫び声で誰かやってきたら、予行練習すら迎える前に一発で聖女公開計画が駄目になるところだった。今度こそアレクシスに永遠に眠らされてしまう。

しかしほっとしたのも一瞬、ゆらりゆらりとおぼつかない足取りで近づいてきたのは、そのアレクシス本人だった。フードは後ろに落ちていて顔が丸見えになっているので間違いない。しかも視線がとろんとしていて、明らかに様子がおかしかった。両手を前にして何かを掴むように近づいてくる姿は、前世で見た有名な歩く死体映画である。

「……さき、……ものよ……」

その上、何かブツブツと呟いている。同じ言葉を繰り返しているようだが、それが一層不気味で、エライザの中でこの世界はサイコホラーになった。前世の自分が一番嫌いなジャンルだ。

(こ、こわっ!)

当然、そんな風に現れたアレクシスに驚いたのだろう。さすがに人慣れしている動物達も一斉に散らばっていき、中庭に沈黙が落ちた。

途端、僅か一メートル手前まで歩み寄っていたアレクシスがぴたりと立ち止まり、その場にがくりと膝をついた。五秒、十秒と沈黙が落ち、エライザはおそるおそる呼びかけてみた。

「し、神官長……?」

少ししてからアレクシスはゆっくりと顔を上げた。煙るような長い睫毛に縁どられた目元が赤い。

(な、泣いてる……?　あの人でなし神官が!?　え、嘘でしょ……?)

見間違いではないかとエライザは何度か目を擦ってしゃがんだままのアレクシスを凝視した。

しかし間違いなくアレクシスの瞳は潤んでいて、とりあえずどうしたのか、と尋ねてみれば、アレクシスはまだどこかぼうっとした表情のまま、ぽそりと呟いた。

「……地上の楽園が広がっていたというのに、私としたことがつい我を忘れて近づきすぎてしまうなんて……」

「ら、楽園……？」

エライザは顔を引き攣《つ》らせて問い返す。怖い。怖すぎる。前世なら確実に逃げていただろう。

すぐ立ち去れるように適切な距離を取ったところで、自分とアレクシスの先程までの行動と一挙一動を思い出しながら、エライザは慎重に問いを重ねてみた。

「……楽園って……さっきまでいた鳥やウサギのことですか？　……動物がお好きなんですね」

可愛い小動物が好きだという人は多いし、エライザだって猫も犬も含めて大好きだ。可愛い子犬を身体中に乗せて、もふもふなんていうくらいだし、確かに好きな人から見れば、エライザの先程の状態はそれに当たるのかもしれない。

――が、こんな拝金主義の人でなし神官長が動物好き？　むしろ皮を剝げばいくらで売れるか考えていた、と言われた方がしっくりくる。

しかし、アレクシスは予想に反してエライザの質問に両手で顔を覆い、しっかり深く頷いた。

「ちいさきかわゆいものたちよ……！　何故私を避けるのですか……！」

そう呟き悔しげに地面を拳で叩く。焦げ茶色の瞳はウサギの親子が消えた森の奥を切なげにじっ

と見つめていた。その視線をどこかで見た気がして、すぐに思い出す。確か執務室の大きな窓を見ていた時も同じ表情をしていた。

（しかも『ちいさきかわゆいものたち』……？　うわぁ……呼び方に並々ならぬ執着と重たい愛を感じる……）

しかし理由が分かると肩から力が抜けた。アレクシスの前にしゃがみ込み、様子を窺ってみるが、やはり転んだわけではないらしく、怪我はなさそうだ。

そうなると昨日から散々手のひらで転がされていることもあり「やーい！　逃げられてやんの！」と、大人げなく揶揄いたくなって口元がムズムズしてくる。

けれどそれを察したのか、アレクシスは一瞬気まずげに視線を逸らしたものの、すぐにエライザと向き合った。目覚めた時以来、ようやく目が合ったことにドキリとしたのは一瞬。アレクシスはカッと目を見開き、堂々と言い放った。

「ちいさきかわゆいものたちは至高の存在です。むしろその一挙一動に無感動でいられる人間なんて生きている価値もありません。それに何ですか貴女。先程見ましたが、随分意地が悪い。あげるならもっとあげなさい」

「はい？　意地悪したわけじゃないです！　人間の食べ物をあげるのは動物達によくないんです！」

「そうですか。私はてっきり……しかし凡庸で魔力のない貴女が羨ましいものです。私は近くで愛《め》でたいのに、魔力が大きいことが災いし、本能的に恐れて逃げられてしまう……」

イヤミを通り越した口撃である。しかも全く自分に非はない。期限付き保護者とはいえ、利用されてあげている部分もある。前世を思い出したエライザは、一方的にネチネチイヤミを言われてやるほど大人しくないのだ。

（なんてったって悪役令嬢だし！）

エライザは根拠のない自信で自分を鼓舞し、悪役令嬢のイメージのままにツンと斜め上を向いて、大きな独り言を口にした。

「あーそうなんですね。大変ですねー！　でも動物達が寄ってこないのって魔力の大きさのせいじゃなくて、意地の悪さを本能的に察してるんじゃないですかねー」

思ってもいなかったエライザの逆襲にアレクシスは一瞬呆気に取られたように目を大きく見開いた。しかしすぐに眉を顰《ひそ》め、口元を手で覆う。

「命を救って差し上げた私に何てことを……本当に貴女は意地が悪い」

「意地が悪くても動物達は寄ってきてくれますけど？　あれ？　本能的に察してくれてるのかなー？」

くっと悔しげに黙り込んだアレクシスを見て、エライザは心の中でよしっと拳を握りしめた。昨日からやられっぱなしなのだ。とても気持ちがいい。

すっかり悦に入ってアレクシスの悔しげな顔を鑑賞し……いや、この顔を直視するのは心臓に悪い。慌てて視線を逸らすと、すっかり忘れていたリスがきょとんと顔を出していることに気づいた。

アレクシスも同じタイミングで気づいたらしく「はっ」と声に出して両手で口を覆い、もじもじしだした。その上目に焼きつけたいのか、強すぎる眼力まで添えられている。

野生を忘れたリスも今更ながら粘っこい視線に危険を感じたのか、わたわたと、しかししっかり一番大きなクッキーの欠片を咥《くわ》えながら逃げようとした。エライザが咄嗟《とっさ》にリスが咥えたクッキーを取り上げると、リスまでぶらんとついてくる。……本当に食い意地が張っている。

エライザは呆れつつ、何気なくアレクシスを見れば「はわわ」と今時のヒロインでも許されないような仕草をしてから、うっとりとリスを見つめていた。エライザは生温《なまぬる》く笑って改めてリスに視線を戻す。

（……可哀想だけど……いや、思えばこの子には私のおやつ全部取られたわ。反省は大事よね）

一石二鳥、とエライザはリスをぶら下げたまま、スカートの上に残っていたクッキーの欠片を拾い上げ、アレクシスに差し出した。

「この子なら食い意地張ってますし、多分大丈夫ですよ」

と、餌付けするように勧めてみる。

「いいんですか……」

ごくり、と生唾を飲む音がした。エライザも釣られて神妙な顔で頷いてしまう。

「クッキーしか目に入ってない内に早く」

今までで一番真剣な顔でクッキーを受け取ったアレクシスは息を止め、リスの行動を見守った。器用にぶら下がりながらエライザの持つクッキーを食べきったリスは、すぐ隣でそっと差し出されたアレクシスのクッキーを反射的に齧り始める。

するとアレクシスの表情は驚きから戸惑いへ、そして喜びに変わり、みるみる柔らかくなっていった。昨日のアレクシスからは想像できない、毒気のない表情に釣られるようにエライザの口角も上がってしまう。もしかして目覚めて以来初めて笑ったかもしれない、そう気づいて苦笑した。

（……どれだけ嬉しいのよ……ん？）

そう思いながらアレクシスを観察していると、片眼鏡の奥の茶色い瞳の光彩が鮮やかな新緑色に煌《きら》めいた気がした。

「あれ、瞳の色って……」

「――何か？」

小動物からぱっと顔を上げたアレクシスの瞳を改めて見れば、普段と同じ焦げ茶色だった。光の加減で芝生が反射したのかもしれない。

「見間違いだったみたいです」と謝れば、アレクシスは「構いません」と短く呟き、再びリスへと熱い視線を向けた。

その内、頰袋もいっぱいになり、我に返ったリスは顔を上げ、アレクシスを見て固まった。

そしてエライザを見ると『裏切者！』みたいな顔をして膝から肩へ移動し、そのまま枝に飛び移って逃げていった。途中食べすぎたのか、枝から落ちそうになったのはご愛嬌《あいきょう》だろう。

うっそうと茂る森の中に消えていくリスを見送り、エライザはワンピースのスカートの上に散らばったクッキー屑《くず》を軽く叩いて落としながら、再びアレクシスを見た。

クッキーを摘《つま》んでいた手を、もう一方の手でぎゅうっと握りしめながら「ちいさい……かわゆい……」と、余韻に浸っている。まるで幼女のような眼差《まなざ》しだった。

いたく感動している様子に、エライザは再び生温い笑顔で「よかったですね」と声をかける。意外な一面についつい付き合ってしまったが、顔を合わせればイヤミばかりのアレクシスと一緒にいる必要はない。また探検に戻ろうと、挨拶もそこそこに立ち上がり、足早にその場から去ろうとすれば、足が地面に縫いつけられたように離れなくなった。

「え、なに⁉」

「魔法です。そんなにお急ぎにならず、もう少しお話ししましょう」

魔法を直接体験するのは初めてだ。驚くほど動かない足に驚きと少しの興奮を覚えたものの、それよりも強く――嫌な予感がした。

「貴女、明日もここで食事を取るのですか」

ゆっくりと立ち上がりエライザに近づくアレクシスの顔は、先程まで緩みきった表情でリスを愛でていた人間と同一人物だと思えないほど、きりっと引き締まっている。

「……いえ、もうおやつもありませんし、そもそも食事の予定なんて……」

「食事があればいいんですね？」

すぐ目の前に立ったかと思えば、屈み込まれてアレクシスの顔が近づく。……その顔面国宝を近づけてくるのは、心臓に悪いのでやめてほしい。昨日から確実に寿命が減っている。

しかし『食事』という単語に、反射的にぴくりと反応してしまえば、アレクシスは先程までの真面目な顔を一変させ、綺麗な微笑みを浮かべた。

「いいでしょう。私もお付き合いします。人間にとって食は楽しみの一つ。仮初めの身体には必要ないとはいえ、睡眠と同じように取る方がよいでしょう。それに慣れない貴女を一日中一人にするのも些《いささ》か不安ですし、時間が合えばこちらで昼食を共にしましょう」

「えっ嫌です」

反射的に出た答えに、胡散臭いアレクシスの笑顔がスッと消えた。

食事を取れることは嬉しいが、何が悲しくて人でなしドS神官長と食事を一緒にしなければならないのか。イヤミの応酬で味も分からなくなるだろうし、そんなランチは嫌すぎる。

きっぱりと断れば「食生活は大事でしょう。ご遠慮なさらず」と、一層顔を近づけてきた。

凄《すご》んだ美貌から繰り出される攻撃を防ぐべく視線を逸らし、ぐぎぎ……と、足に力を入れても、びくりとも動かない。エライザはとうとう最低限の礼儀も取っ払い、怒鳴るように叫んだ。

「私の食事の心配をしてるんじゃなくて、明らかに小動物と触れ合いたいだけですよね⁉」

「嫌ですね、あくまでそれはついでです。しかし、あの愛らしいフォルムと小さな命の輝きに、とても癒されました。これならきっと魔力の回復も早くなって、奉仕活動の再開も前倒しで早められるに違いありません……」

もう一方の手で胸を押さえ、ほぅっと息を吐きながらそう呟いたアレクシスに、エライザはスンッと素に戻り、心の中で思いつくばかりの悪態をついた。

そして一向に動かない足の自由と引き換えに、中庭でランチをする約束を承諾したのである。

＊

薄暗かった手元が急に明るくなり、アレクシスは書類から顔を上げた。

随分集中していたらしい。いつのまにか執務室に入ってきたノエルが壁の明かりをつけていて、アレクシスは瞬きを繰り返し、目を明るさに慣らす。ちらりと振り返って窓の外を見れば空は夕闇を迎え、夜の虫の声まで響いていた。

「アレクシス様。いくら夜目が利くからといっても、明かりはつけないと防犯上、危ないですよ」

「ありがとうございます。つい集中してしまって」

そう返すと、片眼鏡を取り外し、机の上に置く。

目頭を軽く揉《も》めば、ほどよい痛みと気持ちよさに息が漏れた。そんなアレクシスを心配そうに見ていたノエルだったが、執務机の前まで来ると驚きの声を上げた。

「え？　わぁ……！　もしかしてここに積まれていた書類全部片付けたんですか？　急ぎじゃないものまで終わらせてあるじゃないですか……」

「ええ。明後日から『再生の棺』が公開されますし、執務室にばかり籠ってはいられないでしょう。早めに処理しておこうと思いまして」

簡潔にそう答え、片付けた書類の端を揃えて、処理済みの書類箱に重ねる。

ノエルは愛嬌のある大きな目でアレクシスを見つめて、不思議そうに尋ねてきた。

「随分ご機嫌ですね。何かいいことでもありましたか？」

――普段ならば三メートル以上近づけば、すぐに逃げてしまうちいさきかわゆいものたちを一メートル程度の距離で観察できたのだ。その上、とてもすばしっこいかわゆいリスが、自分の手から餌を摘まんでくれたのである。まさに至高のひととき。あの癒しの空間は素晴らしかった。

「ええ。とても――」

素敵な時間を過ごしましたと、高揚した気持ちのまま口にしかけたものの、かろうじてアレクシスは口を閉じた。ノエルとは神官長と侍従という関係以前からの付き合いだ。勿論ちいさきかわゆいものたちを愛するアレクシスの嗜好《しこう》も、また動物達に避けられるほどの魔力の高さも知っている。

……だがしかし、エライザには開き直りああ言ったものの、あれらを前にすると理性を失ってしまう自分に対して、少なからず思うところはあった。

(それに……)

アレクシスは机の上の外した片眼鏡の縁を辿るように指先で撫でる。興奮にうっかり本来の姿を晒《さら》しかけたことは、恥ずべき醜態でもある。誤魔化されてくれて何よりだった。

アレクシスはこほんと咳払いして顔を引き締め、さらりと話をすりかえることにした。

「頓挫しようとしていた計画がうまくいきそうなので」

ノエルはこてりと首を傾げたものの、すぐにむむっと眉間に皺を寄せ、唇も尖《とが》らせた。

「……アレクシス様。僕はやっぱり反対です。そもそも年頃の女の子が寝ている姿を見世物にするなんて悪趣味ですよ」

俗世についてはノエルの方がはるかに詳しいが、悪趣味と言われたことは遺憾だった。

「そうでしょうか。無駄に魔力を消費して眠っているだけの方にお仕事を与えただけです。それに何より本来の神殿の復権計画を滅茶苦茶にしたのですから、代わりの聖女として責任を取っていただかないと、私が長老に叱られてしまいます」

――そう。遠い場所にあるアレクシスの故郷――そこに住む一族の決定により、この国に派遣され、神官長の地位に立ったアレクシスの使命は、民衆の信仰心を取り戻し、自然との調和・平和を信条とする神殿の地位を向上させることだった。

エライザに説明した通りこの国クラベルテは、数十年前まで貴族達も王族派・中立派・神殿派とバランスよく均衡が保たれていたが、先代の王から徐々に王家が力をつけ、今や貴族はほぼ王家に傾いている。そのため神殿の意見は老議会で論じられることもなく、無碍《むげ》に扱われる始末で、このままでは今王は抑えの利かない暴君になるだろうことは予測できた。そうなれば先にあるのは他国への侵略戦争であり、結果多くの人間が死に、自然破壊も伴うものになる。自然と共生する自分達一族が最も忌避すべき蛮行だった。

それを防ぐ為に、アレクシスはまず一族の協力者であり、クラベルテの高位貴族であるノエルの生家ウイルソン伯爵家後見のもと神官長に就任し、この数年で色んな段取りを組んできたのである。

（本来なら悪女と呼ばれるエライザ嬢の死刑は、神殿復興計画の第一歩になる筈だった……）

――が、エライザが口にした予言、そしてレオナルドを庇ったせいで、計画変更を余儀なくされてしまった。

以前から溢れ出るオーラによりミリアが聖女だと分かっていたので、アレクシスが考えた未来では、処刑場でエライザを狙った投石は、アレクシスが魔力で軌道修正を加え、レオナルドに当たり軽傷を負わせる筈だった。きっと心優しいと噂されるミリアは愛する男の傷を治す為、聖女の力である強い治癒力を発現させたに違いなく——そこで即座にアレクシスが彼女のことを聖女として認定し、後見人となって王家へ牽制《けんせい》する駒にする筋書きだった。

そう、セディーム辺境伯の土地に魔物が残っていることも、この先レオナルドの責任として大きく取り沙汰される筈だった。東の森に魔物が残っているのは密《ひそ》かに派遣していた偵察隊で分かっていたし、すぐに救助、討伐に参戦できるように、各地を巡礼している魔力の高い神官を不自然にならないよう待機させていた。つまりレオナルドに繋がる王家の支持を下げつつも、領民想いのセディーム辺境伯へ恩を売り、民衆の支持を得る為に動いていたのに、綺麗さっぱり無駄にされてしまったのだ。

しかし処刑間際に予言を口にしたエライザ、そして聖女の力を発現させなかったミリアを見て、アレクシスはすぐに計画を立て直し——今に至る。

だがエライザに話した通り、さすが神具とでも評すればいいのか、予想していたよりもはるかに多く魔力を『再生の棺』に持っていかれたのは事実だった。おかげで魔力を節約する為にこの一カ月は大きく不便を強いられ、未《いま》だ魔力の回復は半分程度。

そしてそこからの、あの呑気《のんき》なエライザの目覚めである。八つ当たりだと自覚しつつもイヤミを口にすれば、最初の怯《おび》えはどこにいったのか意外にも言い返してくるわ、交渉まで持ちかけてくるわと図々しかった。しかも仮初めの身体を与えてみれば、十七歳だと思えないほど小柄な少女であり——小さな顔に大きな黒い瞳が一生懸命こちらを見上げる仕草は、一層幼く愛らしく見えてしまい、面食らってしまった。

「……」

アレクシスの目にはエライザが『ちいさきかわゆいかよわきもの』となって、見えてしまったのである。処刑場では威勢よく未来を語っていたし、目覚めてからも意識を失いたくないと交渉を持ちかけたり、アレクシスにきゃんきゃんと子犬のように嚙《か》みついては余計な一言を付け足したりと、強《したた》かで肝が据わっており、その内面は全く反映していないにもかかわらず、だ。

最初こそ狼狽《うろた》えてしまったが、一晩明けてもエライザは当然ながら変わらず、いやそれ以上に正面からぶつかったことで、一層小ささを実感してしまった。今思えば自然と上目遣いになる位置も悪かった。

(――ッ駄目だ。かわゆい!)

心の中で唸《うな》り、巻き気味に説明をしてエライザを退出させ、午前中の仕事を消化していった。連日の疲労と思ってもみなかったエライザという名の副産物をどうしたものかと改めて思い悩み、ふと窓の向こうに目をやった。ちいさきかわゆいものたちの姿が見られれば……と思ったのだが、それ以上の――リスや小鳥、ウサギ達と戯れる少女の姿が目に入り――その瞬間から、アレクシスの記憶はなくなっている。

気づいた頃には、彼女は小動物達との仲立ちをしてくれていた。

(……それだけは良い仕事をしてくれたと認めてもいい……)

最後はリスのように頰を膨らませて、昼食を取ることを了承したエライザを思い出し、やはり小動物のようだ、と思いかけて慌てて首を振って否定し、こほんと咳払いをした。

「――そうだ。明日の午後の予定ですが、彼女や知り合いの様子も見届けたいと思います。約束の時間に間に合わなくなるでしょうから、馬車ではなく魔法で直接向かうつもりです。馬番に馬車は不要になったと伝えておいてください」

悪びれることなく話題を切り替えたアレクシスに、ノエルは溜息をつきつつ、こくりと頷いた。

「例のお約束ですね。王弟カミロ様との面会は……ちょうどひと月ぶりになりますね」

「ええ、少し落ち着いたので、そろそろ様子を見に行ってきます」

王弟カミロは血気盛んな今王と正反対とも言える穏やかな気質である。病弱なこともあり、早々に王位争いや権力闘争から離れ、隠居生活を送っているが、実はアレクシスが定期的に巡回する治療先の顧客の一人でもあった。アレクシスと並ぶほど博識で頭の回転が速く、次期王としても相応しい人物で、病弱でなければ王になってもおかしくない器である。

だからこそアレクシスは早々に目をつけ、重病人に行う緩和治療と称しつつも、密かに彼自身にも知られぬように数年かけて病の原因たる心臓の治療を行っていた。そう、しかるべき日に最後の駒となってもらう為に。

アレクシスは片眼鏡をつけ直し、スイッチを切り替えるように神官長という役柄に戻ると、再び新しい書類を手に取った。

三

夜が明け、エライザは早い内から起き出し、棺の中の自分を隅々までチェックしたり、拝殿の門まで往復したり……と、キース達との約束の時間まで落ち着きなく過ごしていた。

約束の時間よりも随分早く訪れた一行の知らせを聞き、エライザはすぐに本殿の入り口に向かう。

およそ一カ月ぶりに見る三人は、エライザが予想していた通り、それぞれ暗い顔をしていた。キースの目の下は暗く、彫りが深いせいで余計に落ち窪《くぼ》んで見えるし、マリアンヌとメアリーも同様で血色も悪く、年頃らしくふっくらとしていた頬は僅かに痩《こ》けているように見えた。

（ああ……みんな憔悴《しょうすい》してる……。もう一カ月以上経つんだから、私のことなんてさっさと忘れて日常に戻ってほしかったのに）

とはいうものの、その程度の仲だったなら、とっくにエライザのことなんて見限っていただろう。最後まで庇ってくれたこの三人には足を向けて眠れない。きっともう一生得ることはできない稀有《けう》な友人達だ。だからこそ、今にも倒れそうな三人を見ていると胸が痛く、声をかけられないもどかしさは想像以上だった。

客間に通された三人は、出されたお茶に手をつける前にそれぞれ名乗ると、神官長に改めて礼を取った。

「――神官長様。本日は我儘を聞いてくださりありがとうございます。こちらは父から預かった書簡でございます」

三人の中で一番位の高いセディーム伯爵家の令嬢であるマリアンヌが唇を震わせつつも、代表して挨拶を口にする。そして自ら抱えていた文箱《ふばこ》をアレクシスに手渡した。

手紙だけにしては大きい。もしかしたら金貨でも入っているのかもしれない……そう思ったのは目深に被ったフードの下で、アレクシスの口角が僅かに上がったのが見えたからだ。

(この守銭奴が……！　ここに来るまでにも相当巻き上げてるだろうに、また追加で寄付金とか要求したんじゃないでしょうね……！)

昨日強制ランチを脅迫されたこともあり、エライザのアレクシスに対する信頼度は著しく低い。

「辺境伯からですね。しっかり受け取りました。何かと騒がしく心が落ち着かない日々を過ごしていると思います。ご自愛くださいますよう、よろしくお伝えください」

「ありがとうございます。きちんと伝えますね。あの……重ねて失礼を承知でお願いするのですけど、今すぐエライザと会ってもいいでしょう、か……」

エライザ、と名前を呼んだあたりで声が大きく震えた。

勿論呼ばれたエライザの目にも涙の膜が張ったし、込み上げた嗚咽《おえつ》も慌てて呑《の》み込んだ。

アレクシスはそんなエライザを彼らから隠すように移動し、ノエルに向かって案内するように指示する。さっそく祈りの間に向かおうする一同に、エライザも後に続こうとしたものの、後ろからアレクシスに、ちょん、と指先で肩を押された。いや、つつかれたと言った方が正しいかもしれない。

慰めてくれるのかと思って振り向けば、アレクシスはコホン、と咳払いし「……声が漏れてますよ」と、小さな声で注意してきた。人でなしがすぎていっそ泣き喚《わめ》いてやろうかとキレそうになる。

(乙女が泣いてるっていうのに、ハンカチくらい貸しなさいよ……！)

おかげで涙は引っ込んだ。

そして背後にぴったりとついてくる神官長に促され、廊下から祈りの間に入る。すると先に入っていたマリアンヌが奥に安置された『再生の棺』に向かって駆け出したところだった。メアリーもすぐその後を追い、キースだけはその場に縫いつけられたように足を止めている。しかしノエルに促されると、きゅっと唇を引き結び、棺の前に向かった。

そうして三人が棺の周囲を囲み、中で眠るエライザを見下ろし——話は遠い冒頭へと戻ってきたのである。

「いつ目覚めるか分からないなんて……！　どうして貴女だけがこんな目に……！」

硝子の棺の中で眠るエライザを見るなり、口元を手で覆い、そう呟いたのはマリアンヌだった。

そのまま、力尽きたようにその場に屈み込み、棺に取り縋る。

「嘘でしょう……ねぇ、目を開けてエライザ。いくらでも謝るから……！」

「小さい頃から見てたのに、どうして俺はお前を信じきれなかったんだ……」

立ち尽くし痛ましいものを見る目でそう呟いたキースは、くしゃりと顔を歪ませた。

そのすぐ近くでエライザは声にならない悲鳴を上げる。

(あの気の強いマリアンヌが人前で泣くなんて！　ああ、慰めてるメアリーも目の下が荒れてる……！　キースなんて私の護衛から外れて久しいんだから、全然！　全く！　気にしなくてもいいの！　っていうかみんな泣かないでぇえ！)

エライザはあわあわと口を開いては閉じることを繰り返し、罪悪感に瞳を潤ませた。自分の身体を取り囲み、嘆き悲しむ友人達への罪悪感から胃まで痛くなってくる。

(みんなごめん！　それもこれも全てこの人でなしドS神官長のせいなんだから――――！)

――そう、できることなら、ぴしっと指をさして犯人を示していただろう。

暫《しば》くすすり泣く声が響き、気まずさと申し訳なさで一旦退室しようか迷ったその時、棺の中のエライザを見つめていたキースが顔を上げた。そのまま身体ごと振り返り、扉近くで見守っていたアレクシスに険しい顔をして口を開いた。

「……明日からエライザ様を礼拝堂に移し、棺ごと公開されると聞きましたが真実でしょうか」

(え、キース!?　神官長って身分的には偉い人なのよ!?　そんな口利いたら不敬罪――――)

自分のことはさておいて、エライザは焦る。しかし意外にもアレクシスは静かな口調で答えた。

「ええ。参拝者に向けて公開するつもりです。一般公開なら列に並んでいただき、滞在時間は五分以内。こうしてゆっくり過ごすことはできませんが、いつでも聖女様にお会いできますよ」

「エライザ様を見世物にするつもりですか！」

キースはぐっと拳を握りしめた後、とうとう怒鳴るような大声を出した。さすがにこのメンバーでは一番落ち着いているメアリーが止めに入るが、今にも摑みかからんばかりの勢いに、ノエルも素早くアレクシスを庇うように前に立つ。

そんな緊迫した中でも焦る様子もなく、アレクシスは話を続ける。

「エライザ嬢は少し前までは聖女らしい、品行方正でお優しい方だったようで、貴方達のように面会を願う方が多いのです。まさか会わせるのは自分達だけにしろとでも仰るのですか？　……本来なら貴方も一般参拝の列に並んでいただくつもりでしたが、そちらのお嬢様がどうしてもというので許可したのですが……」

キースはハッとしたようにマリアンヌを見た。伏せられた視線に、ぎゅっと唇を引き結ぶ。

確かに三人はエライザを介して知り合いだといっても、キースは平民である。騎士団に入って頭角を現してはいると聞いているけれど、まだまだ新人で身分なんてあるわけもない。マリアンヌが気を利かせてキースを誘ってくれたのだろう。

（でも、言い方ぁ！）

神官長というのならもっと穏やかで優しい言葉を使うべきではないだろうか。率直でキッすぎる。幼稚園でチクチク言葉について学んできてほしい。

「五百年ぶりの聖女降臨です。信徒達もご尊顔を一目でも見たいと思っている筈です。それに愚かな判断のせいで、今は眠っている聖女はいつ天に召されてしまうかも分からない。見たい、ひと目見て心の拠《よ》り所にしたい、そう思うのがそれほど悪趣味なことでしょうか」

アレクシスの声は玲瓏で耳に心地好く説得力がある。しかしその中にも、早々に死刑の判決を下した王家へのイヤミが入っていることに気づいたのは、おそらくエライザとノエルだけだっただろう。

そしてやはりイヤミを言っている時ほど、口調はそのままだが表情がイキイキとしている。ちなみに寄付金の話をしている時も同様に目が輝いていることにエライザは早々気づいていた。

「それにこう言ってはなんですが、むしろ足繁《あししげ》く神殿に通い、平和を祈っていた信徒達こそ聖女にお会いする……参拝する資格があるのではないでしょうか」

最後のは完全に、これまで神殿に来たこともないだろうキースに対するイヤミである。

キースは反論しかけたものの、腕を掴んだメアリーに大きく首を振られ、沈黙した。代わりにメアリーがアレクシスに向かって頭を下げる。

「……失礼しました。もう少しだけ、ここにいさせてくださいませんか」

「ええ、あと一時間は大丈夫ですよ。午後から外出の予定があるので、準備の為に私は失礼しますが、帰りはそこにいるノエルに申しつけていただければ門まで送らせます」

アレクシスはちらりとエライザを見ると『余計なことはしないように』と視線で念押しし、踵を返した。ノエルも黙り込んだ三人を見て気を遣ったのか「僕も扉の前で待っていますね」と言い残し、扉が閉まる。

「くそ……っ」

沈黙が落ちた後、キースはメアリーに謝り、マリアンヌに改めて今日同行させてもらったお礼を口にする。

「……いいわよ、そんなの。それよりあと一時間……少しでも話しかけてみない？　もしかしたら声が聞こえてるかもしれないし」

現実的でまだるっこしいことが嫌いなマリアンヌらしからぬ提案だった。しかしキースもメアリーも同意し、三人はエライザの棺を囲むと、それぞれの思い出話を語り出したのだった。


――そしてお開きの時間となり、後ろ髪引かれるように何度も振り返っていた三人を馬車に乗るまで見送り、エライザはすんすん鼻を啜《すす》りながら本殿の入り口まで戻ってきた。

その傍らで、ノエルはオロオロしながらも「いい方達でしたね」なんて言ってくるので、エライザの涙腺《るいせん》は壊れてしまう。そう、エライザは彼らの思い出話に泣かされっぱなしだった。

（この意識体、幽霊みたいなのに無駄に高性能なの何なのよ……。目は熱くてパンパンだし、擦りすぎてひりひりするぅ……）

本殿に足を踏み入れたところで白い壁が立ち塞がり、俯いていたエライザはぶつかりそうになって慌てて立ち止まる。顔を上げると、そこにはアレクシスがいた。エライザの顔をまじまじと見下ろしていることに気づいてぎょっとする。慌てて俯こうとすると独り言のような呟きが落ちてきた。

「おや、可愛い」

予想していたものとは明後日な言葉に、思わず「は？」と聞き返す。このパンパンだろう顔のどこが可愛いのか。聞き間違いでないならイヤミも甚だしい。

ぎろりと睨んだエライザに、アレクシスは一瞬不思議そうな顔をしてから、はっとしたように視線を逸らした。口元に手をやり、ちらりとエライザを横目で見やってから、はぁ、と何か諦めたような溜息をついた。意味が分からない。

「……いえ、そこまで感情を意識体に反映させるなんて、ある意味とても器用です。お顔が昨日のリスのようにパンパンで……人間もこんなに膨らむものなのですね」

「……っく！　そうでしょうとも！　こちとら心配してくれてる友人達と意思疎通が取れなくて、たっぷり一時間自分に対する懺悔を聞かされた身なんですよ！」

もはや神官長という立場への遠慮は、昨日の時点で既に捨てている。まだ残っていたらしい涙が零《こぼ》れたことに気づいて腕で拭うと、擦れた瞼がヒリヒリして痛みにぎゅっと目を瞑《つぶ》ってしまう。

そんなエライザにアレクシスが無言のまま、一歩歩み寄ったのが気配で分かった。何を、と避けるよりも早く、すっと伸ばされた手がゆっくりと——いや、むしろおそるおそるといったように頬に触れ、エライザは驚きに固まってしまう。

白く細くて綺麗な指だが、意外にも筋張っていて大きく冷たい。

そして覗き込んできた顔が思いのほか近く神妙だった。シミひとつない陶器のような肌と長い睫毛、触れそうなほど高い鼻を昨日よりも間近で見てしまい、エライザは思わず息を止める。長い焦げ茶色の髪がさらりとフードから零れ、片眼鏡の鎖がしゃらりと鳴った。

瞼にそっと細い指が触れ、冷たい氷が当てられたような感覚に、ビクッと肩が跳ねる。反射的に逃げようと後ろに足を引きかけたものの、アレクシスに「そのまま」と短く注意され、動けなくなってしまった。

時間にして数十秒、徐々に瞼が軽くなりぱちぱちと目を瞬くと、さっきまで狭かった視界が広くなっていた。熱さも気怠さも綺麗に消えている。治してもらった、と理解するまで時間がかかった。

（きゅ、急に触れないでくれます⁉）

エライザはお礼どころか、そう心の中で叫ぶのが精一杯だった。うら若き乙女の柔肌に許可もなく触れるなんて、と抗議したい。

そんなエライザの動揺に気づく様子もなく、ゆっくりと離れていく白く長い指先。それが自分の瞼に触れていたかと思うと、何故かそわっと落ち着かなくなる。

しかしアレクシスには何の支障もないのに、瞼の腫れを取ってくれたのは確かだ。不本意ながらも小さな声で「……ありがとうございます」と呟けば、アレクシスは、くっと何かに怯んだように口を押さえて顔を傾け、側にいたノエルの名を呼んだ。

「……一時間ほど遅くなると相手方に伝えてください」

「え？　今からですか……？」

戸惑うノエルだが、それ以上何も言わないアレクシスに不思議な顔をしつつも、頷く。

そんな一連のやりとりに首を傾げると、アレクシスはエライザに向かって「行きますよ」と、声をかけてから背中を向けた。

「どこに？」と、尋ねても返事はなく、エライザはよく呑み込めないまま、スタスタと前を歩くアレクシスの背中を追いかけていく。

廊下を曲がり、中庭に繋がる潜《くぐ》り戸を通ったところで、何も持っていなかった筈のアレクシスの手に、大きなバスケットが握られていることに気づいた。

（え、さっきまで何も持ってなかったよね？）

これも魔法だろうか。けれど中庭、バスケット……空を見上げれば昼時。連想ゲームが始まり、まさか、とエライザは、胡乱《うろん》な目をしてアレクシスを見た。

アレクシスが止まったのは、案の定、昨日おやつを食べた中庭で一番大きな木の下だった。

「さ、このあたりでいいでしょう。貴女は敷物を広げてください」

籠の一番上にあったピクニックシート代わりの赤いチェックの布を押しつけられ、エライザは無言になる。この目の前にいる美貌の男には壊滅的に情緒と気遣い、そして人の心がないことを思い知った。エライザは人でなしドS神官に、自己中と付け足そうと決意する。

「ランチなんて食べる気分じゃないんですけど……」

「いえ、人間はお腹が空《す》くとますます気が滅入る者が多いと聞きます。ならばちいさきかわゆいものたちに癒されながら昼食を取るのが今の最善です」

「自分が癒されたいだけですよね……!?」

咄嗟に叫んだものの、ノエルに急な予定変更を伝えていたのは、ここに来る直前のことだ。最初から一緒にランチを取るつもりだったなら、もっと早くに相手に伝えていた筈だろうし、エライザだって三人の見送りを止められただろう。

（……もしかして、私を慰めようとして、静かな場所に連れて来てくれた……？）

改めて見れば、バスケットの中のサンドイッチは美味しそうだし、焼き菓子まで用意されている。現金にも鳴りそうになったお腹の音を誤魔化す為にバスケットから視線を外し、もういいや！と考えるのを放棄して、エライザは渡された布を勢いよく広げた。雲ひとつない青空と芝生の緑に赤いチェック模様が映えて、だんだん気持ちが上向きになってくる。結局エライザはアレクシスと並んで座り、バスケットの中のサンドイッチを受け取った。

「貴女がちいさきかわゆいものたちに、人間の食べ物はよくないと言うので、あれからすぐに料理係に言って特別製のビスケットを作ってもらいました」

ドヤ顔でそう言われ、エライザはやっぱり自分の勘違いだったか……と、流された自分の甘さに空笑いして溜息をつく。

「……いただきます」

はむり、とサンドイッチを頬張っていると、横から肌に刺さるような鋭い視線が飛んできた。横を見れば、アレクシスの視線はエライザに向けられてはいなかった。ガンッと見開かれた瞳は、エライザの頬を掠めるように茂みに向けられている。

エライザは本来のランチの目的を思い出し、疲れた声で「何かいましたか？」と尋ねてみた。

「ええ。木の枝に小鳥が二匹、茂みのすぐそこには昨日私の手からクッキーを食べてくれたリス。そして少し離れた場所にウサギが三羽います」

「眼鏡じゃなくて、スコープでもつけてらっしゃる？」

早口すぎる説明に、思わずエライザが突っ込む。しかもそこそこ広い中庭なのだからリスだって一匹だとは限らないだろうし、昨日と同じだと断言できるのも何だか嫌だ。

「とりあえず、その睨むような目をやめましょう？　私も痛いくらいに感じるので動物達はもっと怖いと思いますよ。とりあえず視線を外してください」

ここまで来たらアレクシスを満足させて、さっさと立ち去るに限る。

エライザはサンドイッチを一旦膝の上に置き、バスケットの中を探って用意してもらったというビスケットを小さく割り、茂みの方に投げてみた。

がさり、と最初に茂みから出てきたのはリスだった。普通のリスよりも若干太め……食い意地の張り具合といい、丸っこいフォルムといい、エライザも「昨日のリスで間違いないわ」と確信してしまった。恨みがましい目で去っていったというのに、すっかり忘れてしまったらしい。

そろそろとリスが餌に近づくのを見守る。その短い手を伸ばし、餌を取ろうとしたその瞬間、上から小鳥がかっ攫《さら》っていってしまった。見事な滑空である。勢いに驚き、後ろに飛び上がったリスは、しょんぼりと肩を落とした……ように見えた。

（どんくさい……だけど今はそれくらいでちょうどいいわね）

エライザが小鳥に注意しながら餌をやると、リスが次第に距離を縮めてきた。……それに比例し、神官長もエライザのすぐ側までじりじりと詰めてきている。

リスの頬がパンパンになる度に、「っく」「かわっ……」と、いちいちうるさすぎる呟きが耳に入ってくる以外は問題ない。

エライザは心を無にし、昨日の過ちを繰り返さないように、先に手にしていた自分の分のサンドイッチを食べてしまう。薄切りハム一枚の野菜サンドは少々物足りないものの野菜は新鮮で、パンもまだ柔らかく美味しかった。

水を飲んで胃を落ち着かせてから、布の上にいるリスに勝負をかけた。等間隔で先程より小さなビスケットの欠片を自分の膝から、アレクシスの膝の上まで少しずつ感覚を空けて置き、彼に残りのパンを手渡す。

すると前世で『バキュームハ〇スター』と名づけられていた動画と同じく、頬袋に詰め込んでは、その次の餌に向かっていった。その動きに迷いはなく、面白いほど綺麗に誘導されてくれて感動する。膝の上に乗ることにも抵抗なく、リスにはもうパンしか見えていないらしく、その食べ残しを狙って小鳥やウサギも集まってきても振り向きもしない。

とうとうリスはアレクシスの膝に乗り上がり、手の中のパンに齧りついた。しかし頬袋の許容量がオーバーしたらしく、その場でむちゃむちゃと、齧歯類らしからぬ音を立てて食べ始める。

念願のちいさきかわゆいものが膝の上に乗り、餌を食べる姿に、どうすればいいの、とでも言うような視線を送られたので、知らん、勝手にやれ。と笑顔を返しておいた。

生贄《リス》が神官長の膝の上にいるせいか、他の小動物達もエライザの膝や肩に乗り、集まってくる。ビスケットを砕いている時にスカートに零れたパンくずを集めて手を差し出すと、膝の上にのそりとウサギが乗り上がってきた。

リスとは違い、明らかにアレクシスの方に顔を向けて警戒しているが、この子も存外人懐こい。まだ冬毛の柔らかいウサギにそっと触れて撫でてみても逃げることはなかった。それどころかもっと撫でて、とでも言うように頭をぐりぐりお腹に押しつけてくる。

(可愛い……はぁ、確かに癒されるかも……)

少しくらいはアレクシスに感謝してもいいかもしれない。きっとあのまま部屋に引き籠っていたら、罪悪感に延々と鬱々としていただろうから。

(……まぁ、優しいところもあるのよね……多分……分かりづらいけど)

肩に鳥が止まり、可愛い声で囀《さえず》り、髪をいたずらしだしたのでつついていると、隣から鋭い視線が刺さった。

エライザの腕に止まろうとしていた新たな小鳥が、びくっと羽を硬直させ、そのまま滑空し、くるりと百八十度回って木々の中へ戻っていってしまう。

「……その目をやめてください！　怖いんですってば！」

エライザの突っ込みに、小鳥がまた一羽エライザの肩から飛び立ったのを見て、アレクシスは表情に出さないものの、僅かに項垂《うなだ》れ、ぽそりと呟いた。

「……難しいことを言わないでください。折角すぐ側まで来てくれているのに」

「じゃあ、見てていいんで視線が和らぐようにお喋りして気を逸らしましょう。……えっと、そうだ！　キース達が来た時、マリアンヌから辺境伯のお手紙を預かってましたよね？　あれって何ですか？　まさか追加で寄付金なんてもらってませんよね？」

ピクリとアレクシスが器用に片方だけ眉を上げる。

「何ですか、その目は。それはそれで喜ばしいことですが、残念ながら相談事ですよ。近い内に領地まで訪ねてきてほしいそうです」

「……セディーム辺境伯と仲良かったですっけ？」

相談事？　と、首を傾げて尋ねる。神殿とセディーム辺境伯の関係はゲームの中で語られることはなかった。いやむしろこんな派手なアレクシスですら一度きりの登場だったのだから、そんな細かな裏事情など知るわけがない。

「辺境伯は公言こそしていませんが、唯一の中立派ですからね。それに……」

最後に言葉を濁したアレクシスに違和感を持つ。セディーム辺境伯はエライザにとって友人の父ではあるが、同時に東の国境の安全を任されている重要な人物である。

「……ちょっと貴女、少し近くありませんか」

話し出すのを待っていたら意外な言葉と共に嫌そうに少し距離を取られて、エライザのこめかみにぴしっと青筋が浮いた。自分は敷いた布の上に座っているだけだし、何なら昨日よりも遠い。

（今更バイ菌みたいな扱い⁉　自分はさっきまで顔にベタベタ触ってたくせに！）

意味が分からない。そう思ったものの、こほんと咳払いして視線を逸らした神官長に、話を誤魔化そうとしたのでは？　と思いついた。

（もしかして神殿側に引き込もうとしてるのかな……寄付金ばっかり注意がいってたけど、いずれは神殿の復権も狙いたいみたいなこと話してたよね？）

変に藪蛇《やぶへび》して「秘密を知りすぎたな……」なんて消される展開はごめんだし、アレクシスもそう思ってわざと話を変えたのかもしれない。思わず考え込んだエライザが黙ると、アレクシスの目がまた鋭いハンターのようになっていくのが見えた。最初の目的を思い出したエライザは慌てて話題を変える。もう一つ気になっていたことがあるのだ。

「あの！　目を覚まして前世の話をした時に、私と同じような事情を持つ人のことが書かれた古い文献があるって言ってましたよね？　詳しく教えてもらえませんか？　もしかしたら今、この瞬間にも私の他にも転生者がいるのかな、ってずっと気になっていて」

「……ああ、そういえばそんな話をしていましたが、古い文献だと言ったでしょう？　その本が作られたのも百年ほど前、転生者が現れたのもそれ以前です。そもそも同じ世界から来たとは限らないのでは？　それに一族の文献は貴重なもので、持ち出しも禁止されています。貴女が借りて調べる、というのも無理ですし、私もしばらくは故郷に戻りませんので」

思いがけない言葉にエライザは目を見開き、問い返した。

「故郷？　神官長ってこの国出身じゃないんですか？」

「――ええ。大陸の端の小さな国の出身です。私の親類がこの国クラベルテにいることもあり、縁あってこちらに留学させていただいたのです」

意外すぎる情報である。すっかり影響力がなくなったと言っても国教の神官長なのに、まさかクラベルテ出身じゃないとは想像もしていなかった。

「この国の人じゃないのに、よく神官長になれましたね……」

「元々故郷でも神官の家系でしたので、神殿の現状を目の当たりにして、いてもたってもいられなくて。親類であるウイルソン伯爵家の――ノエルの実家になりますが、当主に後見人になってもらい、神職につきました」

視線がウサギからエライザへと動く。熱っぽい視線の名残を残しつつも、淀《よど》みなく答えた内容にエライザは驚きを隠せず、目を瞬いた。

「あの北部のウイルソン伯爵家ですか？」

ウイルソン伯爵といえば、この国の北部に位置する広大な領地を持っているものの、そこは気候面で恵まれず冬が長く、一年中魔物が出ることで有名だった。そんな理由もあり当主を含めた一族の人間は王家が主催する公式行事への参加を免除されている。王都に来る暇もないのだが、中央貴族はそれを揶揄って『引き籠り辺境伯』なんて呼んでいた。今思えば北の護《まも》りを一手に任せている貴族に対して不敬すぎる話だ。

（何で今まで不思議にも思わなかったんだろう……貴族令嬢だってドレスや宝石ばかり興味があるわけじゃないし）

そもそも『学園』という学び舎《や》まであるのだ。学のある人間じゃなくても一人くらいウイルソン伯爵に対する王族を筆頭とした貴族達の態度を不敬だと感じる者がいてもおかしくない。それにクラベルテ出身じゃないアレクシスが神官長になれたこともやはり不思議だ。

（これがゲーム故のご都合主義っていうなら、いつか破綻しそうじゃない？　うわぁ、気づきたくなかった。怖すぎる……）

ぶるりと身を震わせる一方で、いつもニコニコしている少年従者を思い出した。

「ということは、ノエル君って高位貴族のご子息だったんですね……」

「神官になれば身分は関係ありませんから」

いつか本人から聞いた言葉を繰り返したアレクシスに、エライザはきっとそれなりの事情があるのだろうと今度は深入りはせず、アレクシスの出身だという小さな公国について尋ねてみた。

アレクシスが口にした国名は聞き馴染みがない。学園の地理の授業で世界地図を見る機会はあったが引っかかりもしないということは、本当に小さい国なのだろう。

「じゃあ、すぐには調べられないんですね」

意外な方向に話がずれたが、目当てだった古い文献を見られる機会はなさそうだ。勢いを失って溜息をつけば、アレクシスは再び、少しずつ集まってきた動物達へと視線を戻した。

「ええ、それに貴女と同じような方が存在したとしても、転生者なんて普通ならば正気を疑われます。自分から名乗りを上げる方なんていないでしょうし、見つけるのは奇跡に近いのでは……」

もっともらしく言い終わる前に、子ウサギが顔をクシクシ洗っているのを見て、アレクシスの顔が蕩《とろ》けた。睨みつけるよりはマシだがぐっと胸を押さえて呼吸を荒くするのはやめてほしい。顔がよくなければ完全に変質者である。

何度目かの溜息をつくと、肩の上に止まっていた小鳥が、励ますようにちちっと可愛い声で鳴いてくれた。

「おやおや、小鳥も愛らしい。手の中にすっぽり収まるちょうどいい大きさです」

よく見ようとしたのか、またガンッと睨みを利かせてきたので、エライザは髪の中にそっと小鳥をしまい込んだ。不服そうにエライザを見たアレクシスだが目が合うと、ぱっと逸らしてしまう。

（……また視線逸らされたし。あ、もしかして俗世の異性とあんまり目を合わせちゃいけない戒律でもあるの……？　それか女嫌いとか？　瞼を治してくれたことを考えると、すごく私が嫌いってわけじゃないよね？）

後でさりげなくノエルに聞いてみようと思ったエライザだったが、今度は懲りずにリスを凝視しだしたアレクシスに気づき、頭を抱えたくなった。

「本当にもう……」

小動物達と自然に触れあえるのは、まだまだ時間がかかりそうだ。

（あ、そういえば随分心が軽くなってる……）

少し前まで心の中に重くのしかかっていた友人達に対する罪悪感は今もまだ存在しているけれど、今メソメソしてたってしょうがない。動けるようになったら、まずは精一杯の謝罪と感謝を伝えよう。許してもらえたら改めて一緒に思い出の場所を回るのもいいかもしれない。そこでいっぱい三人を笑わせるのだ。

そして時間ぴったりに迎えにきたノエルと共にアレクシスを見送り、このまま平和に一日が終わるかと思いきや――大嵐が何の前触れもなくやってきたのである。

＊

「レオナルド王太子殿下並びに、宰相子息のフェリックス様、護衛のロバート様が聖女様と面会したいといらっしゃっています！」

外出するアレクシスを中庭で見送って二時間後。

特に用事もないエライザはノエルに頼み、簡単な書類整理を任され張り切っていた。そんな矢先に、慌ただしく主《あるじ》不在のアレクシスの執務室に駆け込んできたのは、本殿によく来る老神官で――

先程の爆弾発言を発したのである。

「――はい？」

ノエルの声が重なったおかげで、幸いなことに神官の耳にエライザの声は聞こえなかったらしい。

「……お約束はしていなかった筈ですが……」

ノエルがそう呟くと老神官は「そうですよね⁉」とでも言うように、年齢にそぐわない激しい動きでぶんぶん上下に首を動かした。

「お顔は何度も見たことがありますし、付き添いでいらっしゃった二人もそうなのでご本人様に間違いありません。友人のご令嬢達が会えるのなら、元婚約者である自分も会える筈だと仰られて……ああっ、これは寄付金だと……」

思い出したように懐から取り出したのは重そうな袋だった。ノエルが受け取り、中身を見ると少し遠い目をして「アレクシス様が喜びそうだなぁ」と呟き、すぐに閉じた。

エライザから中身は見えなかったが、おそらく金貨だろう。あの量なら最新のドレス十着分というところだろうか。

（いやいや、約束もなしに勝手に来るとかありえないし！　しかも寄付金さえ出せば済むと思ってるの？　そもそも神官長がいない時に来るとか卑怯《ひきょう》すぎない？）

王族に並ぶ権威を持つのは神官長しかいない。そんなわけでここに残っている神官達では追い返すことは難しいだろう。

「……分かりました。すぐに向かいます。ひとまず応接室にお通ししてください」

考え込んでいたノエルがそう言うと、老神官は最初の勢いのまま部屋から飛び出していった。

「エライザ様。少し失礼しますね。お断りして帰ってもらいます」

「……え？　王太子だし、そんなに簡単に断れないよね？　神官長もいないし」

少し言い辛《づら》いもののそう返せば、ノエルは少し気まずそうに笑った。

「一応代理を任されてますし。何よりエライザ様だって、意識は別の部屋にいたとしてもお会いするの嫌でしょう？　帰ってもらうようにお願いしてみます」

（……っく……！）

エライザはその気遣い溢れる言葉に感動した。確かに自分を処刑しようとしたレオナルドになんか会いたくない。だがここは冷静にいくべきだ。自分の感傷のせいで、ノエルを危険な目に遭わせるわけにはいかない。何せ天上天下唯我独尊を地でいくレオナルドである。神官相手でも刃物をチラつかせるかもしれない。……しかし何の用事でここまで来たのだろう。

エライザが疑問を口にすれば、ノエルは逆に不思議そうな顔をして首を傾げた。

「お昼のご友人同様、エライザ様に懺悔しに来たんだと思いますが……」

「本当？　トドメを刺すとかそんな感じじゃない？」

レオナルドが懺悔するなんて想像もできない。それを踏まえて真面目に言ったのだが、ノエルは冗談だと思ったらしく、少し笑って首を振った。

「さすがに神殿内ですよ。それに三人ということなので、お忍びでいらっしゃったんでしょう？」

（私が余計なことをしたせいで、愛《いと》しのヒロイン・ミリアとの婚約がうまくいかなくて、恨み言を言いに来た可能性もある……？）

「……まぁ、懺悔するかはおいといて、祈りの間に通してもいいんじゃないかな？　寄付金ももらっちゃったし、何言われても黙って右から左へと流しとく。それにお金は正直助かるし」

寄付金の一部イコールエライザの出所支度金である。

大丈夫、と繰り返せば、ノエルは迷うように唸りつつも、最後には申し訳なさそうに「お願いします」と頭を下げた。しかしすぐに「僕と神官達が同席しますから！」としっかり手を握り、エライザを力づけてくれたのだった。

そして十分後――。

エライザは祈りの間に戻り、棺を挟んだその奥で王太子を待つことにした。

レオナルドを先頭に、理知的な雰囲気を持つ宰相子息のフェリックス、護衛の近衛《このえ》騎士姿のロバートが続いて入ってくる。三人が揃うだけで無機質な祈りの間が一気に華やいだ気がするのは、さすがメインキャラクターと言うべきだろうか。

そしてエライザは改めてレオナルドを見て、何とも思わなかったことにほっとした。以前は太陽のように光輝く金色の髪と、よく晴れた日の空のような瞳に見惚れていたのだが――。

（カラーリングがベタすぎない？　それに確かに美形だけど、性格の悪さが横柄な態度に出てるわ〜）

改めて冷静に見たエライザの感想がこれである。

（でもこうして見るとみんな格好いいよねぇ。レオナルドの取り巻きはすべからくエライザに冷たかったけど！　屋敷に乗り込んできた時に縄をかけてきたのはロバートだったっけ？　……宰相の息子のフェリックスも、いつも虫でも見るような目、向けてきたなぁ）

ある意味、平気だったエライザも強い。恋は盲目といっても限界はあるだろうに。

過去の自分の趣味の悪さについて反省していると、棺の前までやってきた三人はその中で横たわっているエライザを見るなり、それぞれ思い思いの顔をした。

フェリックスは痛ましそうな表情を浮かべ、ロバートは分かりやすく罪悪感に満ちた顔をしている。その真ん中にいるレオナルドは憮然《ぶぜん》とした表情で、眉を寄せていた。

数秒、数十秒と時間が流れ、一番初めに口を開いたのは、意外なことに寡黙な騎士ロバートだった。レオナルドに「先に失礼してもよろしいでしょうか」と尋ね、許可が下りると、棺の前で膝をついた。

「……エライザ嬢、私は貴女のことを上辺だけで判断し、最低限の礼儀さえ守ってもいなかった。騎士団も気づけなかった人身売買という凶悪犯罪を、自身を犠牲にして表沙汰にしてくれたことを感謝しています。ましてや相手は実の両親……哀《かな》しみも迷いもあったでしょう。この国の治安を守る騎士としても、その高潔な自己犠牲に敬意を。……もし、目覚めた時に何か力になれることがあれば、私の名をかけて叶《かな》えます」

そう宣言し深く頭《こうべ》を垂れる。その言葉に嘘は感じられない。

次に続いたのはフェリックスだ。ロバートの隣に並び膝をつき、最初から俯くように頭を下げた。

「私も懺悔させてください。私自身には何の実害もなかったにもかかわらず、噂だけで貴女を一方的に敵視しました。むしろ学園でも成績優秀な才女と名高かった貴女だ。腑《ふ》に落ちないことは多くあったのです。それを単純に全てミリア嬢への嫉妬だと思い込んでしまった自分の未熟さが情けない。私も貴女が目覚めたら、貴女を貴族に戻す為の協力は惜しみません。勿論他に希望があれば、ロバート同様、私の力が及ぶ限りのことをしましょう。――愚かな私の罪を贖《あがな》わせてください」

意外すぎる二人の言葉に、エライザはぽかんと口を開けて、下げられたままの二人の形の良い頭を交互に見つめた。

(え？　人ってこんなに変わるの？　意識が戻った時に聞いた、聖女ご都合主義なエピソード、本当に信じられてるんだ……)

そうじゃなければ、こんな風に悪女に謝罪なんてしないだろう。しかも世間体を気にした適当な謝罪ではないことは、憔悴しきった表情からも分かる。何だかんだとまだ二十歳にも満たない青年達なんだと改めて実感した。

(……貴族社会には復帰する予定はないけど、神殿を出ていく時に相談すれば、独り立ちの手伝いとか資金とか融通してくれるんじゃない？)

二人とも高位貴族で領地も広く、資産も多い。ある程度、痛い目も見せられたので、正直彼らに対する罪悪感は覚えなかった。

（これは新たなパトロンを発見しちゃった……？　お金はたくさんあるに越したことはないし……）

ゲーム内の好感度メーターが見えたら、エライザの彼らに対するゲージは一気に爆上がりしていただろう。

そうなると気になるのは、ずっと黙っているレオナルドだ。ここは王太子らしく、使用人付きの別荘とかポンとくれないだろうか。

期待を込めて言葉を待っていると、レオナルドは振り返りノエルに向かって「二人きりにさせてくれ」と当然のように命令した。

「……申し訳ありませんが『再生の棺』はまだ不安定でして、いつエライザ様のお身体に差し障りがあるか分かりません。神官長様からも細かな異変を見逃さないように言われていて、私だけはここにいることを……」

「くどい！　何か異変があればすぐに呼べばいいのだろう？　よもや私が聖女となったエライザに危害を加えるとでも？　王族を愚弄するというなら、不敬罪として一緒に王城まで来てもらっても構わんぞ」

（はぁ？　ちょっとウチのノエル君、困らせるのやめてくれます？）

エライザは鬼の形相でレオナルドの側まで近づき睨みつける。勿論見えていない以上、効果などないのだが。

エライザはぎりっと奥歯を噛み締め、ノエルに大きく頷いて見せた。

二人きりになるよりも、ノエルを連れていかれる方が嫌だ。

それにレオナルドは剣の腕は確かだが、魔法が使えるわけではないので、重たい硝子の棺を開けることはできない。お付きの二人も出ていくなら身の安全は確かだ。

「……失礼しました。では十五分だけ部屋から出ていましょう」

「それでいい」

許可したことに対してか、時間に対してか、レオナルドはぶっきらぼうに答える。ひざまずいていた二人は立ち上がり、レオナルドに頭を下げてから部屋を出ていった。扉が閉まる瞬間まで困り眉で気にしていたノエルに『だいじょーぶ！』と口の動きだけで伝えると、ノエルは『何かあれば呼びに来てくださいね』と同じように口を動かし、そっと扉は閉まった。

そしてまた数秒、数十秒。

さっさと喋りなさいよ、と苛々《いらいら》していると、レオナルドはおもむろに『再生の棺』の前でひざまずいた。

「お前の顔をこんなに近くで見るのは随分久しぶりだな」

（そうですね～。ミリアに夢中になってからは、エライザにまともな視線ひとつ寄越しませんでしたしねぇ～）

普通、舞踏会に婚約者と出席すれば、最初のダンスを踊るのは常識である。しかしレオナルドはそんな時間すら惜しいとでもいうように会場入りすると、エライザを置いてミリアを探しに行ったのである。

（いや、エライザが嫉妬に走るのも無理なくない？　あの時私まだ十六よ。可哀想すぎるわ！）

「よもや殺そうとした私を命がけで庇うほど、愛してくれているとは思わなかった。……お前はきっと満足しているのだろうが、残された私の心の痛みを考えてはくれなかったのか」

（――は？）

　ゲームの中のエライザは確かにレオナルドのことを愛していたので、間違いではないのだが……正直怖気《おぞけ》が走った。しかも満足してるって何だ。してるわけがないし、殺そうとしたことは一生許さないと誓っている。何故、そんな男の心を気遣わなくてはいけないのか。

「お前がしでかしたミリアへの嫌がらせは、私に迷惑をかけないように婚約解消を狙った故の行動だったんだな。お前の私への愛は本物だった。まぁ嫉妬に駆られてつい行きすぎたこともあったのだろうが……」

　レオナルドは最後に軽く肩を竦めて、すっと真面目な顔を作った。

「今、民衆の間ではお前を婚約者に戻せという声が高まっている。……今ではそれも悪くないと思うんだ。ミリアは男爵の出でよくやってくれているが、やはり幼い時から妃《きさき》教育を受けてきたお前とは基礎が違う。彼女を側妃にし、正妃にはお前を迎えるのがいいと思わないか。――早く目覚めてお前の意見を聞かせてほしい。このままでは孤独で哀れな王になってしまう」

「……」

エライザは、レオナルドの言葉を理解するのを放棄した。

何とか深呼吸を繰り返し冷静さを保つ、が、心の中では思いつくばかりの罵詈《ばり》雑言を、目の前の顔だけ男に叫んだ。

（最低最悪すぎて同じ人間かどうか疑うわ！　はぁ⁉　側妃？　正妃？　ふざけんじゃないわよ。むしろそんなクソみたいな性格で、乙女ゲームのメインキャラ張るんじゃない！）

しかも抱きしめるように棺に触れ、肩を震わせる姿は、完全に可哀想な自分に酔っている。

（無理無理、思考が気持ち悪すぎる。いや、もう棺にも触らないで。指紋つけないで、涙つけないで、曇るから息もしないで！）

その後にも続くのは、「ミリアが最近多忙を理由に相手をしてくれない」とか「お前なら側にいてくれたのに」等々、嬉しくもない比較感想ばかりで呆れてしまう。身分の低いミリアは王城で苦労するだろうことは想像に難くない。世論がエライザの味方をしているなら尚更だ。

（そこでアンタが寄り添って庇ってあげないでどうすんの！　むしろミリア、こんなヤツと結婚して本当にいいの⁉）

とにかくアレクシスが戻ってきたら要相談だ。目覚めたと同時に求婚されるなんて、ややこしい展開に発展しかねない。

その後もレオナルドはミリアへの不満や愚痴と、一方的な彼に都合のいい思い出話を捏造《ねつぞう》し語り続け、エライザをとんでもなく疲弊させた。

最後にレオナルドは満足げな顔でノエルを呼びつけ、どこか申し訳なさそうなフェリックスとロバートと共に、嵐のように去っていった。

「お疲れ様です。エライザ様。顔が随分強張《こわば》っていますが、何を言われたんですか」

「うん……えーっと。ごめん、ちょっと怒りで話が纏まらないから、神官長様が帰ってきたら話すね……」

ノエルと一緒に執務室に戻ってきたエライザは行儀が悪いと知りつつも、ソファの隅に腰を下ろし、足を抱えて三角座りする。膝におでこをつけ目を閉じ、何とか怒りをやり過ごそうと深呼吸したところで、突然扉が開いた。

駆け込むように入ってきたのには、この部屋の主――アレクシスである。

「え？」とエライザとノエルの声が重なった。

「アレクシス様!?　いくら何でも早すぎませんか？　ただでさえランチの為に出発を遅らせたのに……あ！　帰りも移動魔法を使ったんでしょう！　もーっ」

ノエルは目を丸くさせたままアレクシスにそう尋ね、言葉の途中で思いついたらしく最後は渋い顔をした。

（……移動魔法？　って、すごい魔力を消費するって聞いたことあるような……）

確か魔力不足で奉仕活動ができないと言っていた。……それは無駄遣いでは？　と、エライザもノエルに追随して一言物申そうとアレクシスに再び目を向ける――と、エライザを見つけたアレクシスはすごい勢いで迫ってきた。エライザはぎょっとして立ち上がろうとしたが、即座に長い手がソファの背凭《せもた》れに置かれ、動けなくなってしまった。

「レオナルド王太子殿下に何かされていませんか⁉」

（……え？）

よくよくアレクシスを見れば、肩が僅かに上下していた。

（……もしかして慌てて帰ってきてくれた……？）

「っいいえ、意識体ならば無事でしょうが、精神的なショックは受けていませんか？　人間はストレスで血を吐くと聞いたことがあります！　ただでさえ小さいのにより小さい内臓に穴なんて空きでもしたら……」

「いや、無事ですよ。アレクシス様」

どれだけ虚弱体質だと思われているのだろう。あまりにも深刻な様子にエライザは慌ててそう言い、言葉を遮った。ソファで膝を抱え、だらりと身体を預けていたのが悪かったのかもしれない。

（こんなに心配してくれると思わなかった……）

意外に思いつつも、少しでも落ち着くようにとアレクシスの腕に触れると、びくっと大きく身体が強張ったのがエライザにも伝わった。

（あ、異性が触っちゃいけないんだっけ……？　いや、まだ聞いてなかったし、さっき顔触られてたわ）

しかし目が合ったことや、今振り払わない事実から、ただの杞憂《きゆう》のようである。

アレクシスは黙り込んだまま、視線をエライザの顔から触れられた腕に向けた。目を細めるとおそるおそるといったようにエライザの手に触れ、骨ばった細い手で撫でるように覆った。場にそぐわない慎重さと丁寧さにくすぐったさを覚えてしまう。

脈でも測っているのか。それにしては不思議な動きで何度か握ると、どうにか安心したらしく、すっと立ち上がった。

「……失礼しました。レオナルド王太子殿下がいらっしゃったと聞いてつい……。ノエル、詳しく事情を説明してくれませんか」

「あ……はい！　約束どころか先触れもなく、急に訪ねて来られたんです！　断ろうとしたのですが、エライザ様が我慢して面会してくださって……。しかもレオナルド王太子殿下から二人きりになりたいなんて言い出して……、どう断ろうか困ってたんですけど、それもエライザ様に助けてもらいました！」

「いやノエル君。それは持ち上げすぎだって……。えっと……流れに乗ったらそうなったみたいな感じです。言うこと聞かないと大騒ぎになっちゃいそうだなぁって」

少し驚いてエライザが首を振ると、アレクシスは静かに息を吐き、フードを背中に落とした。一見いつもと変わらないように見えるが、髪は少し乱れ、額には汗が浮かんでいることに気づく。

（……やっぱり急いで帰ってきてくれたんだ）

確信を深めて、反射的にイヤミを言いかけたことを反省する。

アレクシスは暑かったのか、後ろの髪を纏めて前に流すと、改めてエライザに身体を向けた。至極自然な仕草なのに、アレクシスがやると何だかいけないものを見ているような気持ちになるのは何故だろう。

（綺麗な顔してるから、何か退廃的な美を感じるというか……色っぽい？　艶っぽい？　うーん……言葉にできない……）

少し熱くなってきた頬を押さえていると、ふっと零れるような吐息が落ちた。ややあって。

「……よく我慢しましたね。彼と対峙《たいじ》するのは恐ろしかったでしょう」

思いがけず彼らしからぬ優しい声でそう労《ねぎら》われてエライザは一層落ち着かなくなった。

「あ……いえ」と、俯いて首を振る。ますます熱くなりそうな頬をぎゅっと押さえてから、落ち着いてアレクシスの言葉を反芻《はんすう》する。……確かに自分を殺そうとした人物と二人きりだった。普通なら怖いと思うかもしれないし、実際エライザも冗談交じりに「トドメを刺されるのかな」なんて言っていた。しかしそれよりも――。

「あの我儘ナルシストクソ王太子、殴るの我慢する方が大変でした！」

エライザは燻《くすぶ》っていた怒りを思い出しそう唸ると、吐き出すようにレオナルドの発言の数々を話して聞かせた。

「――何ですかそれ！　一方的にエライザ様と婚約解消したのに、今更正妃に迎えたい？　しかも今の婚約者を側妃になんて……どんな神経してるんですか！」

「ここまで身勝手極まりない人間が存在するとは……」

ノエルは中庭のリスのように頬を膨らませ、アレクシスは眉間に深い皺を刻み、口々に毒づく。

ノエルはともかくアレクシスは興味がないかと思いきや、明らかに気分を害した様子で時間が経つごとに眉間の皺が深くなっていた。

エライザの身柄は神殿預かりとなっている為、神殿の管轄だ。神官長が応じなければ大丈夫だろうが、王太子が持ってきた金貨の入った袋を思い出し、今更ながら心配になってくる。何せ、銭ゲバ……いや拝金主義のアレクシスである。

「あの……私のこと、王家に売ったり……いえ、渡したりしませんよね？」

おそるおそる尋ねれば、アレクシスはきゅっと眉尻を上げこめかみに青筋を浮かせた。ひえっと腰を引いたエライザに淡々と言い放った。

「そうですね。支度金もいただけるでしょうし『聖女』が王妃になってくれれば、後見人となる神殿の地位も高まるでしょう」

「本気ですか⁉」

エライザとノエルの悲鳴が重なり、二人でひしっと抱き合った。それを見たアレクシスは一層顔を険しくさせ、尖った口調で言葉を続けた。

「――ですが、その手はもはや悪手です。貴女が王太子に気持ちがあるなら話は別ですが……嫌がる聖女を王家に嫁がせるなんて、神殿が王家に屈したと思われます。確かに、王太子妃の後見人は魅力的ではありますが、既に王族の民衆からの支持は下降していて、王族派の貴族達も様子見している状態です。それにどれだけ消えてしまったと主張しても、王族なら強引に聖女の力を何とか引き出そうとして聖女ではなかったことが露見する可能性もありますからね。――というか、貴女が私をどう思っているのか、よくよく分かりました」

どうにか強制結婚は免れそうだと思いきや、最後にジトリと睨まれてエライザは視線を逸らした。

しかも抱き合ったままだったノエルを呼びつけ、強制的に離される。「仲がいいのは結構ですが、節度を守りなさい」と注意されてしまった。

ノエルもはっとしたように「失礼しました！」と勢いよく頭を下げ、エライザも同じく謝る。ちょうど同じくらいの身長なので、つい同性の友人のように接してしまった。

「それにしてもレオナルド王太子殿下がここまで困った方だとは……自分に都合のいい解釈をして周囲に押しつけているように思えます。大国の王に相応しい器だとも思えませんね」

「伴侶と決めた女性をそんな風に扱うなんて、本当に信じられません！」

騎士にでも聞かれれば、間違いなく王族侮辱罪で罪に問われるだろう。しかしエライザは話を聞いて本気で怒ってくれている二人のおかげで、レオナルドと別れてからずっとお腹の奥で渦巻いていた怒りと苛立ちがすっと消えて、ある意味すっきりしてしまった。

「あの、神官長様も……王太子が来たって聞いて、早く戻ってくる為に移動魔法を使ってくれたんですよね？　身体は大丈夫ですか？」

さっきも言った通り、消費魔力が高い特別な魔法だ。レオナルドが来たという連絡を受け、本当に急いで来てくれたのだろう。ただでさえ忙しく、魔力も回復中の身なのに。

「……」

一瞬理解できない言葉を聞いた――とでもいうように大きく目を見開いたアレクシスに、エライザは何か変なことを言ったかと首を傾げる。数秒、数十秒が経ち、ばちっと目が合った瞬間、いつにない慌ただしさで背中を向けた。

「……明日はもう本番です。今日は早めに棺に戻って心身共に回復に努めてください」

いつもなら「貴女に心配されても」なんて、イヤミの一つでも飛ばしてきそうなのに、妙におかしい。

エライザは首を傾げたものの、アレクシスが心配して急いで戻ってくれたのは確かで——素直に嬉しいと思う。

「……とにかく無事でよかったです」

まるで独り言のようにそう呟かれた言葉に、エライザは数時間前にも感じたアレクシスの不器用な優しさを思い出し、今度は緩んでしまった口を両手で覆い隠しながら、素直に従うことにしたのだった。

四

「うわぁ……橋のところまでいますよ！」

拝殿の二階のバルコニーで声を上げたノエルに、エライザは手のひらを目の上に置き、同じように歓声を上げげた。いや、どちらかというと悲鳴に近い。

（え、あんな並ぶ？　奈良の正〇院の初蔵出しの国宝でもあんなに並んでなかったけど！）

今朝目が覚めて早々、ノエルが「もう参拝希望者が並んでますよ！」と教えてくれたので、神殿の外門まで見渡せる拝殿の二階のバルコニーまでやってきたのだが——列は既に、はるか彼方《かなた》まで並んでいて最後尾が見えないほどになっていた。

ちなみに背後には、外からは見えないぎりぎりの場所にアレクシスも立っていて、同様に眼下を見下ろしにこやかに微笑んでいる。焦げ茶色の瞳にお馴染みの¥マークが浮かんでいそうなご機嫌ぶりだった。ノエルに指示を出す声もいつもより弾んでいるように聞こえる。

「整理券を配らねばなりませんね。広場の掲示板に、神殿と本殿を繋ぐ橋に出店を置いてもいいと新たに告知しましょう。忙しくなりますから、貴女も時間がきたら待機してくださいね」

「はーい……」

まるでお祭り……というかそのものである。そういえば王都では市民が主体となって行うような行事は少なく、定期的に市場は立つが、地方ではよくある収穫祭すらない。並んでいる参拝者達も厳かというよりは、子供連れも多く、どこかわくわくしているような楽しげな雰囲気だ。

（でも、こっちの方が楽しそうでいいよね）

エライザは自然と強張っていた肩から少し力を抜いて、アレクシスの後を追うように時間よりも早く礼拝堂に向かった。

準備の為に忙しく動き回る神官達にぶつからないように礼拝堂に入れば『再生の棺』と、参拝者が祈る場所との間には、美術館でよく見かけるロープパーテーションのような仕切りが置いてあった。手を伸ばしてもぎりぎり届かなそうな位置にあり、少し離れた場所でノエルや他の神官達が見張ってくれる手筈になっている。

そして開門の時間となり、アレクシスが朝の挨拶と共に聖女が眠る『再生の棺』に関する逸話の数々を披露し、後ろへと引っ込む。次に別の神官がいくつかの注意をした後、礼拝堂にぎっしりと座っていた参拝者達は席を一つずつ移動しながら、神官に案内され、棺の前までやってきた。エライザはすっかり定位置になった棺の裏で、参拝者が歩み寄ってくるのを待つ。

最初の一人は商売人らしい若い男性で「昨日の夜から並んでたんですよぉ」と得意げに番号札を確認する神官に話していた。どうやらこれから王都を出て商に回るらしく、話のネタにする為にやってきたらしい。

（うんうん、やっぱりこれくらいの軽さがいいわ。間違っても怪我とか病気の回復みたいなこと、頼まないでほしい……）

「やっぱり神々しいですね。そもそも高位貴族のご令嬢なんだからお美しいのは当然か。いやぁ眼福眼福。それに『再生の棺』……。飾り細工が凝っていて、もう芸術品ですねぇ」

聖女にかけるものではないが、悪気のない素直な言葉で容姿を褒められてエライザはお尻のあたりがムズムズした。それでもまぁ、昨日から徹夜していたらしい彼に『商売がうまくいきますように』と、今は遠い八百万《やおよろず》の神様に両手を合わせてお祈りしておく。

二人目も三人目も商売人が続き、聖女じゃなく恵比寿さんだったかな……と、自分の存在意義を疑いかけたところで、見知った顔がやってきた。

「お嬢様！　お会いしとうございました」

「こんな姿になられてもご立派でございます……。どうか早くお目覚めになられますように」

「ええ。この老体の命が尽きる前に、どうか昔と変わらない明るい笑顔を見せてくださいませ」

エライザの実家で既に解雇されていた使用人達である。どうやら彼らも昨日の夜からエライザに会おうと並んでいたらしい。

エライザが幼い時から世話になっていた「じいや」と呼んでいた執事長。思春期には太らずに健康的に体型をキープできるように協力してくれた料理長。それに昨日来たキースの母である乳母のサリ、お付きの若い侍女達だった。ここにいる全員、エライザがゲームに入ってすぐの長期休みにタウンハウスに戻った時に、解雇した使用人達である。

（ちょ……じいやなんてもうすぐいい年齢してるのに。徹夜なんかさせないで誰か止めてよ……ああ、もう既に私が泣きそうなんだけど……）

しかし彼らが両親の悪事に巻き込まれなくてよかった。事情聴取くらいはされただろうが、両親は王都のタウンハウスでは清廉潔白に振る舞っていたし、そういった危険な仕事の痕跡は残さなかった。だからこそ幼い頃から王都暮らしだったエライザは、領地にずっと引き籠っていた両親と滅多に顔を合わせる機会がなかったせいで、悪行に全く気づかなかったのだ。

（じいや達を解雇した時の私……口煩《くちうるさ》いとか干渉が鬱陶しいとか、子供みたいな理由で注意してくる人を片っ端から辞めさせただけなんだけど……今となっては幸いだったわ。さすがに現役で使用人として働いていたら事情聴取だけでは済まなかっただろうし）

しかしそれでも突然解雇したエライザを憎んでもいいのに、こうして顔を見にきて、涙まで流して心配してくれている。乳母のサリなんてキースと一緒に、母親よりもはるかに長い時間、側にいてくれた人だ。

（もう、私のことなんて気にしないでよ……参拝料もったいないしさぁ……）

神官達に「そろそろ」と促されると、何度も振り返りながら反対側の扉から出ていった。

短くて良かった。昨日からどうにも涙腺が緩いので、声に出して泣いてしまいそうだった。

「これが聖女か……」

俯いていると、そんな呟きが聞こえて顔を上げる。

どうやらもう次の参拝者が来ていたらしい。そこにいたのは少し荒んだ雰囲気の中年男で、値踏みするようにじろじろと棺を見る視線に不快感を覚えた。

「確かに神々しいな。――よし！　カジノで今度こそ大当たりが出ますように」

ポソッと呟かれた俗すぎる願いに、エライザの涙も引っ込んだ。

（……あの人が賭け事から足を洗えますように）

神頼みならぬ聖女頼みしたことで気分が上がったのか、それだけ言うと鼻歌交じりに去っていった。

次にやってきたのは親子連れで、母親は静かに祈っていたが、幼い子供は「おじいちゃんの足がよくなりますように」と口に出ていた。とても心が痛い。

（やっぱりこういうのも来るよね……そういえば神殿って奉仕活動もしてるって聞いたな……お医者さんとかいるのかな？　多分無料だよね……？）

エライザはすぐに立ち上がり、近くにいるノエルの側まで駆け寄ると、今の親子の話を聞いてあげてほしい、と小声で耳打ちした。快く受け入れてくれたノエルは近くの神官に指示して、親子を別室へと案内した。

急いで戻れば次の男二人連れもカジノの話で、駆け戻ってきたことを後悔する。家のお金を勝手に持ち出した、なんて自慢げに話していたので途中で転んで怪我でもしてカジノに行けないようにと、願っておいた。奥さんはこんな旦那、捨てた方がいい。

勿論静かに祈りを捧げるだけの人もいて「早く聖女様がお目覚めになられますように」と、労る声も多かったが、同じくらいカジノの必勝祈願は多かった。

切実な願いには全力で自分も祈りつつ、神殿の奉仕活動に繋がりそうな話はノエルにお願いしたりと意外にも慌ただしく、お昼を過ぎる頃には緊張もどこかに消えていた。

ようやく終了予定時刻を迎え——数にすると百人以上いたらしい。寄付金が詰まった箱をちらりと見て、アレクシスが喜びそうだなぁ、とエライザは疲れた顔で苦笑した。


「お疲れ様でした！」

エライザと神官長、ノエルと共に果実ジュースで労り合う。

遅めのランチの会場は件《くだん》の中庭であり、アレクシスの絶対譲らない意志を感じたエライザは言い合う気力もなく、昨日と同様言われるままに後に続き、大きな木の幹にもたれかかっていた。むしろ敷かれた布の上で寝転んでしまいたい気分である。

たくさんの人と顔を突き合わせるというのは、とても気力のいる労働だったらしい。

「疲労回復のお茶です。砂糖を多めに入れておきました」

「ありがとう～」

飲み頃のハーブティーを両手で抱えて、少しずつ口に含む。

いつもなら砂糖は入れないのだが、今はこの奥歯に痛いくらいの甘さが疲れた身体に染みる。

その様子を見てノエルは興味深そうに頷いた。

「意識体は疲労を感じない筈なんですけど、よっぽどその身体と親和性が高いんでしょうね」

「よく分かりませんけど……。それにしても案外口に出して願掛けする人多いんですね。本気でお願いしてくる人が多くて、申し訳なくなりました……」

エライザが小さく溜息をつくと、アレクシスは眉間に皺を寄せ首を振った。既にフードを取っているので長い髪も一緒に揺れる。

「そもそも聖女を参拝するのに、どうして願い事など口にするのか分かりません。本来ならば起こる筈だった災害を避けられたことへの感謝や、無責任に貴女を悪女だと騒ぎ立てた自分の愚かさを懺悔するべき時間でしょう」

もっともな意見だが、エライザには何となく参拝者達の気持ちが分かった。日本の神社やお寺だって、日頃の感謝を伝えるのが本来なら正しい作法らしいが、大体の人がお願い事をする。なんならお墓参りですら、現況報告からいつのまにか願掛けしていることもあるくらいだ。

「人間は神秘的なものに触れると力を感じて、お裾分けしてもらいたい生き物なんですよ」

後ろめたさを感じ、冗談めかして応えればアレクシスは妙に納得したらしい。なるほど……と興味深そうに頷いた。

「だから、やっぱり私なんかに真摯にお願い事頼んでくる人には悪いなぁ、って罪悪感が込み上げるんですよね。とりあえず私の世界の神様にお願いしときましたけど」

はぁ、と真面目な顔をして願いを口にしていた人達を思い出して、エライザは再び溜息をつく。するとそれまで黙っていたノエルが素早くフォローを入れてくれた。

「でも神殿の活動や、救護院の存在を知ってもらえる良い機会になりましたよ。定期的に巡回している神殿の医療神官や、炊き出しもしていることも教えてあげられましたし、お手柄です」

「うーん、それはたまたま子供が口に出して言ってくれたからだし……それにやっぱり黙って祈ってるだけの人の方が多いんだよね。後は『仕事が見つかりますように』とか、切実だけど、何もしてあげられないのも多かったし――あ、そういえば『カジノで大儲《おおもう》けしたい！』って言ってくる人も結構いたけど、なんでそれを聖女が叶えてくれると思うのか謎だった……」

エライザが最後まで言い切る前に、ひんやりとした空気が横から漂ってきた。

発生元はアレクシスだが、ノエルからも笑顔が消えている。

「――ああ、あの拝金主義の悪徳貴族が作ったカジノですか」

（……拝金主義なら神官長も負けてないと思うんだけど、これは口に出しちゃいけないヤツね。オーケーオーケー）

空気を呼んで心の中だけで完結する。

けれどノエルまでも同意するように、うんうん頷いたところを見ると、その拝金主義の悪徳貴族とやらは相当悪名高いのだろう。

（カジノかぁ。私が学園に入っている間に港にできたのよね。取り巻き達に何度か誘われたけど、気が乗らなくて断ってたな……。ええっと今や飛ぶ鳥を落とす勢いで商会を大きくしてる貴族が作ったんじゃなかったっけ？　確かロベール伯爵……ロベール？　んん？　どこかで聞いたような……）

妙に引っかかって考え込む。しかしすぐにはっと顔を上げた。

「あの！　ミリアの後見人でしたよね？」

「おや、ご存じのようで。ミリア嬢は男爵の出ですから最低でも伯爵位にいてもらわなければならないそうで……そこで手を上げたのがロベール伯爵です。今以上に王に取り入りたくて王太子妃になる彼女の後見人になりました。しかしそれすら、他に名前の挙がっていた家が自ら辞退するように裏で手を回したという噂があります」

「裏で？　え、そんなに悪どい家なんですか？」

「ええ、商談は脅迫まがい、弱みを握り競争相手を潰したり、商材を独占して一方的な値上げ……と犯罪ぎりぎりの商売をする悪名高い商人です」

（え……待って。ミリアは今、そんな家にずっと後見されてるんだよね？　……大丈夫かな？　大人しそうに見えて正義感が強いヒロインなのに……絶対合わないよね？　エライザみたいに家業に気づいてない可能性もあるとは思うけど……意見がぶつかって冷遇されてたらどうしよう）

予想以上にミリアを取り巻く環境が悪い。自分の存在が必要以上にミリアを窮地に追いやっていることに気づいてしまった。聖女の覚醒について解決したと思っていたのに、そう簡単に話は終わらないらしい。

（本当なら今は神殿にいて、神官長に聖女の力の使い方について学んでいる筈で……今だって、私が座っているこの場所にはミリアがいたかもしれないんだ……）

じわりと心に染み込むような不安と共に、最初に感じたストーリーを変えてしまったことへの罪悪感を思い出し、エライザはぎゅっと拳を握り込んだ。

（過ぎたことはもう戻らない。何かできること……神官長を説得して、どうにかミリアと話をさせてもらう？　もしくは貴女こそ聖女だと神官長から伝えてもらえば、本人が自覚することで聖女の力を覚醒——が早まったりするかな？　いくら何でも都合がよすぎる？　でもミリアがちゃんと聖女になれれば、ストーリーはそれなりに元に戻って、神殿が後見人になってロベール伯爵とも無関係になれる筈。彼女にとって今よりはマシな環境になるよね？）

けれどミリアが今どんな状況で何を思っているのか、それが一番大事だ。噂話やレオナルドの態度からエライザとの関係を誤解しているかもしれないし、やはり一度彼女に会わなければ始まらないだろう。そう決意したと同時に、アレクシスの視線がエライザへと向けられた。

「——特に看過しがたいのが今、話に出てきたカジノです。海を埋め立て港を潰して作られた街の大きなカジノは、神殿の自然信仰の教義から大きく逸脱しています。大きな遊興施設ですから酒場も兼ねていて治安も悪くなりますし、賭博行為への依存症についても他国では大きな問題になっています」

現代日本でもギャンブル依存は難しく大きな問題だ。現代以上にノウハウのない状態で大量に患者が出れば、一気に治安も悪くなることは想像に難くない。

「それだけでも問題だというのに、港で働いていた漁師達の失職についてロベール伯爵は何の対策もしませんでした。救護院に助けを求めに来た者によると、カジノの建設場所に住んでいた住民を言葉巧みに騙し、なけなしの金を押しつけて立ち退くよう仕向けたそうです。抵抗した者には、金を受け取ったのだから出ていくのは当然だと主張し、最後には脅迫や放火まで匂わせるようなことを言ったそうで……」

「え？　そこまで問題になっているのに……国としては何もしないんですか？」

「繰り返しますがロベール伯爵は実に巧妙に、法律ぎりぎりのところを突くのです。書類の上では彼がしたことは何の問題もなく、また脅迫についても匂わせただけなので、証拠も残っていません」

そこまで徹底していると、逆に感心さえしてしまう。エライザよりもはるかに悪どいのに、何故ゲームの中に出てこなかったのか不思議に思うレベルだ。

「……そもそも、どうしてそんな問題の多いカジノを作れたんですか？　確か大きな施設を作る時は老議会を通すことになるって……」

老議会については基本的な政治しか習わない貴族令嬢でも知っている存在だ。何故なら、老議会の一員に加わることは貴族にとって大いなるステータスであり、結婚相手を決める最高の条件でもあるからだ。

「ええ。ロベール伯爵はうまく今王に取り入り、老議会でカジノを作ることを通させました。反対したのは神殿と中立派のセディーム辺境伯だけ。ノエルの実家であるウイルソン家も抗議文を出しましたが、あの家は中央には来ることはない眠れる獅子《しし》です。王はのらりくらりと躱《かわ》し、なかったことにしました」

淡々と語る口調には隠し切れない嫌悪感がありありと滲んでいた。その後を引き受けるようにノエルも口を開く。

「アレクシス様は建設案が上がる前もその後も現状を調査し、再三カジノの危険性について申し立てをなさったんですが、議題に上がってもロベール伯爵の息がかかった議員達も多く、論じられることなくすぐに却下されるのです。しかも、そんなアレクシス様をロベール伯爵は疎んじて、商売で関係を持った貴族達に神殿へ最低限の寄付すらしないよう呼びかけているらしくて……」

なるほど、それで神殿はますます財政難となってしまったらしい。思っていた以上にことは複雑で深刻だった。そしてその全ての結果、生活に困窮し、住む場所を失った市民が神殿の救護院に詰めかけているそうだ。

（神官長があれだけ寄付金、寄付金って言うのも分かる気がする……）

そういえば、と参拝客を思い出し、尋ねてみた。

「……もしかして『いい仕事が見つかりますように』っていうのも、そのせいですか」

「可能性は高いですね。幼い頃から漁師として育ってきた者も多いですし、船も生活苦から売ってしまったと聞いてます。停泊させておくだけで管理費用がかかりますからね」

ノエルが難しい顔でそう話し、エライザも酷い話に顔を歪ませた。

（呑気《のんき》に学園生活を送ってる間に、街ではそんなことになってるなんて……カジノか。確かヒロインが誰かと結ばれるルートのデート先に出てきた気がする）

しかし『カジノ』というシチュエーションだけで、それがどんな過程で成り立ったのかなんて知りようもない。

（なんか罪深いよなぁ……）

所詮ゲーム、なんて言葉はもう二度と使えない。こうしてエライザは生きているし、物語は全く違う方向に進みだしている。

見えない未来に不安を覚えていると、アレクシスがじっとこちらを見つめていることに気づいた。

え、と戸惑い、居心地が悪くなって視線を逸らせば――そこには、お馴染みのリスが「よっ」とでも言うように立っていた。

（～～～っ！　だぁ！　もうややこしい視線送ってこないでよっ！）

恥ずかしさに顔から火が出るかと思った。とんだ自意識過剰だ。アレクシスが熱心にリスを見つめていて気づかれていないことが幸いだ。

「うわぁ、珍しい……リスですよ。アレクシス様」

「ええ。私も初めて知りましたが、エライザ嬢の意識体はちいさきかわゆいものたちに好かれる性質があるようです……」

今までの緊迫した雰囲気を一変させ、ほわほわした調子で答えたアレクシスに、ノエルはにっこりと笑って頷いた。

「へぇ、意識体にしたのはアレクシス様ですから、少なからず魔力の影響は受けていそうなのに不思議ですね」

「……意識体は生命力からいえば脆弱《ぜいじゃく》なものになりますから、自分達と同じ、もしくはそれより弱く見えるのかもしれません」

微妙に気になっていた疑問に答えをもらって少しすっきりする。エライザ自身、ここまで野生の動物に寄ってこられたことは、今までなかったからだ。

空気を読まないリスが会話中にもかかわらず、あっというまにエライザの膝に乗り上がり、手にしていたビスケットに手を伸ばした。膝に感じるどっしりした重さにこの短期間で確実に重くなったな、とリスを見下ろして、小動物用のパンをいつもより細かくちぎってリスに手渡した。その内、小鳥もやってきて慣れたように肩に乗ってきたので、残りを差し出す。無造作に広げた手のひらには三匹の小鳥が乗り、あぶれた小鳥はノエルの肩にも乗って餌を強請《ねだ》った。

「わ、すごい。アレクシス様がいる時は、僕が餌を持っていても絶対に寄ってこなかったのに」

感心したようにそう言うと、小鳥の頭を指で撫でる。ノエルの癒しオーラさえも負けてしまうほど、アレクシスの魔力が高いということなのだろう。

（……改めて考えると凄い人なんだよね。神殿の復権の為ではあるけれど、港のカジノの件も民衆の生活まで考えて、王家に抗《あらが》ってるわけだし……。私、散々生意気な口利いてきたけど、これからは心を入れ替えて……）

今更ながらそんなことを思ってアレクシスを見れば、イージーモードであるリスの餌付けに奮闘しているところだった。しかしリスがエライザの膝の上にいるせいで、アレクシスの思わぬ近さにのけぞった。リスはコロンと膝から転がり、キーキー非難の声を上げる。

「……もう少しで膝に乗ってもらえたのに……」

対するアレクシスはパンを片手にそう言うと、悔しげに唇を噛んだ。

その子供のような姿に「――いや、無理だわ」と、少し赤くなったエライザの口からは漏れたのである。

そして夜。

エライザは自分の棺の上に腰かけながら、ぼんやりと考え事をしていた。

久しぶりに大勢の前に出て緊張していたらしい。いつもなら何となく眠気を覚えて棺の中に戻っている時間だが、どうにも眠ろうという気になれない。

こぢんまりとした祈りの間から、拝殿の広い礼拝堂に移されたせいもあるだろう。

(別に眠らなくても平気みたいだし、半日は棺の近くにいたもんね。少しくらい身体に戻る時間が減っても充電はできるでしょ)

夜の散歩にでも出れば気分転換になりそうだが、先程扉を開けてみれば、経費削減で廊下の明かりは必要最低限しかなく、ホラーゲームの序章のような暗さだった。しかしその一方でエライザの棺が置かれている礼拝堂は広いのに明かりを残してくれているのだ。文句は言えない。

(今度から本でも借りよう……)

こうして並んでいる椅子の数を数えていても仕方がない。

そろそろ眠ろう、と、棺の中の自分に向き合ったところで、ギィ、と静かに扉が開く音がした。

反射的に顔を上げて、ぎょっとする。そこには明らかに神官ではない、薄汚れた服を身に纏った男が二人、足音を忍ばせて礼拝堂に入ってくるところだった。

「……おお、あそこだ。明かりで見やすくて助かったぜ」

「おい、先にやることやってからだ。物色するのは後にしろ」

口々にそう言いながら侵入者達は足早にこちらへ駆け寄ってくる。

咄嗟に後ろに下がったエライザは固まること、数十秒、はっと我に返り、わたわたと動き出した。

（泥棒じゃない！　早く神官長に知らせなきゃ……！）

盛況だった今日の参拝料でも狙って来たのだろうか。

扉に向かおうとしたところで、エライザの棺の前に立った男を間近に見ることになった。息は酒臭く、どこかすえた匂いがする。もう一人は祭壇に置かれた供え物を物色しているようだ。

「それにしてもこの棺の縁の彫刻、金じゃないか？　おい、殺す前にこの飾り剝ぐぞ。少し勿体ないが、溶かせば良い値段で換金できる筈だ」

（……殺すって言った？　……私のこと、よね⁉）

思っていた以上に大事だ。エライザがその場を駆け出し、すれ違おうとした瞬間、男は懐から何かを取り出した。銀色の流線形が目に焼きつく。

――ナイフ。

鈍く光る刀身を目にした途端、エライザは足から力が抜け、ぺたんとその場にしゃがみ込んでしまった。残りの一人もナイフを手に真横を通り抜ける。エライザの身体はがくがくと震え出した。

頭の中に鮮やかに蘇ったのは、処刑台のギロチンの鈍い光を放つ刃、前世でこと切れる瞬間に見た血を滴らせた赤いナイフ。

は、と息を吐き出す。突然大きく速く鼓動を刻み始めた心臓に驚いて胸元を掴むと、うまく息が吸えないことに気づいた。

（え、なに……苦しい。嘘、意識体でしょ？）

しかし苦しい息の中でも、男達の声だけは聞こえてきた。

「割った方が早そうだな……。おい、何か布を持ってこい」

棺の手前にいる男が、苛立ちを含んだ声で命令する。

布をかけ、音を出さずに割る気なのだろう。そうして金の細工を奪い、次はエライザの心臓を一突きにするのだろうか。

（怖い、苦しい……こわい）

アレが怖いものだと知っているのに、目が逸らせない。

は、は、は、と、息を吐き出すことはできるのに、吸うことができない。

全身から汗が噴き出して、苦しさにばたりと床に転がり丸くなった。

「よし、割るぞ」

（あ、ダメ。棺って神具なのに……っ）

きっと割られたりしたらアレクシスは困る。代々神殿に伝わるすごい神具だ。実際、死にかけたエライザを救ったのだから価値は計り知れない。

エライザが入った『再生の棺』に男の手が触れた。ついで布がかけられる。

せめて声だけでも届かないかと、ひくつく喉を振り絞り、エライザは呟いた。

「――かん、神官長、さ、ま……」

「――あ？　今、何か聞こえなか……」

硝子を割ろうとナイフの柄《つか》を振り上げた男が、一度手を止めもう一人の男に尋ねる。と、同時に聞き慣れた声が突然、礼拝堂に響いた。

「何をしているのですか！」

庇うようにエライザとの間に現れたのはアレクシスだった。まだ仕事をしていたのか、長い神官服の裾がふわりとなびき、ナイフが見えなくなる。

（来て、くれた……助けに、来てくれた）

白く広い背中にほっとして、涙が溢れて零れ落ちていく。

苦しいのにしゃくり上げてしまいそうで、エライザは自分の口を両手で覆った。

……だって前もその前も、誰も助けてはくれなかった。悲しかったし、痛かった。何より怖くてそのまま死んでしまったから。だから二回目の処刑場では自分で必死に考えて行動した。

――だけど今は。

（神官長、が、来てくれた……）

ずっと心の奥底に沈んでこびりついていた、自分も知らない真っ黒などうしようもない不安が薄くなっていく。苦しいのに、やっぱり涙が溢れて止まらなかった。けれど自分の存在をここで知られるのはまずいことだけは頭の隅に残っていたから、必死で息を押し殺す。

その一方で、アレクシスが手を掲げた途端、金色の帯状の光が男達の手足を拘束した。彼らがその場に派手な音を立て倒れると、アレクシスは取って返し、倒れたままのエライザに眉を顰《ひそ》め、駆け寄ってしゃがみ込んだ。肩に触れ、揺り動かす。

「貴女、大丈夫ですか。何かされた……いえ、意識体に危害を加えるなんてできる筈が……」

暴漢を相手にしている時より、よほど困惑している様子に、エライザも必死で息を整えて応えよ

うとするが、やはりうまく空気を吸うことができない。アレクシスの登場で少しずつ落ち着いているけれど、嗚咽が邪魔をした。上から帳《とばり》が落ちるように視界が白くなったところで「エライザ様！」と、ノエルの声が礼拝堂に響いた。

「ノエル！　彼女の様子がおかしいのです。まさか死ぬんじゃありませんよね？　いえ……馬鹿な。意識体に死ぬなんて概念はないのですが、こんなに汗をかいて、心臓の音もとても速く……」

「え？　ちょ、ちょっと待ってください！」

駆けつけたノエルはエライザの手を取ると、脈を測ろうとして、途中でやめた。

「意識体ですもんね。……あの、心の問題というか……おそらく過呼吸ではないでしょうか。以前礼拝に来た女の子が同じように真っ青になって苦しげな息をしだして、お医者様にそう診断されていました。それによく似ています」

そうか、これが過呼吸というものか、と心のどこか冷静な部分が納得した。確かにナイフを見た途端、足が地面に貼りついたように動けなくなった。そして今もいっそ気を失ってしまいたいくらいに、苦しい。

「過呼吸……とは？」

「え？　あの……強く精神的な不安やショックを受けた時に現れる症状です。暴漢……に襲われたことが原因じゃないでしょうか。命に関わるものではないと言われていますが……」

「こんなに苦しんでいるのに⁉」

アレクシスが驚きの声を上げる。が、それを落ち着かせるように、ノエルはしっかりと頷いた。

「ええ、大丈夫だと思います。ゆっくり呼吸するように促して、落ち着かせてあげてください」

ノエルの言葉にアレクシスは眉間にぐっと深い皺を作り「なんて脆弱な……」といっそ忌々《いまいま》しげに呟いた。しかしすぐにエライザを抱き起こすと、膝の上で抱え込む。

浅い呼吸と速い心臓の音が自分でもうるさいくらいなのに、不思議とアレクシスの言葉は、自然と耳に入ってきた。

「もう危険はありません。しっかりと呼吸なさい」

分かってる——と返したいのに、息を吸うのに必死で、声が出ない。

「アレクシス様。もっと優しく」

ノエルの声がまた響く。ぐっと息を呑み込んだアレクシスは、すうっと息を吸って、エライザの背中をぎこちなくさすり始めた。

「ほら。ゆっくり息を吸って。吐くだけではいけない。……落ち着いて、そう、その調子です」

背中に当てられた手が冷たくて気持ちいい。見た目は細いが、思っていた以上にがっしりしているらしく、すっぽりと抱え込まれているのも安心感がある。

覗き込まれた顔が青白いのは、エライザのことを心配してくれているのだろう。

アレクシスの腕の中は落ち着く。だって助けてくれたから。耳に触れた胸の奥、アレクシスの心臓の音が交じり合って、次第に息も整ってくる。

整い始めた呼吸にアレクシスがほっとしたように表情を緩めた。抱きしめられていた身体から力が抜けたのがエライザにも伝わる。汗で頬に張りついた髪を細く白い指が耳にかけてくれた。

お礼を言おうとして開いた口から言葉は出なくて、必死に長い袖の端を握る。気持ちは伝わったらしく、アレクシスは何か言いたげに口を開いたもののすぐに閉じ、しっかりと頷いた。ぎこちなくエライザの頭を撫でる力は不器用で少しばかり強いが、今はそれくらいの方がしっかりと存在を感じられて安心した。そしてやっぱり冷たい手が心地いい。

そうして大きな手は安心感をもたらし、苦しさを遠くに追いやってくれ、エライザはゆっくりと瞼を閉じた。

＊

アレクシスは意識を失ったエライザの呼吸が元に戻っていることを確認し、今度こそ大きく息を吐いた。

改めてエライザの顔を見下ろす。汗は引き、真っ青だった顔色も戻りつつあり、今はただ眠っているだけのように見える。

（この私をこんなに焦らせるなんて……！）

よく分からない苛立ちを募らせ、アレクシスは頭にある医学書の頁を捲《めく》った。

（過呼吸……と、言ってましたね。そういえば医学書にも……確か不安・緊張・恐怖を感じたら発作のように出てくるものだと……）

顔を真っ白にして浅い呼吸を繰り返すエライザを思い出すと、アレクシスまで息苦しくなる。

精一杯自分を守るように、華奢《きゃしゃ》な身体を小さくさせ、冷たい床の上で震えていたエライザは見るからに哀れで弱々しく、アレクシスの過去の記憶を否応なしに引きずり出した。

『――いいか？　お前はまだ魔力を制御しきれない。まずは感情を抑える練習からだ』

幼いアレクシスの目の前にいるのは、里から少し離れた場所に住んでいる、賢者と呼ばれる髭《ひげ》の長い胡散臭い男。

過去を思い出せば、いつもそこから始まる記憶。

彼曰く、自分には強大な魔力があり、力を制御できない故に両親に会えず、彼らと仲間が住む里にはいられないらしい。しかし男以外と交流したことのないアレクシスにとって、情操教育だと言って与えられた家族について描かれた本は、文字を覚えるにはちょうど良かったものの、薄っぺらかつ陳腐で面白くもなく、ただただ退屈だった。賢者もまたそういったことには疎かったのだろう。それを椅子代わりにして魔導書を読み始めた時の方が饒舌だった。

そうして二人きりで数年暮らし、ふと禁止されていた里に近づいてみたことがあった。

そこで見たのは湖畔で水遊びする同年代の子供と、彼らを慕ってやってきた森の動物達。そう、本来ならば自然を愛する自分の種族は、彼らに好かれる、持って生まれた性質があるのだと知ったのは後のこと。アレクシスの巨大な魔力はそれらを全て遠ざけていた故に初めての邂逅《かいこう》となったのだ。

アレクシスの目には同年代の子供よりも、彼らに寄り添い戯れる――それまで小さく気配は感じていたものの、気にも留めなかったその動物達の愛らしさに心を奪われた。

思わず一歩踏み出せば、自分はそれなりに知られた存在だったらしく、子供達が騒ぎ出した。

「森の化け物！」

「捨て子だ！」

アレクシスにとって、そのどれもが自分の状況を顧みて予想していた言葉だった。ひとたび暴走すれば森の半分を焼け野原にする魔力。預けられた時期を考えれば、物心もつかない赤ん坊の時にでも暴走を起こし、両親が住んでいる里とやらに何らかの損害を与えたことは想像に難くない。それなりに近い場所に住んでいるというのに、一度も会いに来ない両親を思えば、その被害は相当だったのだろう。アレクシスはとっくに達観し、彼らを恨んでいなかったし、むしろよく殺されなかったと思ったほどだった。

しかし、そのちいさきかわゆいものたちを見た瞬間、生まれて初めて心がふわりと浮き足立った。もう少し見ていたくて喚く子供らを無視してその場に留《とど》まって観察していると、アレクシスに驚いたのか一匹のリスが固まったように動かなくなった。それを見た子供の一人がパニックになり、魔法を放ったのだと気づいたのは――見つめていた小さなリスに当たり、地面に落ちたその瞬間。

子供なりに罪悪感を覚えたのか、蜂の子を散らすように彼らは逃げ、一緒にいた動物達も森の奥へと消えていった。

アレクシスはいつになく焦って駆け寄り、地面に落ちた茶色い生き物に触れた。まだ柔らかく温かかったが命の輝きは消えていた。

アレクシスにしてみれば鼻で笑うほどの些細《ささい》な一撃だった。現実、あれを食らったとしてアレクシスには傷ひとつつけられなかっただろう。

しかしそんな脆弱な魔力に——一瞬にして小さな命が消えた。

徐々に冷たく硬くなっていく感覚は不快だというのに、その場に捨てることはできなかった。離しがたくて、里の子供達から騒ぎを聞きつけた大人がやってくるまで、ただただ抱えていた。

それから騒ぎが起こり、気づけば師匠以外の同族だろう大人に囲まれていた。そして最後に師匠もやってきて、アレクシスの手の中のリスとアレクシスの顔を交互に見て「戻れ」と顎をしゃくった。引き留める声もあったが飛び出すように駆け、一昼夜考えて土に埋めた。本来なら他の生き物の糧になるように、地に捨て置くのが自然の摂理に近かっただろう。しかしこの愛らしい小さな生き物が他の動物の牙に裂かれ、無残に形を失《な》くしていくのは耐えがたかった。本で読んだように石を置き、花を手向ける。そうしてぼうっとしていたところに師匠がやってきて、意外にも彼らが謝っていたと教えてくれた。

「お前の力が強すぎて小さな動物達は逃げてしまうんだ」

その言葉にアレクシスは生まれて初めて自分の魔力を疎ましく思った。そしてそれからは適度な距離を保ち、遠くからそっと眺めることにしたのだ。

——二度とちいさきかわゆい——かよわきものが傷つかぬように。

「……」

アレクシスは温かいエライザの体温に縋るように、抱え込む腕に僅かに力を込める。今まで加減が分からず、できるだけ触れないように、しかしどうしても触れなければいけない時は、慎重に指先で触れていたのだが、今触れている身体は想像していた以上に小さく華奢で心許《こころもと》なかった。

(死んでしまうかと、思った……)

苦しみに喘《あえ》ぐ姿は、見るに堪えなかった。ノエルがいなければ、回復途中の魔力をありったけ使い、彼女に治療魔法をかけていたかもしれない。

つい数時間前まで隣で笑っていた、ちいさきかわゆいものたちの楽園への導き手のような存在。いや、エライザだってその一部だと、アレクシスは嫌々ながらも認めていたのだろう。

(人々を救った聖女に手を出すような輩《やから》はいない——などと何故思い込んだ？　間違いだった。

——愚かな人間など、星の数ほどいるというのに)

アレクシスは自問自答し、唇を噛み締める。エライザを抱えたまま振り返った。

「ノエル、侵入者は」

「こちらに。ただ拘束魔法が強すぎるみたいなので、緩めた方がいいと思います」

見張っていたノエルが男達から視線を逸らすことなく、そう応える。

確かに、先程からわずらわしい唸り声が耳に届いていたが、それどころでなかった。

もう一人は咄嗟のことで手加減できなかったせいか、手足を拘束した時に打ち所が悪く、気絶してしまったらしい。むしろ残る一人がこれだけ苦しんでいるのを見ると、その方が良かったのかもしれない。

アレクシスはぱちりと指を鳴らし、男の拘束を緩める。途端、苦しげに咳き込んだ男に、アレクシスは目を細め、静かに問う。

「貴方達の狙いは何でしょうか」

一瞬黙り込んだ男に苛立ち、魔法を放とうとする僅かな差で、ノエルが男の腕を捻《ひね》り上げた。

「ぎゃあああっ」

「アレクシス様！　これ以上魔法を使ってはいつまでも回復しません。――貴方も素直に答えた方がいい。神官は無用な殺生は致しませんが、罰は与えることはできるんですよ」

腕を掴んだまま、ノエルはぐっと男に顔を近づけて警告する。みしみしと骨が軋む音が聞こえ、男は自分の腕を掴む細い手とノエルの幼い顔を見比べた。痛み以上にその違和感が男の恐怖心を煽ったのか、男は堰《せき》を切ったように口を開いた。

「カジノで会った男に頼まれたんだ！　聖女を殺したら借金を肩代わりしてやるって……！」

「借金？」

「ああ、カジノで少し……」

「……聖女に手を出して神罰が下ると思わなかったのですか？」

自分勝手極まりない言葉にノエルの手に力が籠ったのか、男は呻《うめ》き声を上げた。

「俺だって最初は断ったさ！　だがソイツがどんどん報酬を吊《つ》り上げてくるからつい……深くフードを被ってて、本当に顔は見てないんだ！　な？　神官なんだろう？　慈悲で愚かだった俺を許してくれよ！」

一瞬、同じ空気を吸うのも耐えがたくなってくる。ノエルに注意されない程度に、じわじわと再び拘束したままの光の輪に魔力を流していった。

「――は？　なんだ……首が絞まってる！　おい、やめてくれ！」

「愚かな者にくれてやる慈悲などありません。顔が分からないなら声は？　身長は？　服装に何か特徴はありましたか？」

「……っく……は、い、や……無口で……男だったとは思うが。外套《がいとう》は黒とか灰色とかそんな、やつで……」

「他には」

「分からねぇ！　た、たのむ……苦し、い……はぁ、はっ……助け、て……」

ともすれば暴走しかける魔力を調整し、聞き取る。しかし男は本当に知らないようで、白い泡を吐いたところで、アレクシスは魔力を緩めた。突然入ってきた酸素に身体が驚いたのだろう。白目を剝き、そのまま気絶してしまった。

しんと静まり返った神殿の中、ノエルが小さく溜息をつき「明日から魔法を使うのは控えてくださいね」と苦言を呈す。しかしすぐに男達を横目で見て、首を捻った。

「小悪党とも言えないただのチンピラですね。失敗することなんて分かっていたでしょうに、どうして彼らを送り込んできたのでしょう？」

ノエルの言葉通りだ。本当にエライザを狙っていたのなら、神殿の中でも一番外門に近い拝殿の礼拝堂に『再生の棺』が安置されていた今日が最大のチャンスだった筈だ。

「……神官長様の魔力の高さは有名ですし、様子見を兼ねて、といったところでしょうか」

ノエルの問いにアレクシスがそう答えると、ノエルは納得したように頷いた。

「なるほど。……それに『再生の棺』の強度も確認したかったのかもしれませんね。類まれなる才能と膨大な魔力を持った初代の神官長が作った神具ですから、何らかの強い加護を持っていて一筋縄では壊せないと予想していたのかも……」

「……そもそも神殿のものに、汚い手で触れるなんて許されないのですよ」

怒りを抑えアレクシスがそう呟くと、ノエルは気遣わしげな視線を向けてくる。しかしすぐに表情をいくらか和ませると、エライザを指さした。

「アレクシス様。エライザ様を棺に戻してあげましょう」

「ああ……そうですね」

アレクシスとしたことがエライザを胸に抱いたまま、尋問してしまっていた。

「僕はもう少し彼らから話を聞きます。もう一人もまだ起きないようですし、尋問が済んだら騎士団に引き渡すということでよろしいですか」

アレクシスが頷くとノエルは、昏倒《こんとう》している男をよいしょ、と肩に担ぎ、もう一人も抱えるように楽々と持ち上げた。第三者が見れば信じがたい光景だが、アレクシス達一族にとっては食器を運ぶくらいに容易《たやす》いことだ。「失礼します」と部屋を出ていくノエルを見送る。

アレクシスも荒れた室内を、魔法で元の姿に戻していく。これくらいはノエルも見逃してくれるだろう。

すっかり元の姿を取り戻した礼拝堂の中で、アレクシスはエライザを抱えたまま立ち上がった。

棺の前まで行き下ろそうとして、少し離れた温《ぬく》もりにぎくりとして動きが止まってしまう。躊躇《ちゅうちょ》したのは僅かな喪失感が、また不安を呼び起こしたのだろう。

（……彼女をこんな目に遭わせた黒幕を、すぐにでも引きずり出さなければ）

ぐ、と奥歯を噛み締め、感傷を引き剝がすようにエライザの身体から手を引く。

ふわりと一旦棺の上で浮いた身体は静かに硝子の蓋を通り抜け、ゆっくりと本来の肉体へと帰っていった。

棺の中で眠る化粧を施された彼女の美しい顔は大人びているが、アレクシスには初めて見た時のように、別人には見えなかった。そう、彼女は最初からちいさきかわゆい、かよわきもので——自分が守ってやらなければならない存在だった。

「……」

アレクシスはその場に立ち尽くし、眠るエライザの顔を見つめたまま夜を明かしたのだった。

五

よく眠れた朝、ぱちっと開けたすぐ目の前に神かがった美貌があれば——。

「わぁあああ！」

誰だって叫ぶ……と、思いたい。

エライザは慌てて飛び起き、切実にそう言い訳した。とはいっても意識体の身では幽体離脱状態。眠っている本体の身体に重なったまま目が合い、少し離れてくれたことを幸いに這《は》い出て棺を挟んだ。二人は見つめ合い、沈黙が落ちる。

（どうしてここに神官長が⁉　……あ！　そういえば昨日、強盗が……）

逸らされることなく向けられる視線の強さに慄《おのの》きながら、必死で記憶を引き寄せれば、すぐに蘇ってきた。

そう、彼らが持つナイフを見た途端、呼吸が苦しくなって、アレクシスを呼んだ。

最後の方は朦朧《もうろう》としていて覚えていないがアレクシスの広い背中を見て、酷く安堵《あんど》したことだけは強烈に覚えている。

……自分が今、ここにこうしているということは、きっとアレクシスが強盗をやっつけてくれたのだろう。だんだん記憶もはっきりしてきて、エライザは苦しさにしゃくり上げてアレクシスに縋ってしまった事実を思い出し叫びたくなった。

（……だ、抱きかかえてくれてたよね⁉　神官長自ら！）

しかもぎこちない手つきで背中を撫でて声をかけてくれたことも、ちゃんと覚えている。指は細くて長いのに大きくて意外と男らしい手だと思ったのも、嬉しいと思ったことも。

（いやタイムマシンがあったら過去に戻って、自分をひっぱがしたい！　恥ずかしすぎる！　助けてもらった上に抱きかかえて介抱してもらうとか……！　変な顔してた？　してないわけないよね？　だってパニック状態だもん……！）

泣いていた上に汗も大量にかいていたし、見るに堪えない状態だっただろう。

（顔が見れない……！）

エライザは羞恥心に真っ赤になった顔を見られたくなくて、その場に正座し膝に手を置いて俯く。

（絶対、文句言われるに決まってる！）

ぎゅっと拳を握りしめて覚悟を決めるが、続いたのは沈黙だった。早々に耐えられなくなったエライザがちらりとアレクシスを盗み見ると、焦げ茶色の瞳はただ不安げに細められ、慌てるエライザを映していた。

「顔が赤いですよ。襲われたショックで熱でも出たのでは……」

かけられた声も穏やかで優しく、エライザを気遣うものだ。額にアレクシスの冷たい手が触れ、本当に心配してくれているのだと分かる。

エライザは一人相撲しているような自分の慌てっぷりに、余計に恥ずかしくなってしまった。

「お気遣いなく……！　あ、あの、どうして私が狙われたんでしょうか⁉」

気まずい空気を何とかしようと、少し身体を引いて手を避《よ》け、勢いのまま疑問を口にする。

そう、最初の方はしっかりと覚えている。明らかにリーダーらしき人物はまっすぐエライザの棺に向かってきた。途中金の細工に目が眩《くら》んでいたけれど、確実にエライザの命を狙っていた。

「……ちょうどノエルも来ましたし、彼の報告を先に聞きましょう」

アレクシスがそう言い放ったと同時に、礼拝堂の一番大きな扉からノエルが現れた。エライザを目にした途端、ぱぁっと顔を明るくさせ駆け寄ってくる。

「エライザ様、目が覚めたんですね！」

ノエルの登場で何だか妙に照れくさい空気が変わり、エライザはほっとした。感謝しつつ、そういえばノエルもあの場にいたことを思い出す。

「ごめん。ノエル君にも迷惑かけちゃったね。怪我とかしてない？」

「大丈夫です！　即座にアレクシス様がやっつけてくれましたから」

……そういえばアレクシスは怪我をしなかっただろうかと、今更ながら心配になって窺うが大丈夫そうだ。

（良かった……）

心の中で胸を撫で下ろすと、エライザの脳裏にふっと暴漢が持っていた鋭いナイフの鈍い光が思い浮かんだ。

——喉を絞められているような息苦しさを覚え、しかし同時に背中をぎこちなく撫でてくれたアレクシスの手の大きさと、よく通る低い声が耳に蘇る。苦しさは波が引くように消えていったものの、すぐ側にいるアレクシスの存在が急に大きくなった気がした。

(もうっ！　さっきから何なの……！)

無性に落ち着かず、エライザはとうとうノエルの後ろに回り、アレクシスの視線から隠れるように身を縮めた。そんな行動に、アレクシスの眉間にぐっと深い皺が刻まれる。

「何の真似《まね》ですか」

「いや、ちょっと迷惑かけちゃったなぁ……って。合わせる顔がないと言いますか……」

ぼそぼそと呟いた言葉だったが、ちゃんと聞こえたらしい。

一瞬「は？」という顔をしたアレクシスは、少し考えるように間を置きノエルに向かって顎を動かした。苦笑し横にずれたノエルにエライザは恨めしげな視線を送るが——アレクシスはすっと前に立ち、エライザの頬をそっと大きな手のひらで包み込んだ。小指で顎をくすぐられ自然と上を向けば、美しい顔がすぐそこにある。

「か、顔、ちかっ」

もはや言葉になっていないが、アレクシスはそんなエライザに構わず、ふるりと首を振った。

「それを言うなら迷惑をかけたのはこちらの方でしょう。貴女を聖女として公開するにあたって起こるべき事態と危険性は全て考えておかねばならなかったのに、浅慮の結果、貴女を危険に晒してしまいました。安全だとお約束したというのに、申し訳ありません」

「い、いいです、謝罪とかいりませんから！　離してくださいぃ〜っ」

顔を引っこ抜こうとするが両手で頬を挟まれているせいで動けない。それでも無理やり逃げようとすると顔がぎゅっと寄ってしまい、アレクシスは途端に焦ったように手を放した。

「急に動かないでください！」

よほど驚いたのか胸を押さえながら「顔を潰してしまうかと思いました……。驚かせないでください」と、大真面目に言い放つ。エライザはどう考えてもこちらのセリフだと、両手で頬を撫でたのだった。


そんなこんなで緩んだ空気の中、エライザはアレクシスと一定の距離を取りつつ、昨日の騒ぎの全貌を聞かされ、驚愕《きょうがく》の嵐に翻弄されていた。

本筋からは逸れるが、まず一番の衝撃だったのは、ノエルは今まで彼らを尋問していたらしい、ということだ。

（え、ノエル君が尋問？　ミスキャストもいいとこじゃない？　むしろ子供にさせていいもの？）

そんな疑問が思い浮かんで尋ねようとしたがニコ！　と本人に満面の笑みを向けられてしまい、反射的にへらっと笑い返してしまう。案外可愛いだけじゃ……いや、少々裏がなければ、癖の強いアレクシスの侍従など務まらないのかもしれない。

そして声変わり前の可愛い声で語られた話によると、暴漢達は街のゴロツキであり、酒場でエライザの殺害を頼まれたそうだ。依頼人の顔は見ておらず、いわゆる使い捨ての人材であり、こちらの警備体制や『再生の棺』の強度を確認したかったのでは？　とのことだった。

「じゃあ次は……その上で対策して、また暗殺にやってくるってことですよね？　あの、依頼人は分からないってことですが……個人的には両親が悪どい仕事してたのは確かなので、その恨みとか買っちゃったのかなぁ、って思ったり……」

それに何といっても悪役令嬢だ。ヘイトを買うのが仕事のようなものである。

エライザがおずおず手を上げて口を挟むと、アレクシスは即座に首を振り、ノエルを見た。

彼が小さな顔をこくりと上下に動かしたのを確認してから、再び口を開く。

「貴方がいなくなって一番得する人間……という線で考えると、ちょうど昨日話をしたロベール伯爵が怪しいですね」

「ロベール伯爵？　え？　ミリアの後見人ですよね⁉」

思いも寄らない人物の名前が出てきて、驚く。

「ええ。民衆から聖女である貴女を王太子の正妃にと望む声があることは、一昨日《おととい》レオナルド王太子殿下から聞きましたね？　未だその声は根強く、王族派の貴族からも同じ意見が出るようになりました。彼らまで出てきては王も無視できません。このままではミリア同様ロベール伯爵の立場も危うくなってしまう、と考えれば貴女の存在は邪魔でしかありませんから」

ぎょっとしたエライザと同時に、ノエルは渋い顔をした。

「エライザ様にレオナルド王太子殿下はもったいないと思います！　そんなことにならないよう全身全霊かけて、阻止しますからね！」

レオナルドとノエルは面識がある。突然先触れもせず訪ねてきた上に、二人きりになりたいと我儘を通した経緯もあり、思うところもあったのだろう。いつになくきりっと眉を吊り上げ強い口調で宣言してくれたノエルに、エライザの顔が緩む。

(今日もノエル君が可愛くて心強い……。……あ、でも待って？　ロベール伯爵が黒幕だとしたら、ミリアは知ってる……？　ううん、ゲームの性格通りなら加担してるわけないよね？　うーん……これはやっぱり早めにミリアに会った方がいいんじゃ……)

ずっと気になっているヒロイン・ミリアのことが頭を過《よぎ》る。今こそアレクシスに相談する時かも――と思ったものの、続けられたアレクシスの説明にエライザは一旦口を閉じた。

「以前も言った通り、そんなことになったら私の計画が無駄になりますので、余計な心配はしないでください。それより話を続けますよ。――貴女が亡くなれば、後見人であり現在保護している神官長である私が責任を取り、退任となるでしょう。私のことを邪魔に思うロベール伯爵にすれば、一石二鳥になります」

(そうか。そうなるんだ……)

まさに陰謀渦巻く権力争いである。どこがお気楽な逆ハー乙女ゲームなのかと運営に問いただしたい案件だ。

「しかし安心してください。今日から公開時間以外は本殿の祈りの間に『再生の棺』を戻します。あそこなら窓もありませんし、本殿の入り口も一つで部屋もそうです。部屋自体に誰も入れないように結界を張りましょう。勿論、貴女は自由に扉を開けて行き来できるので心配しないように」

結界、という聞き慣れない言葉に大事になっちゃったな、と今更ながら慄く。

「それに最初に説明したかと思いますが『再生の棺』は中の人間が回復し、起きようとする意志がなければ、蓋が開くことはありません。かつ、どんな攻撃を受けても割れたり壊れたりしませんので、棺に安置されている貴女の身体が危害を加えられることはありませんから、安心してその場を離れて助けを求めに来てくれても大丈夫です」

「……あ、そうでしたよね……」

確かに最初に参拝される話をした時に、そう説明があった気がする。

本当にさっさと助けを求めに行けばよかったと後悔しつつも、今朝、神官達が六人がかりで『再生の棺』を運んでいたことを思い出し、エライザはおずおずと尋ねた。

「でも、いちいち本殿の祈りの間から拝殿の礼拝堂まで運ぶの、大変じゃないですか？」

「大丈夫です。神官達に負担をかけないように運ぶのは交代制にしますし、それを名誉と思う神官もいますからね。そもそも『再生の棺』は神具であり、貴重なものです。まさか神具を傷つけようとするような罰当たり者がいるとは思わず、礼拝堂に置いてしまいましたが、護りの薄い場所に見張りも置かず、設置している方が間違いでした」

「そうですよね。僕もがっかりです。僕達はちょっと悪意に鈍いかもしれません」

ふっと大人びた笑みを浮かべたノエルに、エライザは咄嗟にまだ小さなその手を両手で握りしめた。いかん、このままでは推しが闇落ちしてしまう。

「……神官ですから仕方ないと思います。むしろ悪どいより、お人好《ひとよ》しくらいの方が神官らしいっていうか……」

エライザの咄嗟のフォローにノエルは一瞬はっとしたように顔を上げてから、ふわりと微笑んだ。

ああ、今日も推しが尊い。このまま汚れずに健やかに成長してほしい。

「そうですね。みなさまの善意で生かされてますし、いつも触れ合っている信徒達はやはり善良な方が多いですから」

そう言うと、ノエルはアレクシスに顔を向けた。

「アレクシス様、一晩中寝ずの番をしていたので大変でしょう。後は僕が神官達にお願いしてエライザ様の棺を運んでもらいますので、少し睡眠を取られてはいかがですか？」

「寝ずの番？　ここで？」

ぎょっとしてエライザは慌てて聞き返す。確かに目が覚めた時に側にいたが、まさか一晩中見張っていてくれたとは思わなかった。

(うわぁ……何か神官長が優しい……？　まだ子供のノエル君はともかく、見張りだけなら神官に頼めばよかっただろうに……いや、でも一晩中？)

さすがにそれはやりすぎじゃないだろうか。

一度襲って失敗したのに、同じ夜に再び暴漢がやってくる可能性は低いだろう。

そういえば、助けてくれたことに対してちゃんとお礼を言っていない。未だ処理しきれない恥ずかしさを堪えて、エライザはアレクシスにしっかり向き直った。

「あの……助けてくれて、ありがとうございました。……一晩中見張っていてくれたことも感謝してます」

もじもじとらしくなく俯きながらお礼を言えば、アレクシスは意外そうな顔をした。

「おや、貴女のことだから一晩中寝顔を見ているなんて、と怒ると思ったのですが」

そう返され、確かに、と納得してしまう。いつものエライザならきっと『うら若き乙女の寝顔を！』なんて今更なことを言って騒ぎ立てただろう。

（うう……なんか私まで調子が狂ってる……？）

エライザの戸惑いをよそに、アレクシスは一呼吸置くと、エライザをこれまでにない表情でまっすぐ見つめ、形の良い唇を開いた。

「もう貴女を危険に晒すことはしません。必ず守ります」

真摯な言葉は美貌に相応しい玲瓏な声も伴い、まるで騎士の誓いのようで――エライザはますます照れくさく――再び顔が見られなくなってしまった。

「……はい。これからも、その……よろしくお願いします」

もそもそとそう返せば、アレクシスは満足げに頷き、ノエルと早速警備の強化や神官の配置について相談を始める。静かに話を聞いていると、だんだん心臓も顔の赤みも落ち着いてきた。

（……うん、私も過呼吸なんて起こしてる場合じゃないわ。……ナイフがトラウマって分かったけど、それはちょっとずつ刃物のストレス耐性つければ何とかなる）

そもそも今回だってエライザが過呼吸さえ起こさなければ、もっと早く助けを呼べた筈なのだ。

エライザは決意し、とりあえず二人の話の邪魔をしないように、しっかりと耳を傾ける。しかしその一方で――ノエルと話すアレクシスが、エライザを慈しむように見つめていることには気づかなかったのである。

＊

明らかにアレクシスがおかしい。

エライザがそう確信したのは、暴漢の襲撃から三日後のお昼のことだった。

いや、実は公開を中止した昨日からその片鱗《へんりん》は見えていて、ノエルにトラウマについての相談をしたその夜、アレクシスはあれほど拘《こだわ》っていた『再生の棺』の公開を取り止めると言い出したのだ。

曰く、『危険ですから』とのことで……。

（嘘でしょ⁉　あれだけ言葉巧みに私を誘導して許可させたくせに、そんな簡単に翻しちゃうの⁇）

確かに暴漢に襲われたのだから心配してくれる気持ちも嬉しいし、正直エライザも怖かったし、襲われた翌日、一日公開を中止してくれたことも正直ほっとしていた。

けれど一刻も早く寄付金を集めなければいけないのは確かだし、自分の恐怖心のせいだけで、計画を中止させてしまうのはさすがに良心が咎《とが》める。

その後、相当揉めたのだが、エライザの「そもそも最初に言い出したのは、神官長ですよ！　それにゆくゆくは自立資金の一部になる、私の日当減らさないでください！」の一言で収束した。

結局、最初の予定通り午前と午後の部に分け、『再生の棺』は今まで通り公開されることになった。あの時の「そんなにお金が欲しいのですか」的な薄い目が忘れられないけれど、アレクシスだけには言われたくない。

勿論エライザだって、暴漢に襲われてから初めての公開日――つまり今日。朝一番はそれこそびくびくして参拝者を迎えていた。けれど警備の神官も大量に配置されていたし、常にノエルが棺のすぐ側で待機してくれていたので、合間合間にお喋りできたこともあり、拍子抜けするほど安心して過ごせたのである。

夜になったら約束通り、本殿の慣れた祈りの間に『再生の棺』は戻してくれるし、侵入者が来たらすぐに察知できるという、某警備会社みたいな見えない結界もずっと張られているらしい。

その上、襲撃された日からずっと、忙しい筈のアレクシスが眠るまで側にいてくれているという鉄壁の護りで――エライザは夜も更けた今現在、別の意味で危機感を覚えていた。

「――刃物がトラウマになっているとノエルに聞きました」

(ち、近い！　近いから……！)

祈りの間にある祭壇に一番近い長椅子に二人で座り、突然距離を詰めてきたアレクシスに、エライザは思わずばっと両手を前に出した。

「何ですか。この手は」

「いや、その……っ近いなぁ……って」

俯いたせいで顔が熱くなる。

暴漢に襲われてから三日、アレクシスと二人きりになるだけで妙にソワソワしてしまう現象はいまだ継続中だ。ノエルや他の者といる時はただ頼もしく感じるだけなのだが、こうして近くに寄られて顔を近づけられると、心臓が落ち着かなくなってしまう。けれどその一方で、偶然触れられた時に感じる細く長い指と大きな手のひらは安心するし、低くよく通る声はいつまでも耳に残って、ずっと聞いていたいと思う。まさに矛盾した感情を抱えてエライザは一人焦っていた。

（騒動以来妙に距離が近いのがよくないのよ……！）

エライザがぼそぼそ返した答えに、アレクシスは物言いたげな顔をしたものの、大人しく身体をずらして隙間を開けた。僅かに低くなった声が落ち込んでいるように聞こえてしまい、エライザははっと顔を上げる。するとしっかりと見ていたらしいアレクシスと目が合った。

「おや、今日も顔が真っ赤ですね」

図星を突かれて、ますます顔が熱くなる。エライザは両手で顔を隠し、一層無遠慮にこちらを見つめるアレクシスに噛みついた。

「……っ普通、あんなに近いと照れるもんなんです！　自分の顔、鏡で見てきてください！」

「この顔ですか……？　……ああ、つまりエライザ嬢は頬を染めるほど、この顔を好ましいと思ってくれているということですね」

なるほど、と一人頷き「それなら離れなくてもいいですね」と再び距離を詰め直してくるので、エライザはとうとう悲鳴を上げた。

「なんでそうなるんですか！」

アレクシスは口元にしーっと長い指を置いて、至極真面目な顔で「大きな声を出さないでください。夜ですよ」と注意してきた。反射的に黙れば、アレクシスはふっと微笑んで手をエライザの頭の上に置いた。

ぐっと押さえ込まれて頭が下がれば、アレクシスははっとしたように一度動きを止め、手の力を調節し、今度はくすぐったくなるような塩梅《あんばい》で撫でてくる。

（……この撫で方も何だかなぁ……）

「嫌ではないなら——逃げないでください」

俯いた状態で、聞き取れないほど小さく切実な声が落ちてくる。妙に落ち着かなくなる声に、言われた言葉だって意味深にも取れて、どきりとする。

せっかく二人きりなのだから、ずっと気になっているミリアに会いたいと相談するつもりだったのに、一向に話すきっかけが掴めない。というか、普段の会話すらどうしていたか思い出せないほど、言葉がうまく出てこなかった。

（なんか……なんか！　なに⁉　恥ずかしいのよ！　なんか！）

「……に、逃げませんよっ！　それより、ちょっとくすぐったいです。小動物を撫でる練習なら、さっきと今の中間くらいの力で撫でた方がいいですよ」

何だか妙な空気を壊したくて、ぶっきらぼうにそう言えば、ぴたっとアレクシスの手が止まる。

沈黙が落ち、そろりと顔を上げれば目が合ったアレクシスは、ふふっと声を上げて笑った。

（あ、またこの笑顔だ）

笑われた意味は分からないけれど、嫌いじゃない。

昨日から時々見せてくれるようになった笑顔。彫刻めいた端正な顔立ちが緩むと、ふっと雰囲気が和らいで、少しだけ気安く近づいてもいいのかな、と思わせてくれる。

そして止まっていた手も動き出して、ゆっくりと慎重にエライザの頭を撫で始める。

時々黒髪を梳《す》く動きも加わり、今度はちょうどよく心地いい。

（前世も合わせたらいい年齢してんのに、頭撫でられて喜ぶとか……）

ただ嫌ではないことは確かなのだ。しかしどうしてこんな状態になったのか、改めて原因を考えようとすると、ふとアレクシスが口を開いた。

「――本題に戻りましょう」

頭を撫でていた手が今度は頰に下がり、手の甲で優しく撫でられる。耳元を掠ってくすぐったさに身を竦めれば、そっと顎を持ち上げられた。

「貴女が過呼吸を起こした原因は刃物なのですよね？」

撫でられている途中で顔を上げれば、至近距離であることは想像に難くない。

必死で目を逸らし「ソウデスネ……」と小さい声で返す。突っ込まれると思ったが、アレクシスは子猫を撫でるように顎を撫でて、ゆっくりと離れていった。エライザはささっとお尻を動かして距離を取る。手持無沙汰に膝の上で両手を組んでもじもじする。

（なんか動きが……手が！　意味深なのよ！）

もはや心の中でしか突っ込めないエライザの葛藤をよそに、アレクシスは淡々と言葉を続けた。

「少しずつ慣らしていきたいとノエルにナイフを頼んだようですが、いきなり同じものを見て卒倒する可能性もあります」

「は、い」

「というわけで、こちらを用意しました」

じゃん、とどこからか持ち出したのは、何かが包まれた白いナフキン。

少し緊張して開けていくと、中に入っていたのは――。

「……はい？」

小さなバターナイフだった。

無言のまま受け取り、手に持ってくるくる回してみる。わざとなのだろう磨かれておらず、反射する光も鈍かった。

エライザの様子を見守っているらしい大真面目なアレクシスの顔を見て、エライザは再び自分の持っているバターナイフを見た。そして俯くと、くっと口を押さえ、肩を震わせた。

「やはり無理をさせ――」

「――ふはっ！　あははははっ！　笑わせないでくださいよ！　いくらなんでもバターナイフって！」

緊張もいっぺんに吹き飛び、エライザは込み上げてくる笑いの衝動を抑えることができなかった。

駄目だ。お腹が痛い。

鳩尾《みぞおち》を押さえ、思いきり身体をくの字に曲げて笑い出したエライザに、アレクシスは一瞬呆気に取られた顔をしたものの、むっとしたように眉間に皺を寄せた。

「とりあえず大丈夫そうですね」

こほんと、咳払いしてそう言ったものの、自分でも慎重すぎたと思ったのか、僅かに耳が赤い。しきりに片眼鏡の位置を直しているのが、とても彼らしくなかった。

(か、可愛いっ！　可愛い！　なんなの、この人！)

普段、人でなしとかドSとか言われている人と、同一人物だとは思えない表情だ。

笑われて苦虫を噛んだように引き結ばれた薄い唇も、ずっと見ていたいくらい可愛い。

あまりにも珍しくて見逃すのが勿体なくてまじまじ見つめていると、眉間の皺が深くなる。

しかし律儀にも「……明日はディナーナイフを持ってきます」ときたので、笑いの発作が再びエライザを襲った。もう本当に勘弁してほしい。

「……っふふ……いや、いっぺんに……っははっ……持ってきてっ、くださいよ！　どこが限界なのか早めに知りたいですし！」

息も絶え絶えにそう言ったエライザに、アレクシスはこめかみをぴくりと動かしたものの、細く長い指をエライザの前で立てた。

「いいですか。トラウマというものは本人の意識より根深いことが多いそうです。今は笑っていられても、もしかして夢に見るかもしれません。故にバターナイフから始めた私の判断は正しい」

悔しかったのか、最後は意地を張ったようにそう締めたアレクシスに、エライザはどうにか笑いを収める。今日は珍しい顔をよく見られる日だ。

ノエルがいたら一緒に揶揄ったのに、と一瞬思ったものの、それより自分だけの秘密にしたいかも、と思い直した自分に「ん？」と首を傾げる。

（これは……え？　うん？　ちょっと待って。この感情は……）

遠い昔、それこそ前世でもはるか昔に経験したたくすぐったく甘やかで切ない感情。それに一緒にいるだけで安心感を覚える存在。自分よりも年上の男性を可愛いと思う心。そしてトドメは笑顔を独り占めしたいなんて。

（……いやいや、落ち着こう私。相手はこのドS神官長よ。初日に脅された人でなしっぷりを忘れたの？　ピンチに助けに来てくれたからって、す……きになるとかお手軽すぎない？　……うん、元々好きだったゲームキャラへの憧れと、神々しい美貌に目が眩んでるだけで……）

そう自分に言い聞かせてみるものの、想《おも》いを自覚して意識すればするほど、まっすぐアレクシスの顔が見られなくなった。以前までのアレクシスと真逆だ、と思って、いつのまにかアレクシスが自分のことを普通に見つめていることに気づく。いや、普通どころか距離も近いし、しっかり表情まで読み取って甲斐甲斐《かいがい》しく面倒を見られてしまっている。

（な、何より神官長は私のことをただの小動物としか思ってないし！　顔だって身分だって釣り合ってないし、そもそも偽者聖女だし！）

「……エライザ嬢？　やはり調子がよくないみたいですね。もう夜も遅い。棺に戻りましょう」

心配げなアレクシスの提案にエライザは咄嗟にコクコク頷き、さっと立ち上がる。

とりあえずこの件は一人になって、騒がしい心を落ち着かせることが先決だ。

心配して眠るまで居座ろうとするアレクシスを眠ったフリで追い出した後、冷静さを取り戻すべく自分の感情と向き合い、結果、エライザは悶々《もんもん》と眠れない夜を過ごしたのだった。

六

「こちらが、かの有名な『再生の棺』に眠る聖女様です」

観光地のガイドよろしく初めて見る貴族を案内してきた神官は、大きく手を広げそう紹介する。

ここは拝殿ではなく本殿にある祈りの間。

今日は貴族や大商人達が、個別に参拝したいという希望を叶える為に設けられた特別な日だった。

予約必須で、個室料金と称して普通の参拝料の十倍の金額を設定し、帰りに寄付金もいただくというごうつくばりシステムなのだが、これが神殿に参拝しているところを他の人間に見られたくないという、王族派やそれに近い貴族、そして彼らを得意先とする商売人達の間で重宝がられた。

今や予約は目が覚める予定のその前日まで、ぎっしりと詰まっているらしい。

「多少の音は聞こえませんから、心行くまで辛い気持ちを吐き出してくださいね」

(嘘ですけどね~。真後ろが神官長の私室だし、ノエル君も待機してます~)

身なりもいい彼は見覚えがある。確かエライザと同じ学年の娘がいる伯爵位の貴族で、商売も手広くやっていた筈だ。

立派な刺繍《ししゅう》の入った上質な上着の生地に、宝石でできたカフスボタンを確認して、揉み手で迎えたくなったが——はっと我に返り、淑女としての体裁を保つ。

そして改めてここ数日の出来事を振り返った。

そう、襲撃されてから既に一週間が過ぎ——あれ以降、暴漢も暗殺者らしき人物も現れることはなく、拍子抜けするほど、平和な日々が続いていた。

勿論その間、エライザも何もしなかったわけではない。

参拝客に対し集中して告解や願い事に耳をそば立て、アレクシスと昼食を取りながら午前中の成果を報告、寝る前には彼とトラウマ克服の為、刃物を見慣れる特訓も続けていた。

そう、実はアレクシスとあれからもほぼ毎晩、眠るまで祈りの間で過ごしているのである。

今では小ぶりのナイフを見ても、そこまで恐怖が長引くことはなく、トラウマ克服の道のりは上々といえるだろう。

（まぁ、神官長がナイフを持ってくれてるってとこも大きいよね……）

彼は自分のことを傷つけない、と分かっているから。

「……」

（じ、自分で思って照れてるとか末期すぎる……！）

そう、あの夜以来、考えれば考えるほど、自分の行動や感情はアレクシスに向けられているということを自覚してしまった。その上、多忙だというのに毎晩一緒に過ごしてくれることもあり、エライザの中で彼の存在は大きくなっていって——今も現在進行中である。

最初こそ意地になって、命を助けてもらった故の吊り橋効果や、ストックホルム症候群まで出してきて自分を説得しようとしたけれど、近くに行けばソワソワするし、触れられるとどきどきする。珍しく笑顔を向けられれば、とても嬉しくなってしまうのだ。これが恋ではないというのなら、何をそう呼ぶのか。

気づけばアレクシスのことを思い出しては、一人の世界に籠ってしまい、慌てて取り繕う始末。まるで初恋に戸惑う中学生みたいだった。

出逢いも最悪だったし、そもそもまだアレクシスと対面して、十日ほどしか経っていない。こんなに惚れっぽかったのかと自分で自分に呆れたけれど、今がすごく幸せで楽しい自覚があった。

――とりあえず迷惑をかけっぱなしのアレクシスの心証を良くしたい。

嫌われてはいない自信はあるけれど、今までの自分――特に最初の頃の態度は、状況が悪かったと言っても、あまり褒められたものではなかった。間違っても嫌われないように、彼の最終目標である神殿の権威を取り戻すために協力したい。今度は無理やりではなく自分の意志で。

（王家の謝礼金と元聖女の肩書でミリアの代理的な仕事続けてたら、少しは神殿の役に立つかもしれないし……それにしても神官長、絶妙に優しいのがまた期待しちゃうんだよなぁ……。あと過保護なところも。罪な男め……）

そう、先日ようやく切り出せたミリアのことも『こちらに味方してくれるとは思えません』『危険ですから』と、過保護を発揮され、即座に却下されてしまった。

ではせめて、アレクシスからミリアこそ聖女だと本人に伝えてもらえるように頼んでみれば、意外にもそこは思うところがあるようで、一応「考えておきます」と言ってくれたので返事待ちだ。

ミリアが聖女だと分かったら神殿が彼女の後見人になれるし、今の後見人ロベール伯爵も手を出せなくなり、王族への牽制にもなる――と、一石三鳥である。それはきっとアレクシスだって分かっている筈だ。

やはり直接話した方が……と、どうアレクシスを説得するか頭を悩ませていると「では失礼します」と案内の神官が挨拶する声が聞こえてきた。神官が静かに祈りの間から出ていくと、貴族の男は棺の中をまじまじと見つめてから、注意深く周囲を見渡した。

（できれば、寄付金に繋がるような有益な情報をお願いします！）

とりあえず今できること！　と、エライザは気持ちを切り替えると、いつものように耳をそば立てたのだった。

「おひるごはーん！」

祈りの間から出て、中庭の扉を抜けていく。

今日は祈りの間での予約参拝客ばかりで長引くこともなく、いつもより早いお昼休憩である。

「元気で結構ですが走らないように。転んだら大変ですよ」

アレクシスが、エライザに後ろから声をかける。……すぐそこだというのにわざわざ迎えに来てくれたことが嬉しくてはしゃいでいると言ったら、アレクシスはどんな顔をするだろうか、なんて機嫌よく振り返ったエライザは乙女心に蓋をして、素直に返事をする。

すっかりお馴染みになった中庭の木陰には、いつもの布が敷かれていた。気持ちよさそうに木漏れ日を浴び、手足を伸ばしていたノエルが駆けてきたエライザに気づき、手を振る。

「もう準備はできてますよ！　今日は分厚いチキンソテーの入ったサンドイッチみたいです！　ふふっ！　エライザ様のおかげですね！」

眩しい笑顔でそう言ったノエルに「いっそ私の分も食べて、大きくなって……！」と成長期の子供を持つ母の心境で頭を撫でた。定位置となった場所に腰を下ろし、うんうんと頷く。

「ノエル君がちゃんと見張っててくれてるおかげで、安心して参拝者の話を聞けるんだよ。それに私は聞いたことをそのまま話してるだけで、その後どうすればいいかなんて思いつかないからね」

実はエライザは勿論、アレクシス達も言葉ほど期待していなかっただろうが、意外にも予約制の貴族の参拝が増えれば増えるほど告解や相談事も比例していったのである。

高位貴族の隠し子の発覚、ドロドロの不倫関係、王族派の筆頭貴族の息子がカジノに嵌《はま》り、勝手に銅山の権利書を売り払ってしまった、と嘆く夫人の話まで、内容も多岐にわたり、中には大きな事件に発展しそうなものまであった。

つまり神官長であるアレクシスは、貴族の大小様々な秘密を知ることとなり、それを利用し、彼らを神殿派にするべく裏で画策している最中らしく、忙しいながらもとてもイキイキとしている。

(優しいところもあるけど、やっぱり基本的にやってることは悪どいんだよなぁ……！)

小動物達と一緒にいる時とはまた違うベクトルの笑顔で、エライザの話を深堀った調査書を読むアレクシスを思い出し、遠い目になったのはつい先日のことだ。

その結果、大っぴらにはしないものの、神殿派に傾きつつある大貴族の動きに敏感な他の貴族が反応し、王家につくか神殿につくかの相談をしてくる者や、実際に神官長自身に面会を求める貴族が増えたのである。

これは王族派全体が揺れている大きな証拠にもなり――アレクシスの神殿の権威向上と寄付金獲得に大きく繋がることとなった。つまり神殿は今、かつてないほど潤っているのである。人様の告解に聞き耳を立てている身としては少々心苦しくもあるものの、大抵悪事なので、罪悪感はそれほど感じず、むしろエライザも立てたばかりの目標通り少しは役に立っていることが実感できて、嬉しくもあった。

「一般参拝の方は『再生の棺』のおかげでもあるけどね」

「まさか、あそこまで噂が大きくなるとは思いませんよねぇ」

そう、実は聖女であるエライザ以外にも、元々展示予定だった不思議な治癒能力を持つ神殿お蔵出しの神具『再生の棺』自体を見に来る人が増えたのである。巷《ちまた》ではあそこに入れば不老不死になれる、永遠の若さを手に入れられる……なんて噂が流れていて、参拝希望者もうなぎのぼりだ。

「仕事の話は後にして、きちんと食事を取りなさい。昨日のように気管に入って噎《む》せますよ」

アレクシスが盛り上がる二人に眉を顰め、また小言めいた注意をする。さらっと忘れたかった昨日の出来事を掘り起こしてくる無神経さといい、オカン属性まであったのだろうか。

涼しい顔をして恨めしげに睨むエライザの隣に座ったアレクシスは、ノエルから件のサンドイッチを受け取ると、零すこともなく上品に口に含む。

（でも、人に注意するだけあって、食べ方も綺麗なんだよなぁ……）

どこで習ったんだろう……そんなことまで気になる自分がちょっと嫌だ。気づけば目が離せずじっと見つめていることも。一歩間違えればストーカーである。

エライザはまだ見ていたい目を引き剝がし、サンドイッチを眺めて齧りやすいところを探す。チキンソテーのサンドイッチは美味しいが、分厚くて食べづらいのが難点だ。

四苦八苦しつつ噛みついたところをアレクシスに見られてしまい、エライザは慌てて反対側の手で口元を覆い隠した——が、ばっちり見られていたらしい。

「……ちいさなお口ですね……」

妙に感動したように呟かれ、今は間違いなく小動物扱いされているな……と、もごもごしながら判断をする。駄目だ。このままでは、またリス扱いである。せめて人間に昇格したい。

「あ！　女性には大きかったですね。神官には男性しかいないので……もう少し小さめに作ってもらえばよかったです」

しゅんとして手元のサンドイッチを見下ろしたノエルに、エライザは口の中のものを急いで飲み込み、慌てて首を振った。

「大丈夫！　私一人にそんな手間をかけてもらうのも悪いし、説明も面倒でしょう？」

証明するように再び齧りついたものの、やはり無理があったらしく、口の中がいっぱいになる。

……サンドイッチは全ての具を一緒に食べるから美味しいと思うのだ。決して食いしん坊なわけではない。

「リスのようですねぇ」

にこにこと笑うアレクシスの表情に（言うと思った！）と、エライザは一生懸命口の中のものを咀嚼《そしゃく》する。口元を手で覆ったまま視線を避けたところで、膝にずしりと重い何かが乗り上がった。下を見ればすっかり常連になったリスが「呼んだ？」とばかりに、こちらを見ていた。

エライザは口を動かしながら、手にしていたサンドイッチの端の部分をちぎって差し出す。人間のように手を出して受け取り、嬉しそうにもきゅもきゅ頬袋にパンを詰める姿に（これに似てる……？）と思わず自分の頬を撫でてしまう。

そして生温かい視線を感じ振り向けば、アレクシスが目を細め、幸せそうな笑みを浮かべエライザ達を見つめていた。

（……どっち、見てるんだろ……）

確かめたい気がしたけれど、ついさっき同列扱いされたところだし、分が悪い。

エライザは餌付けされすぎて逃げなくなったリスを無造作に抱き上げ、アレクシスの膝の上に乗せてみた。慌てるリスに「無料《タダ》でご飯が食べられると思うんじゃないわよ」と視線で圧をかけると、しゅんとしてアレクシスの手から、ビスケットを食べ始めた。まぁ、エライザの時とは違い、口の中に消えていく速度が速すぎるが。

そしてみんなが食事を終え、集まってきた小鳥やウサギ達にビスケットを分けつつ、エライザは今日の参拝について報告した。

「今日はあんまりいい情報ないなぁ、って思ってたんですけど、最後の貴族の方、商人に金の価値が上がるって言われて、買い足すか迷ってるんですって。これ一昨日も誰かが言ってましたよね？」

「ええ、貴族のお嬢さんでしたね。社交界の華である皇女がつけているアクセサリーが素敵だと」

「人気のある人がつけてるアクセサリーって人気出ますもんね。購入する予定ってあります?」

「そうですね……神殿の資金をそういった営利事業に使うわけにはいきませんから……ノエル、父君……ウイルソン家の当主に頼んでもらっても構いませんか?」

「はい! 食べ終わったらすぐ早馬を出しますね」

……何となく聞いてはいけない気がして避けていた話題だ。けれど予想に反して軽く連絡を了承したノエルに、エライザは彼の実家であるウイルソン家について尋ねてみた。

「……ノエル君ってさ。よく名門貴族なのに神官になれたね。反対されなかったの?」

普通貴族の子息が神籍に下る時は、よほどの事件を起こしたか、激しい家督争いの末負けたか、どちらかである。少しでも顔が曇ったらすぐに話を切り上げようと思っていたが、ノエルは特に表情を変えることなく、笑顔のまま話し出した。

「僕、幼い時は外に出たらすぐ寝込んじゃうような病弱な子供だったんです。特に肺が弱くて、寒さの厳しい領地に住むことは難しくて、ずっと神殿で療養していました。その上魔力もうまくコントロールできなくて、暴走する――って時に、アレクシス様がこちらに来てくださって、その強い魔力で抑えてもらったんです。アレクシス様は僕の命の恩人なんですよ」

想像以上に重い話にエライザは少し気まずくなる。今の年齢からすればずっと幼い頃だ。明るく語ってはいるが、当時はきっと寂しかったに違いない。

(まさか、ノエル君がそんな危険な状態だったなんて……神様がいるなら意地悪すぎる。こんないい子を苦しめるなんて……いや、シナリオライターを恨むべき……？）

エライザが返事に困ったのを察したように、それまでリスの尻尾をこわごわ撫でていた筈の、アレクシスが話の続きを引き取った。

「その縁で私が神官長になった時に、そのまま従者としてノエルにいてもらうことにしたんです」

「ええ。幼い時からずっと寝台にいたようなものですから、実家に戻っても邪魔になるだけで、できることはありませんからね。王都にいるといっても、今更社交界にも出られませんし、行きたいとも思えませんでしたから。アレクシス様の申し出はまさに渡りに船でした」

「そうなんだ……。でも、自分でも抑えられない魔力だなんて大変だったね。今は大丈夫？」

アレクシスだって強大な魔力のせいで大好きな小動物に避けられている。エライザ達一般人が思うほど、魔力は便利なだけのものではないのだろう。

「はい！　今は力の使い方も覚えたので暴走することはありませんから、安心してください！」

ぐっと両手を前にして握り拳を作った健気《けなげ》なノエルに涙腺が緩みそうになる。

膝で移動し、ノエルの手を握ろうとすると、何故か不機嫌な顔をしたアレクシスがノエルの手を摑んで、それを阻止した。エライザが「え？」と声を上げると、アレクシスはコホンと咳払いし、眉間の皺を深めた。

「……子供の姿とはいえ神官にベタベタしないでください。道徳が乱れていると噂されます」

「……はい？　ただ手を握ろうとしただけです！　そんな邪な目で見ないでくださいよ！　むしろアレクシス様の小動物を見る時の視線の方が変態くさいですよ！」

「……何てことを……、むしろそんな風に見える貴女の目こそおかしいのでは？」

痴女扱いされ、さすがに噛みつくように言い返すと、ノエルが苦笑しながら口を挟んだ。

「あの、どっちにしろエライザ様の姿は、他の方には見えませんけど……」

「……」

静寂が落ち、自らのあまりの大人げないやりとりにエライザとアレクシスは無言になった。ええっと、と気まずそうに呟いたノエルは「仕事を思い出したので先に戻りますね！　こっちのバスケットには、エライザ様に頼まれていた林檎《りんご》と果物ナイフが入っていますので！」と、手際よく空っぽになったもう一つのバスケットを片付け、その場から離れていった。

（子供に気を遣わせるなんて申し訳ない……）

エライザが猛省していると、アレクシスも居心地悪く思ったのか、コホンと咳払いする。そして手を伸ばして、エライザの頭をくしゃりと撫でた。

「……それはそうと貴女は今日もお手柄ですね。よくやりました」

最近はこうして撫でられることも多い。ぎこちなさはまだ少し残るものの、冷たく細い、けれど大きな手のひらが、ここ最近少し強くなってきた日差しを遮ってくれて気持ち良かった。……頬が火照ってきたので尚更だ。

二人きりはまだ緊張するし、無言の時間があると余計なお喋りをしてしまいそうで、エライザは赤くなった顔を見られないように俯いたまま、話を変えることにした。

「神官長！　籠の林檎と果物ナイフ、出してもらっても構いませんか？」

そう、今日はまだ時間に余裕がある。エライザは膝の上に乗っていたウサギを下ろし、そう声をかけた。

「……貴女が使うのですか？」

少し驚いたようにアレクシスが尋ね、エライザはこくりと頷いた。

「はい。昨日目の前で切ってくれた時大丈夫でしたから、自分でもやってみようかと」

いつまでも取ってくれないので、アレクシスの隣にあった籠に手を伸ばすとぱっと腕を取られ、その勢いに驚く。アレクシスはすぐにエライザの腕を放したものの、前も同じようなやりとりをしたような？　と、記憶を辿った。

（……もしかして小動物並みにひ弱だと思われてる……？）

いや、今程度の力なら、たとえハムスターだって怪我なんてしないのではないだろうか。

「申し訳ありません。痛くありませんでしたか？」

謝罪するアレクシスに「いや、これくらい大丈夫ですって」と手を何度か握ってみせれば、ほっとしたようにアレクシスは表情を緩めた。確実に伝わっていないのが分かる表情に、言葉を重ねようとすると、それより先にアレクシスが小さく咳払いして、もう片方の手で片眼鏡を撫でた。

「ナイフはもう少しゆっくりと進めてはいかがでしょう？　それほど頑張らなくても、神殿の守りは固いですし、何があってもすぐに私が駆けつけられるように結界を張っています。……もしや信用できないと？」

何だか雰囲気が悪くなりそうなアレクシスの口調に、エライザはとりあえず力加減のことは横に置いておき、しっかりと誤解のないように首を振った。

「信用できないとかじゃなくて、努力できる部分は努力したいんです」

そしてアレクシスには言えないが、常にアレクシスが持っているから大丈夫なのだという可能性も確認しておきたかった。

「そこまで急がずとも守って差し上げますよ」

……なかなか乙女心がくすぐられるセリフだが、そこで甘えていては成長しない。守ってもらう立場は変わらなくても、最低限足を引っ張ることはしたくないのだ。

「いや……ちょっとそれは違うかなーと。そりゃ神官長が強いのは知ってますけど、甘やかしすぎですよ。ずっと守ってもらってばっかりじゃ情けないし、私にもプライドがあります！」

「……」

アレクシスが物言いたげな顔をしていることに気づきつつも、エライザは反対側の手を伸ばし、ぱっとナイフを取る。鞘《さや》に入っているので、銀の刃はまだ見えない。

「ということで！　デザートは林檎です」

勢いのままそう言ったエライザは両手でナイフを握り、慎重に鞘を引く。少しずつ刃が現れ、反射した太陽の光に、どくりと大きく心臓が跳ねた。少し息が浅くなってくる。

ナイフの角度を変え、勢いよく抜き切ると、明らかに怯えた自分の顔がそこに映っていた。

（……情けない顔してるなぁ）

自分の浅い呼吸と大きくなる胸の鼓動に、他の音が遠くなっていく。

——怖い。

そう自覚すれば、一気に血の気が引いた。

一旦、鞘に戻そうとするのに、ナイフを持っている手が震えてうまく収まらない。

（……うわぁ、やっぱ神官長が持ってくれてたから大丈夫だったんだ。思ってた以上に怖いけど、まだ……我慢できる範囲……いける、いける……一生料理できないとか自分が一番困るでしょ！）

じっと見つめていると脂汗が浮いてくる。もう少し、と思ったところで、白い布がナイフを覆った。アレクシスの服の袖だ、と顔を上げると、苦々しい顔をしたアレクシスが既にナイフを取り上げていた。

「——やっぱりまだ早かったではないですか。顔が真っ白です」

「……まだ大丈夫。耐えられます」

「駄目です。もう見せません」

けんもほろろに却下される。エライザが「あと一回だけ！」と粘ると、アレクシスは大きく溜息をついてみせた。

「では、私が林檎をこのナイフで切りますから、少し離れて見ていてください」

「——え？　あ、それは大丈夫です！」

先程の挑戦で気づいてしまった最大の障壁。アレクシスが持っていたら駄目なのだ。

ぴくりとアレクシスの片眉が器用に吊り上がる。

「何故ですか。いつもと同じく私が使っているのを見て、慣れていけばいいでしょう」

「それは、その……」

本当の理由など答えれば、ほぼ告白である。そんなことを言える筈もなく、エライザがもごもごと口の中で言い訳を呟いていると、アレクシスは長い髪をくしゃりとかき上げた。

「――駄目です。これ以上心配させないでください」

食い下がったエライザの顔を覗き込むと、今度は逆に眉尻を下げた。懇願するような掠れた声と見慣れない上目遣いに、エライザは変な声を上げそうになってぐっと顎を引く。

「ヨロシクオネガイシマス……」

(だからそういう不意打ちやめてってば……！　ううう……心配してくれてるのは分かるけど、これはもはや色仕掛けでは？)

エライザは無念さに奥歯を噛み締め、白旗を上げる。

その一方でアレクシスは満足げに微笑み、少し距離を取りエライザの表情を逐一窺いながら、少しずつ袖からナイフを取り出していった。

そして、それを見守っていたエライザは、顔を覆いたくなってしまう。

あれほど恐ろしかったナイフだというのに、少しの動悸《どうき》は感じるものの、恐怖は全く覚えない。がっくりと項垂れたエライザに、アレクシスはすぐに反応しナイフを隠す。慌てたエライザは「いえ、違うことに反応しただけなので大丈夫です」と続けるように促した。

(……いや、うん！　鋭い果物ナイフは初めてだし、少しくらいは効果がある筈！)

もはや希望的観測だ。アレクシスは躊躇したものの、一生懸命ナイフを見つめ大丈夫だと繰り返すエライザに、一瞬目を細め、零すように呟いた。

「貴女は……」

何か言いかけたアレクシスは、途中で言葉を止めた。そして改めてエライザを見つめ、どこか拗《す》ねたように、憮然としたように呟いた。

「ちいさきかわゆいものたちではないようです」

（……どういう意味!?）

小動物を超えて人間に昇格したのなら万々歳だが、アレクシスが小動物好きだということを考えれば悪い意味にも取れる。

どういうことか問いただしたいけれど、答えを聞くには先程以上に勇気がいった。嫌われたとしたら突っ込んでこれ以上墓穴を掘るわけにはいかない。

そんなエライザの複雑な葛藤をよそに、アレクシスは再びナイフを取り出し、籠の中の林檎を取り出して剝《む》きだした。

意外にも器用で、皮は切れることなくスルスルと長く伸びていき、真ん中から切って分けるのかと思いきや、外側から削《そ》ぐように実を切ると「どうぞ」と差し出してきた。

「え？」

「トラウマ克服には、良い思い出を上書きする方法もあるようですので、どうぞ。甘酢っぱくて美味しいですよ」

直接摑んだ手で林檎を差し出され、エライザは固まる。いわゆる「あーん」だが、フォークではなく素手なのは、あまりにもハードルが高くないだろうか。

「ちょっ……」

むぐ、と林檎の切れ端が口に触れ、こわごわ口を開くと、果実の後に冷たい指が唇に当たった。すぐに口を閉じ噛み砕くものの、味なんて分からない。だけどアレクシスから香る上質な香水のような森の匂いに、暴漢に襲われた時に抱きしめられたことを思い出してしまう。その後、頬に触れられたことも、瞼に触れた冷たい指も。

その上、唇の端に零れた果汁をアレクシスが親指で掬《すく》い取り、ぺろりと舌先で舐め取った。その舌の赤さが妙に生々しくて、心臓がうるさく跳ね始める。

「……甘いですね」

言葉よりも甘い囁きに、びくりと身体が反応する。

身長差のせいで見下ろされる瞳はどこか熱っぽく見えて、恥ずかしいのに目が離せない。

そんなエライザに構わず、アレクシスは僅かに口角を上げたまま、ナイフで林檎の実を削り取り口に入れて咀嚼すると、同じ手でもう一つ削いで差し出してくる。

（げ、限界……！）

そう息も絶え絶えにエライザは心の中で叫び、まだ近くにいてくれたリスを見つけると、「この子も食べたいみたいですよ！」と言って、差し出された林檎を手で受け取り、飛びずさるように距離を置いた。

……指先が触れた唇は熱く、まだ触れた感触が残っている。

意識すればますます熱くなる顔をどうにかしようと、エライザは林檎を齧るリスを一心不乱に撫で始め――そのせいで、アレクシスの耳が赤いことも、ノエルが少し離れた建物の影で、心配そうに自分達を見守っていることにも気づかなかったのである。

七

翌日の朝、エライザは一組目を迎え終え、次の参拝客を待っていた。

そう、今日も貴族専用の特別参拝日であり、予約客を待っているところだ。朝渡されたリストには見知らぬ名前と商人とだけ書かれていた。

（一組目は熱心にひたすら無言で祈ってたから、収穫はなし、と。……騎士っぽい体格と動きで真面目そうな人だったけど。……そういえばキースは元気にしてるのかな……？）

騎士、と馴染みのある言葉に、ふとエライザは幼馴染の青年を思い出す。

最後に見たのは目覚めてからすぐに、マリアンヌ達とやってきたあの日。アレクシスと一触即発になったこともあり、最後まで悔しげな仏頂面だったせいか、気になっていた。

実はマリアンヌは父である辺境伯から神官長宛の手紙を預かっていることもあり、メアリーと共にあれから二度も来てくれている。二回目はまだまだ嗚咽交じりだったけれど、三度目はまるで三人でお喋りを楽しんでいる時のように話しかけてくれた。その気遣いと待ってくれているという事実が、どんなに心強くて嬉しかったか――目が覚めたら一番に伝えようと思っている。

（二人はまだ王都のタウンハウスにいるみたいだし、すぐ会えるかな？　だけどキースに会おうとしたらやっぱり騎士団？　お城はさすがに訪ねにくいよね。手紙を送って……）

段取りを考えていたところで、コンコンとノックの音が響いた。返事をしかけて慌てて口を閉じる。予約の時間には早い、と思っているとスってきたのはノエルだった。そして開口一番――。

「大変です！　例のロベール伯爵夫妻が、ミリア嬢と一緒にいらっしゃいました！」

と、捲し立てたのである。


――話は単純だった。

お互いに良い印象を持っていない為、自分の名で参拝予約すると断られる、と分かっていたのだろう。知り合いの知り合いだという商人に頼み、彼の名前で予約していたらしい。

その上で「いやぁ、友人が大事な商談ができて行けなくなったのだが、勿体ないからと譲ってくれてね」と出迎えた神官に図々しく答えたそうで、怒り顔のアレクシスは「お布施は二倍いただきましょう」と静かにキレていた。しかしすぐに真面目な顔になり、エライザに向き合うと、「正体をバラして会話させることはできないが、ミリアと顔を合わせるかどうか」の判断を委ねてくれた。

レオナルド同様、婚約破棄され、処刑される原因となったミリアと対面することを気遣ってくれたのだろう。しかしエライザからすれば願ってもないチャンス。むしろミリアだけなら歓迎したいくらいだった。

（何の為に来たのかは分からないけど、ミリアがあからさまに暗い顔をしていたら、もう一回ミリアと直接話せないか、もしくは今すぐ貴女こそ本物の聖女だって教えてあげてほしいって、お願い

してみよう）

そもそもロベール伯爵と会うのも初めてなのだ。ノエルがあそこまで言うのだから、可能性は限りなく低いが、すれ違いの果ての誤解で、実はいい人だった——なんて可能性もゼロではない。

「大丈夫です。今までも行けなくなったから代わりに、っていう参拝者は何組かいらっしゃいましたよね。その話を出されて時間を取られて予約がずれ込むのは困るでしょう？」

それに何より、何故時間と手間をかけてわざわざ総出でやってきたのか気になった。話を聞いた限り元々神官長とは仲が悪いし、襲撃事件の黒幕ならば当然、警戒されているのも承知の上だろう。

エライザの言葉にアレクシスは難しい顔をし、ノエルは困ったように眉尻を下げる。

「うまくいけば情報を引き出せるかもしれませんよ。状況が動かないのも気になりません？」

エライザが続けざまにそう言うと、アレクシスはこめかみに指を当て頷いた。

「分かりました。ただ今回は私も同席します。小賢《こざか》しい彼のことですから、こちらを探るような魔道具を置いていく可能性がありますからね」

「あ、そうですね。人数も多いし、私一人じゃ見張るのも限界がありますし」

魔道具は高価なものなら、盗聴器として使えるものや、人や物を移動させるものも存在する。形状も様々で偽装や入れ替えも可能なことを考えれば、複数人で見張ってもらう方が確かに安全だ。

——そしてアレクシス自ら出迎え、本殿にやってきたのは、参拝しに来た貴族達の中でも群を抜いて賑《にぎ》やかな一団だった。伯爵夫妻、ミリア、メイドが二人に護衛が三人と、侍従だという、しわがれた声の小柄な男。明らかに人数オーバーだ。

（神殿と王家は仲が悪いから、ここに来たことがバレたらマズいって、単身で来る人が多かったけど……ここまで堂々と王太子妃になるミリアまで連れてくるんだから、王様には前もって話して来てるんだよね？）

今更気づいたが、王族もロベール伯爵も神殿とは仲が悪い。

（……王様とロベールがどこかで結託している可能性って高いんじゃない？　どちらも神官長が力をつけることは防ぎたい筈だし……）

「おや、神官長も一緒に部屋に入るのか？　他の参拝者から、棺の中の聖女と二人きりになれると聞いていたが」

「これほどの人数がいらっしゃるのは初めてですからね」

アレクシスが薄い笑みを浮かべながら、そう説明すると、ロベール伯爵は最初から揉めては追い出されると思ったのか「それは申し訳ないことをした」と、わざとらしく肩を竦めた。

しらっとした空気が流れたのは気のせいではないだろう。夫人はどうでもいいというようにメイドとお喋りをしているし、ミリアは先程から俯いていて未だ表情すら分からない。

そんな中、エライザが気になったのは侍従だった。小柄かつ俯いているので、エライザ以外には分からないだろうが、祈りの間に入って早々、フードの下で忙《せわ》しなく視線を動かし、部屋の造りや様子を窺っているように見えたからだ。

「あら、こんな狭い場所に神官達もいるなんて、私達全員入るかしら？　この子達もぜひ見たいって言っているし……」

メイド達を前に出して夫人はイヤミなのかただの感想か、小さく呟くと首を傾げてみせた。

するとアレクシスはにっこりと笑って、ゆっくりと夫人に歩み寄る。

「聖女の身を案じるが故なので。どうぞ、そのお姿のように麗しく美しい心でお許しください」

身長差のせいでアレクシスの顔がちらりと見えたのだろう。

しばらく見惚れていた夫人は、たっぷり数十秒してからはっと我に返り、扇を取り出し口元を隠すと「そこまで言うのなら仕方がありませんね」と上擦った声で返事をした。その斜め前で苦い顔をしたのはロベール伯爵だが、神官達の手前、注意することはできなかったのだろう。

乱暴に「入るぞ」と先頭を切ると、貴族らしからぬ荒い足音を立て、棺の前に立った。

(ちょ、はやっ)

未だ怪しい侍従の隣で、こっそり様子を窺っていたエライザは急いで彼を追う。

棺の前に立ったロベール伯爵は『再生の棺』を見て、ほう、と感嘆の溜息を漏らした。

まじまじと見つめる瞳には、神官や熱心な参拝者から向けられていた尊敬や畏敬は少しもなく、商売人らしい値踏みするような色が浮かんでいた。

「ほぅ……これは美しい。さすが神具ですな。数百年は経っているというのに、硝子の透明度、金の輝き。何より硝子同士を繋ぎ留める縁飾りの細工の細かさは、人が作った物とは思えません」

「初代神官長はエルフだと言われていますからね」

「確かに人智を超えた技術ですな」

手のひらサイズの拡大鏡を胸元から出しまじまじと観察され、隣にいたエライザは微妙な気分になった。視線は勿論棺に向けられているのだろうが、乙女として身体をじっくり見られたくはない。

（いや！　オジサン、まじまじと見すぎ！）

止めさせて！　と、ジェスチャーでアレクシスに伝えようとすると、アレクシスもエライザ以上に険しい顔をしていることに気づいた。注意しようとしたのだろう、口を開きかけたその時、予想外にも夫人がすごい勢いで夫を押しのけた。

「まぁまぁまぁ！　これが巷で若返るっていう噂の『再生の棺』ね！　確かにエライザ嬢……いえ、聖女様でしたわね。以前よりも肌も髪も艶々しているように見えますわ！」

エライザの顔をじっくり観察し、興奮したように捲くし立てる。

熱心な信徒がそうすることは多いが、それよりももっと肌に纏わりつくような粘着質な視線を覚え、ロベール伯爵とは別の意味で嫌な感じがする。

「……ロベール伯爵夫人。『再生の棺』に若返るなどという力はありませんよ。聖女はまだ十七でしたから、その噂が本当なら幼い子供になっている筈です」

「あら、では永遠の命が手に入る、っていうのも嘘なのかしら？　でも瀕死の状態でも、この中に入りさえすれば治すことができるのでしょう？」

「永遠の命を与えるなんて、どんな魔道具でもできませんよ」

アレクシスの言葉を吟味するように、夫人はまじまじとエライザの髪や指の先まで観察し「ふぅん」と頷く。

こほんと咳払いした夫に「あら」と今更気づいたように呟くと、一旦後ろに下がった。そしてメイド達に「貴女達も見てらっしゃい」と促す。

侍女達はおそるおそるといったように近づいてくると、膝をつき手を組んで祈り始めた。

ねばっこい夫人の視線から解放され、エライザはほっとしたが、その時になってミリアもじっと棺を見つめていることに気づいた。

「神官長。この『再生の棺』だが、売りに出す気はないか？　仲介料はいただくが、相場の二倍にして売るルートがあるんだが」

「っなにを……！」

驚きの声を上げたのはノエルだった。神具といえば神殿の象徴とも言えるものだ。それを売ろうなんて罰当たり極まりない。しかしロベール伯爵は、第三者、しかも少年従者に口を挟まれたことに気分を害したのだろう。ぎろりと睨むとノエルに向かって「何だ、この子供は」と怒鳴りつける。

今にも手を上げそうなロベール伯爵に、アレクシスがさっとノエルを背中に庇った。

「……ここは祈りの間です。そういった話をするなら場所を変えましょう」

アレクシスの声にも怒りは交じっていたが、交渉の余地はあると思ったのだろう、遠回しに祈りの間から出るように促されたにもかかわらず、ロベール伯爵はあっさりと機嫌を取り戻し鷹揚《おうよう》に頷いた。

（いや、もう出てくの？　本当に何の為に来たんだろう、この人……）

結局一度も聖女に祈ることもなく、勿論告解などするわけもなく……。

（あ、でもやっぱり侍従があちこち見てる気もする……絶対部屋の構造とか確認してるよね？）

以前のように襲ってきたらどうしよう。慌ただしい日々に薄れていた記憶が蘇り、少し苦しくなる。

（……この部屋には誰も入ってこられないように、結界も張ってくれているし、うん、大丈夫）

『大丈夫』――低く穏やかなアレクシスの声を思い出す度に、呼吸が楽になる。……少し恥ずかしい気もするが、すっかり癖になってしまったのだからしょうがない。

メイド達も形だけの祈りだったのか、早々に引き上げ、夫人の側に戻った。

そこでようやく、それまで静かに後ろに控えていたミリアに夫人が声をかけた。エライザもぎくりとして注目する。

「ミリア、どうしたの？　前から貴女『聖女様の回復を祈りたい』って言ってたじゃない」

意外な言葉だった。ミリアはエライザに散々苛められていたし、何より彼女にとってエライザは、王太子との婚約すら危うくさせている憎々しい存在だろう。アレクシスも同じように思ったらしく、ロベール伯爵に「ミリア嬢がですか？」と、確認した。

「ああ、元は男爵の出といえど、我がロベール家の家格には勿論、王太子妃に相応しい気持ちの良い子なのだよ。ああ、そういえば神官長とこうして近くで顔を合わせたことはないだろうな。ミリアこちらへ」

ロベール伯爵が手招くと、ミリアはしずしずと前へ出てきた。

（久しぶりに見た気がするけど、相変わらずの美少女っぷり……）

さすがヒロイン。透けるような白い肌に、肩で波打つピンクブロンドの髪。目鼻立ちはお人形のように愛らしい。髪と同色の睫毛は長く、少し垂れた庇護欲をそそる蜂蜜色の瞳を囲っていた。

男爵の出とは思えない美しい所作で礼をし、「ミリア・ロベールでございます。お会いできて光栄です」と挨拶をする。

それを受けて神官長も、胸に手を当て挨拶を返すと、ミリアは少し間を置いて言葉を続けた。

「聖女様にご挨拶しても構いませんでしょうか」

「ええ、どうぞ。聖女もきっと喜びになるでしょう」

聖女になった経緯を考えれば、まぎれもないイヤミだが、美声のせいでそうは聞こえない。ミリアも「ありがとうございます」と控えめな笑みを浮かべた。

（かっわ……！）

儚《はかな》い微笑みに、エライザの胸まで高鳴る。

（いや、さすがヒロインだわ。美少女ってだけじゃない、オーラみたいなものを感じる……。よくこの子苛めようとか思ったわよね。鬼かな私？）

ロベール伯爵も脂下《やにさ》がり、夫人も微笑みを浮かべている。何となく彼女の性格なら嫉妬しそうなのに、同性まで落とすなんて恐るべき魅力である。エライザだって普通に出逢っていたら、友達になりたいと思ったかもしれない。

棺の前まで来たミリアはそのまま膝をつき、両手を胸の前で組む。ピンクブロンドの髪が広がって蠟燭《ろうそく》の光に反射する姿に、自然と溜息が出た。

（……本当、聖女って感じ……）

「ではロベール伯爵、侍従と共に先程の話の続きをしましょう。来賓室へどうぞ」

わざわざそう言ったのは、アレクシスも侍従が気になっていたのだろう。

自ら伯爵を案内し、侍従と共に外に出ると、残ったノエルに夫人とミリアを後から案内するように伝え、ちらりとエライザを見た。その視線は気遣うものだ。

腕を使い大きく頭の上でマルを作ると、アレクシスは僅かに口角を上げ、祈りの間から出ていった。

人数が半数減ったところで、祈りの間も少し余裕ができるが、やはり窓がない分、圧迫感はさほど変わらない。よほど気に入ったのか『再生の棺』を熱心に見つめていた夫人も窮屈さに音を上げて、侍女と共に出ていこうとした。しかしミリアは棺の前から微動だにしない。

（随分、熱心に祈ってくれてるなぁ……もしかして、罪悪感に駆られてたりするのかな？）

ゲームの中でもエライザから散々苛められていたのに、死刑はやりすぎだとヒーローと喧嘩になったくらいの優しいヒロインである。ありえないことでもない。

小さくピンク色の唇が動いていることに気づき、エライザは、すすす……と近づいて、耳をそばだててみた。すると。

「……貴女も転生者だったんですね」

「え!?」

――転生者、という単語に思わず声が漏れてしまった。

その拍子にぱっと振り向いたミリアの蜂蜜色の瞳が丸くなる。今にも叫びそうに開いたミリアの口をエライザは咄嗟に自分の手で覆った。必死で「落ち着いて！」と口の動きだけで何度も伝える。

（バレた！　もう私の馬鹿馬鹿！　お願いだから騒がないで！）

黒幕であろうロベール伯爵にバレるのは、最悪な展開である。

必死に目で伝えると、しばらく沈黙が落ち、ミリアは了承するように大きく瞬きした。

（……大丈夫、ってこと、よね……？）

おそるおそる手を離せば、今度はしっかりとミリアの顔が上下に動いてほっとする。

幸いなことに夫人も侍女達も気づいた様子はなく、ノエルだけが驚いた様子でこちらを見ていた。きっと一部始終を見ていたのだろう。

そんな中、夫人が再びミリアの名を呼び、エライザはぎくりとして肩を動かす。そろりと見上げれば夫人は扇で顔を仰ぎながら扉近くに立っていた。

「ここはやっぱり暑いわ。もう行きましょう」

ミリアは夫人の誘いに一瞬考えるように視線を彷徨《さまよ》わせたものの、すぐに立ち上がり、身体ごと振り返った。

「お義母《かあ》様、もう少し聖女様の回復をお祈りしたいのですが……」

「あらそう？　では私は一足早く来賓室に向かうわね。侍女を残しておきましょうか？」

「いえ、聖女様と二人きりでお願いします。その方が祈りも伝わると思いますし」

「そう、ではそこの神官さん、私を来賓室まで案内して」

勿論一緒にいたノエルは状況を理解している。このまま二人きりにさせるのは心配だが、かといってあちこち見て回りそうな夫人を放っておくわけにもいかず、何より断る理由がないのだろう。

困り顔を見せたノエルにエライザは「大丈夫」と口をパクパクさせて伝えた。

そう、ミリアの口から「転生者」という単語が出たのだ。二人きりで話したいというなら願ってもない展開である。

そして扉が閉まり、よく響く夫人の声が遠ざかったところで、先に口を開いたのはミリアだった。

「――っエライザ様ですよね⁉　印象は違いますが、そのお声は間違いないですよね⁉　生きてた……いえ、その状態って、どうなってるんですか？」

矢継早に捲し立てられ、エライザは両手を上げる。

「ちょ、ちょっと落ち着いて。あの……この幽霊状態についての説明は後にするとして『貴女も転生者だったんですね』って言ってたよね？　つまりミリア……ええっと、ロベール伯爵令嬢も転生者ってこと？」

「はい！　あの、ミリアで大丈夫です！　私、あの……エライザ様が予言したあの日から数日経って徐々に前世の記憶、というかこの世界がゲームの世界だって思い出して……でも、ゲームの内容と違うし、今お世話になっているロベール伯爵だって一瞬出てきただけのキャラクターだった筈なのに、後見するからって結婚するまで一緒に住むことになって話も全く違うし……それに……」

一瞬にして表情を暗くさせたミリアに、エライザははっとする。

「もしかして、ロベール伯爵に苛められてる⁉」

「……え？　……いえ、私にはそんなことはないです！　とても良くしてくれるんですが……そうですね。何というかお屋敷の雰囲気がすごく嫌な感じなんです。人の行き来も多くて、入ってはいけない部屋もたくさんあるし……」

（……嫌な感じってことは、ミリアはロベール伯爵の悪事に気づいてる？）

ヒロイン故のカンの良さか、違和感を捨て置けない正義感のせいか。

（ミリアが転生者だったなんて……！　これはちゃんと事情を話せば、こっちについてくれるんじゃない？　いやいや、うん、落ち着こう）

エライザは一度深呼吸し、黙っていると約束したアレクシスに心の中で謝罪して、ゆっくりと口を開いた。

「……ミリア、落ち着いて。声もうちょっとだけ落とせる？　……えっと、どうして神殿に来てくれたのか教えてもらってもいいかな？」

「は、はい……！　……あの、しばらくしてから、エライザ様の予言と行動を振り返ってみれば、私と同じ転生者じゃないかってようやく気づいて。私はまだ聖女の力を覚醒できてないんですけど、心から祈ればエライザ様を目覚めさせることができるんじゃないかと思って……」

ミリアはぎゅっと拳を握りしめて言葉を紡ぐ。不明瞭なのは嗚咽が交じっているからだ。

「私を助けようとしてくれたの？　私がミリアの聖女の力の覚醒を邪魔したようなものなのに？」

信じられない気持ちで聞き返せば、ミリアの大きな瞳に涙が浮かんだ。つぅっと頬に流れる雫《しずく》は落ちてしまうのが、勿体ないほど綺麗だった。

「ミリア……？」

「う……っエライザ様、すみません……むしろっ私がもっと前に前世を思い出していたら、エライザ様をあの場に行かせずに済んだかもしれません。今思えば王都に来て学園に入ってから、どうして自分の意見が言えないんだろう、って思うことはあったんです。そもそもエライザ様の処刑も、本当ならもっと強く反対することだってできた。でも王室の家庭教師の先生に、王太子に意見するなんて、彼の立場を悪くさせます、って言われたらもう何も言えなくてっ……」

顔を覆ってしゃがみ込んだエライザにそう告白するミリアの手は小さく震えていた。

相手が取り乱していると冷静になるというが、本当だったらしい。エライザも同じように屈み込み、ミリアの背中を撫でながら、あの日のことを思い返した。

「私もミリアが来てから急に性格が変わったみたいに感じた。そのせいで友人達も避けるようになってたし、それに婚約は義務としか思っていなかったレオナルドのことが、無性に恋しくなって嫉妬したり……お互いシナリオに操られてた状態だったんじゃないかな。私はあの処刑台のある広場に立った時唐突に前世とゲームのことを思い出したの。死にたくなかったし、自分を庇ってくれた友達にせめて何か返したくて、……今この状態ってわけなんだけど。……でもそれこそ、私がミリアを苛めてたのは確かだし、ごめん、って言って簡単に済む話じゃないけど……」

「いいえ！　自分も逆らえない状態っていうのは分かりますから。それに、そんなことで謝られたら私なんてもっともっと罪深いことをしました。……本当に聖女みたいに優しいのなら、エライザ様に対してだって力を覚醒させて助けられたと思うんです」

「いやいや、そんなこと思ったこともないし！　それに大事な人……レオナルドが怪我したからこそ、覚醒できるわけで」

「……命の重さは平等なのに」

これはレオナルドとミリアが初めて喧嘩した時に口にしていたセリフだった。どうやら記憶を取り戻したミリアもヒロインらしく善良な人間らしい。

（この世界に同じタイミングで転生したとして、私が悪役になっちゃったの分かったなぁ……。ミリア優しすぎてヒロインにぴったり……私だったら苛めてきたヤツなんか助けなそう……）

冗談交じりにそんなことを思う。その間もミリアは溢れ出す言葉を止められないようだった。

「だけど、どうにか聖女の治癒力を発現させようと、訓練みたいなことをしていて途中で気づいたんです。今更発現させて『聖女』として認められたら、エライザ様の立場はどうなるのかって。……同世代に『聖女』が二人も現れたことはありませんから、どちらかが偽者だと今以上に騒がれるんじゃないかと思って……」

エライザがただ眠っている間にも、色々考えて悩んでくれていたらしい。思いも寄らなかった気遣いにエライザは感心し、同時に胸が痛くなった。自分は何だかんだと楽しく生活していたこともあって、ミリアに対して大きな罪悪感を覚えてしまった。

「もうどうしたらいいか分からなくなって……それでいてもたってもいられず、ロベール伯爵にエライザ様に会いたいと伝えたんです。レオナルドにも『一刻も早く目覚めてほしいから祈りを捧げたい』ってお願いしたら、彼以上に王様が『王族代表として励むように』と勧めてくださって……」

（ミリアにパフォーマンスさせて、少しでも神殿と民衆の機嫌を取るつもりなのね）

「ミリア、覚醒して聖女になってもらって大丈夫だから。元々私は偽者なんだから、目が覚めたら力を失ってた、ってことにしようって、神官長と打ち合わせしてあるの。えっと、話せば長くなるんだけどこの姿にしてくれたのも神官長でね、私の前世のこととかゲームについても話してる。その後のことも考えてるから心配しなくても大丈夫だから」

「……っそうなんですね！　よかった。……でも、神官長様はエライザ様が聖女じゃないって知ってたんですか？　あ、それにその姿はどうなって……」

次々と繰り出される質問にエライザは苦笑し、神官長アレクシスが聖女だと偽って自分を助けてくれたこと。『再生の棺』中の身体は未だ回復していないが、アレクシスによって意識だけ呼び出され、一悶着の上、この身体を手に入れたことを説明した。

「……よく前世のこと、信じてくれましたね」

「なんかご先祖様の古い文献に、私達みたいに他の世界から来た人間の話があったみたい」

「……古い文献……」

「気になるよね。元々神官長ってこの国の人じゃないんだって。あ、知らないと思うけど神官長、同人とか二次創作のイメージと全然違って、性格がちょっと……いや、癖があるから、注意してね」

エライザの言葉にミリアは驚いた顔をした。その反応の大きさにピンと来る。まさしく同士だ。「ミリア？」と改めて声をかければ、はっとしたように頷いてみせた。

「……確かにこの国の人ではないような雰囲気がありますもんね。ごめんなさい。……優しい方だと思い込んでいたので、すごくびっくりして」

エライザもアレクシスと初めて会った時のことを思い出し「だよね……」と苦笑する。

そしてノエルの実家についても話そうとして——はっとして口を閉じる。

ノエルの話はプライベートなことも入っているし、第三者が勝手に話していい話ではない。

(そもそも同郷の嬉しさとミリアの不安を軽くしたくて、途中から状況も忘れて色々語っちゃったけど、ベラベラ話しすぎよね？　ただでさえ神官長の言いつけ破っちゃったのに……)

「エライザ様、差しつかえなかったら教えてほしいんですけど、いつお目覚めになるんですか？」

「あ……うん。このまま何もなければ二週間後だと……」

エライザが答えたその時、トントンと扉の外から軽いノックの音が響いた。

「ミリア様、奥様がもうお帰りになられると仰っております。お祈りはお済みでしょうか」

その言葉にミリアはエライザを見て眉尻を下げたものの、気持ちを切り替えるように深呼吸した。

「……分かりました。すぐに出るからそこで待っていてください」

幾分落ち着いた声でそう返し、エライザの手を両手で握り込む。女の子らしい柔らかな手の感触が久しぶりすぎて目を細めてしまう。

「またすぐに会いましょう！　あの、キースはエライザ様の幼馴染ですよね？　私、エライザ様への罪滅ぼしのひとつになればと、彼を外出時の護衛に指名したんです。彼に手紙を届けてもらいますから、お返事をください。えっと……そう、先程いらした幼い少年神官宛に送りますね」

たくさんの足音が聞こえてきて、ミリアは名残惜しそうにしつつもぺこりと頭を下げ、扉から出ていった。

慌ただしさに口を挟めず、扉が閉まるまで頷くだけだったエライザは、はっと立ち上がる。遠ざかる足音が消えてからは、忙しなく棺の周囲をぐるぐる回って気持ちを落ち着かせようとするものの、一向に興奮が収まらない。一度止まり深呼吸し、頭を整理しようと近くの椅子に腰を下ろした。

きっとロベール伯爵夫妻一団を見送った後、アレクシスもノエルもこちらに戻ってきてくれるだろう。

（ミリアも転生者とか……！　あー……私が悪役令嬢エライザになったくらいなんだから、ありえない話でもないのに、全く思いつきもしなかった……）

じわじわと嬉しさが込み上げてくる。だって同じ世界からやってきた人間なのだ。立場こそ違うけれど状況は同じ。この世界では誰も知らない日本の話だって、彼女となら話せる。

しかもミリアと協力できれば、うまくロベール伯爵を探って騒動を解決できるかもしれない。

（悪役令嬢にあんな罪悪感持っちゃうくらいだし、中の人もいい子そう。ロベール伯爵が法律ギリギリの悪行してるのは知らないっぽいけど、不信感は持ってそうだし。でも後見人が捕まっちゃうと、ミリアはますますレオナルドとうまくいかなくなる？　……そもそもミリアって王太子のこと本当に好きなのかな……？）

しまった。まず話はそこからだった。エライザと同じく物語の進行上、強制的に植えつけられた感情なら大変だ。

（あ～！　今更聞きたいことがいっぱい出てきた！）

キースを通じて手紙を届けてくれると言っていたけれど、大丈夫だろうか。何といっても後見人は表も裏も敵対しているロベール伯爵なのだ。

わざわざ頼み込んだと言っていたくらいなのだから、ミリアが神殿に来るには、何らかの理由が必要なのだろう。考えることが多すぎてキャパオーバーしそうだ。

と、その時、扉がノックされアレクシスとノエルが入ってきた。アレクシスの顔を見た途端、目を逸らしてしまったのは、約束を破ってしまった後ろめたさからだろう。既にノエルから道中、ミリアに姿を見られたことを聞いていたらしく、アレクシスはエライザを見るなり口を開いた。

「ミリア・ロベールに悟られるなんて、一体貴女は何を考えて……」

「それより聞いてください！　ミリアも同じ世界からの転生者だったんです！」

とりあえず一秒でも早く二人の意見を聞きたくてお説教を遮り、エライザは勢いよく切り出した。

アレクシスは一瞬、戸惑ったように口を閉じたものの、フードの中の片眼鏡の縁をなぞり少し間を空け、「もっと詳しく」と促してきた。ひとまず聞く体勢になってくれたアレクシスに、エライザはほっとして、先程のミリアとの会話を話して聞かせた。

「……なるほど。それで貴女はつい叫んでしまったんですね。そこで気づかれてしまったと」

アレクシスの確認にエライザは頷き、ノエルもすぐに「僕もびっくりして叫びそうになりましたから、仕方ないと思います」とフォローしてくれる。

しかしアレクシスの眉間の皺は一層深まり、緩く首を振った。

「話しすぎです。特に私のことや、私が貴女の前世を知っていることは伏せるべきだったでしょう。

内心はどうであれ、ミリアはロベール伯爵の養女なのですよ」

言われるだろうなぁ、と思っていた言葉に素直に謝罪する。けれどエライザに縋るミリアの細い肩や震える手を思い出し、言葉を重ねた。

「……悪い子じゃないと思います。私の処刑を止められなかったことや、聖女の力を覚醒させられなかったことを悔やんでいたみたいで……ずっと泣きそうな顔で話してくれてたんです」

「貴女と同じ転生者ということは、ミリアは自分が聖女だと知っているのですか？」

「はい！　記憶を取り戻してから、私を目覚めさせようとして訓練してたみたいで……でも発現させられない上に、その途中で自分が能力を開花させて『聖女』だって世間に知られれば私の立場を悪くするんじゃないかって、一人で悩んでいたそうです。だけど今回いてもたってもいられなくって、ロベール伯爵に頼んで連れてきてもらったみたいで……すごく優しくないですか？」

へぇ、と感心した声を上げたのはノエルだった。ミリアを思い浮かべているのだろうその表情も好意的で、エライザは手応えを感じる。しかしアレクシスの方は無言だ。

口を開けば拒否されそうな雰囲気に怯みそうになれば、ノエルが助け舟を出してくれた。

「確かに……随分、気遣いのできる方なのですね」

「っうん！　日本人は空気読むの得意だし、気遣いも満点の民族なんです！　その中でもミリアはさすが聖女って感じ、というか。それにほら！　マリアンヌ達と一緒に来たキースのこと、覚えてますか？　私への贖罪にキースを自分の護衛騎士に任命してくれたんです。すごい出世ですよね。それに私が会いたいだろうって、神殿に手紙を送る時はキースに頼むって言ってくれたんですよ！」

こくこく頷き、ミリアの人となりが分かるようなエピソードを披露する。

これでどうだ、とアレクシスに視線を戻せば、何故か一層不機嫌になり、腕まで組んでいた。

（……なんで？）

発言にまずいものでもあったかと思うが、思い返してもそれらしきものはない。首を傾げ戸惑っていると、アレクシスが訝しげな声で尋ねてきた。

「セディーム家のご令嬢と一緒に訪ねてきたあの男……貴女、そんなに会いたいんですか？」

「……え？　あの男って……キースのことですか？」

口に出したものの、予想していなかった人物を名指しされて戸惑う。しかし「違う、そこじゃないんですけど」なんて軽く返せる雰囲気ではなかった。

「……それはまぁ幼馴染ですし……」

「幼馴染……幼少期からの付き合いですか……忌々しい」

（……はい？）

舌打ちさえしそうな剣吞な声でぼそりと呟かれた言葉をかろうじて聞き取ったエライザは、一瞬思考が止まった。

（……もしかして嫉妬とか？）

そう思ったものの、ばっと赤くなった顔を両手で覆い『自意識過剰すぎる！』と、心の中で突っ込む。ここのところ過保護すぎて思わせぶりな行動ばかりとっている罪なアレクシスのことだ。きっと深い意味はないし、何ならキースを巻き込んで、エライザが余計なことをしそうだと思ったのかもしれない。

（いやいや、話が逸れてる！　今はキースじゃなくて、ミリア！）

「そもそもゲーム内でロベール伯爵なんて一度しか名前が出なかったたし、彼が何をやっているのかなんて情報どこにも出ていませんでした。私同様ミリアも振り回されてるんだと思います。それに彼らが法律ギリギリの商売をしていることも知らない感じでした。だからこそ事情を話せば、協力してくれると思います」

「後ろ盾がなくなる危険性があるのに、ですか」

アレクシスは信じられないというように鼻で笑い、少し声の質を変えて聞き返してきた。エライザは僅かに勢いを失いつつも、しっかりと頷いた。

「……聖女になれば神殿が後見人になれますよね？　……でもそれがなくても、こちらについてくれると思います」

「何故」

「……っまず、ロベール伯爵のことを『怪しい』と言っていたし、少し話しただけでもミリアの性格の良さが分かったたし、自分だってそう思うだろうな、っていう考え方の近さというか共感を覚えたんです！」

一気に言い募る。うまく伝えられないのがもどかしい。

幾分落ち着いたものの、アレクシスは理解できない、とでもいうように首を横に振った。フードの中から長い髪が零れる。僅かに見えたフードの下の眉間にはくっきりと深い皺が刻まれていた。

「――私はミリアを信用できません。スパイである可能性すらあると思います。貴女の彼女への信頼に根拠がありませんし、希望的観測にしか聞こえない。王太子妃という身分は魅力的ですし、ただでさえ分の悪い自らの立場を悪くさせるようなことをするなんて到底信じられません。貴女が偽者だと知っている上に、この先の未来も知っている。うまく利用され、こちらが潰される危険性もあります」

淡々と続けられたアレクシスの言葉は、確かに一番最悪だろうシナリオだ。

「そもそも同郷だからとそこまで信じられることが、理解できません」

「――！」

――そう、異世界のこの地で二度と会えないと思っていた、同じ日本人の女の子に会えたことに驚いて感動して、とても嬉しかった。舞い上がって浮足立った気分に冷や水をかけられた心地がして、目の前が真っ白になる。同じ前世の記憶を持つ、異世界に放り出された女の子。まるで自分自身が信じてもらえていないような、拒否された気持ちになった。

（……どうして、分かってくれないの）

勿論ミリアと神殿の最高責任者であるアレクシスは複雑な関係だとは分かっている。

それでもきっとアレクシスなら理解してくれる、そう思ってしまったのは、ここ最近ぐっと距離が近づいた気がしていたせいかもしれない。ナイフの特訓だって過保護さを見せつつも、エライザの気持ちを尊重して、いつも小さな変化を見逃さず見守ってくれていたからだろうか。

エライザの前世を知る神官長だからこそ――違う、好きな人だからこそ、分かってほしかった。

俯いたエライザにアレクシスは大きな溜息をつく。「では」と片眼鏡の縁を撫でた後、渋々と言葉を続けた。

「……手紙が送られてくるなら、私にも見せてもらいます。そこで私がミリア・ロベールと顔を合わせる機会を作り、じっくり彼女の人となりを知って、ロベール伯爵の悪事も知っているかどうか確認します。しかしそのキース・カントに会うことは許しません。ミリアが善意なり、悪意なりで貴女のことを話してしまった可能性があります。普通の人間なら信じないでしょうが、彼が初対面で見せた執着心から、思わず貴女が声を出してしまうようなことを試したりするかもしれません。

──そもそも貴女はお人好しです。人を見る目があるとは思えません」

その固く変わらない表情に、暴漢から助けてもらった時から彼に感じていたふわふわした温かい気持ちが萎《しぼ》んでいく。一緒に共有していた時間や、自分自身を否定された気がして、ぐっと込み上げた涙を見られないように俯いた。ただ、悲しい。

くすぐったく思っていた過保護も結局は、信頼の薄さ──そう変換され、ぐっと胃の中に石が詰まったような気分になる。

それ以降、どれだけ言っても取りつくしまもない神官長に、エライザは「もういいです！」と、大きな声で話を切り上げた。

＊

――どうしてこうもままならないのか。

アレクシスは誰もいない執務室の中で一人、無造作にフードを引き下ろした。未だ見慣れぬ茶色い髪にさえ苛立ち、乱暴に後ろに撫でつける。

あの後、エライザはアレクシスがどうあっても譲らないと気づくや否や――一際大きく怒鳴って、祈りの間から出ていった。噛み締めた唇と潤んだ黒い瞳が今でも自分を責めているようで頭から離れず、アレクシスはぐっと拳を握りしめた。

(――突然、訪ねてくるなんて図々しいにもほどがある)

諍《いさか》いの原因となったロベール伯爵一行を思い出せば、一層苛立たしさを覚え、エライザが連呼していたミリア・ロベールの顔が思い浮かぶ。

そう、アレクシスも今回初めて至近距離で例の聖女であるミリアと対面したが、今のところ彼女に怪しいところはない。しかしどうにも彼女を見ていると、嫌な感じに胸が騒ぐ。聖女特有のオーラを放っているというのに、妙な違和感があってそれが逆に得体の知れなさを感じさせた。

しかしノエルや本殿に詰めている堅物揃いの神官達は特に何も感じなかったようで、意外にも人の本質を見ることを得意とするノエルすら、彼女の態度やエライザの話に好感を持ったようだった。

報告によると周囲の人間からの評判は良く、穏やかな令嬢だと言われていて、実際に神殿でも身分問わず神官一人一人に会釈する優しさと生真面目さを見せた。その上、春に咲き零れる花のような可憐《かれん》な容姿で、男女共に好感を覚える外見をしている。確かに人々の中心にいるのが相応しい、愛される為に生まれた人間なのだろう。

しかし、だ。そんなミリアは、エライザが処刑される原因にもなった中心人物でもある。民衆はともかく、彼女に会った人間は都合よく処刑されかけたのを忘れているようだが、アレクシスにとってレオナルドと加担してエライザを傷つけたことは許しがたい事実なのだ。

——だというのに、エライザ自身と同郷などというくだらない感傷的な理由でそのことを忘れ、盲目的にミリアを庇い、慕おうとしている。それがアレクシスの気に障った。

おかげで、必要以上に辛辣な言葉をかけてしまった自覚はあった。

(……それこそ個人的な感傷だ)

エライザに投げつけた言葉がそのまま自分に返ってくる。

自分が同郷の人間に恵まれなかったから——それも大いにあったのだろう。エライザには両親も親類もいない。荒唐無稽な前世の話だってアレクシスやノエルにしか話すことはできない。自分が一番彼女に近く、また自分しかいないのだと、思い込んで安心していたのかもしれない。

堂々巡りしかけた思考を、部屋に響いたノックの音が止めた。

入ってきたのはノエルで、先程の言い合いを引きずっているのかどことなく余所余所《よそよそ》しい。

「こちら、マリアンヌ嬢から預かりました、セディーム辺境伯からのお手紙です」

ノエルはアレクシスに手紙を差し出すと執務机の前で待機する。アレクシスは小さく息を吐き出すと、頭を切り替え受け取った。

「……落ち着かず延期していましたが、こちらもそろそろ動かねばなりませんね」

まだ開けてはいないが、内容は毎回マリアンヌ嬢を介してやりとりしている手紙の『相談事』についてだろう。

回を重ねるごとに手紙の内容の信ぴょう性は高くなり、本来ならば顔を突き合わせて訪ねるべき時期までできている。しかし暴漢騒ぎや『再生の棺』を公開していることもあり、時間を取ることができなかった。訪問の大義名分として考えていた先の魔物で犠牲になった領民の慰霊――は、トンボ帰りしたとしても普通ならば五日はかかり、今の状況でそんな長い期間、神殿を空けるわけにはいかない。

しかしこればかりはアレクシス自身が向かわねば、セディーム辺境伯の信用を得ることはできないだろう。お互いの命運を握る話であり、漏れれば王への反逆とも取られる危険な提案でもある。

「……ミリア・ロベールを正式に招待する日取りを早急に決めましょう。早々に片付けたら、その後、すぐに極秘で辺境の地に向かいます」

「そうですね。魔力も随分回復してますし、休み休みなら移動魔法を使っても大丈夫かと思います」

ノエルもアレクシスの中の魔力を探るように目を細め、そう同意する。

「新たに『再生の棺』にかけた位置情報と守護の魔法は元々永続的にかかっているものですから、注ぐ魔力は大したものではありません。ただ空間移動は多大な魔力を使いますし、セディーム伯爵領は辺境と言われるだけあって遠い。回復の時間を取って丸二日はかかるでしょう」

肝の据わったセディーム辺境伯ならば、突然現れたアレクシスにも、狼狽《ろうばい》したりはしないだろう。どうやって現れたか――そう尋ねられれば、既に自分の正体を打ち明ける覚悟もあった。おそらくその方がセディーム辺境伯の信頼を得られるだろうし、自分の一族の性質上、無駄な殺生や争いを避けているのは有名な話だ。権力争いに囚《とら》われず、中立派を貫いてきた辺境伯の思想と重なるところは大いにあるだろう。彼は若い頃大陸の端から端まで旅していたこともあり、多種多様な民族や種族を見てきた筈だ。見識も広く、人間以外を差別するような輩ではないだろう。

封を開けて便せんの文字を追っていると、ずっと側にいたノエルがおもむろに口を開いた。

「アレクシス様、早い内にエライザ様と仲直りしてくださいね」

「……向こうが謝罪するなら受け入れましょう」

「もう……うっかり声を上げちゃったことなら、謝ってらっしゃったじゃないですか。それに僕も見る限り、ミリア様はエライザ様によく似た善良な人間だと思います。それに前世なんて普通の女の子が抱えるには大きな秘密すぎます。同世代で同郷の同じ女の子と仲良くしたい、二人きりで秘密の話をしたいって思うのは普通のことです」

「……私は普通ではないので、分かりかねますね」

言い返した言葉にノエルがはっとしたように口を噤《つぐ》む。その表情を見て今更ながら自分の幼さに羞恥心を覚え、口を引き結ぶ。空気を変えようと、片眼鏡を外し目頭を揉んで一呼吸置く。

「……貴方が言うのならそうなのでしょう。ただミリア・ロベールの印象について、私はそのようには思えません。同郷云々を抜いても、エライザ嬢と一緒にいてほしくありません」

「え？」

戸惑ったノエルが、口を開きかけたことに気づきながらも、胸の中のもやもやを吐き出したくて、アレクシスは一気に言い放った。

「中庭のちいさきかわゆいかよわきものたちのようにエライザ嬢を囲んでおけば、危険はありません。しかし彼女はあれらとは違う。自分の意志を持ち努力できる人間ですし、頑張っている姿を見るのは心配な反面、好ましく思います。ただ彼女は無理をしがちですし、私が側で見ていなければ安心できません。――それなのに、二人きりで秘密の話なんて……もう戻れない前世の話やあの乱暴な幼馴染という男の話題など何が楽しいのか。看過できませんね。そもそもミリア・ロベールがエライザに何か言って故郷への想いを募らせてもう二度と戻れぬ故郷に帰りたいと言い出したらどうするのですか。エライザ嬢の泣き顔は一度だけで十分です」

過呼吸を起こした時の苦しげな涙に塗《まみ》れた表情。それを思い出すだけでアレクシスの心臓は、鋭い棘《とげ》のついた蔦に締めつけられるように痛むのだ。

しかしその一方で、ノエルは「うーん……」と、腕を組んで唸り出す。アレクシスが「……何ですか」と、不審げに尋ねると、ノエルはまだすっきりしない声で問いを投げてきた。

「でも喜ぶエライザ様の笑顔を見たいと思いませんか?」

「……」

ノエルのそんな些細な言葉が、驚くほどアレクシスの心を揺らした。閉じた瞼の中で蘇ったのは今日見ることができなかった、感情をそのまま映した自然で素朴な笑顔だった。

「……?」

きゅうっと心臓が何かに摑まれたような感覚に、アレクシスは胸を押さえて首を捻る。先程とはまるで違う甘い疼痛《とうつう》だった。度々覚えるこの痛みは長引くこともあるし、すぐに消えることもある。

時々血流もよくなって、エライザに放ったイヤミを後悔することもあった。

動悸に効く薬でも作ろうかと悩んでいると、そんなアレクシスの行動をうーん、うーん、と唸りながら観察していたノエルが、ぽん、と手を打った。

ニコーッと笑って人差し指をピンと突き出す。

「アレクシス様はエライザ様に恋してらっしゃるのですね！」

「――は？」

ウサギが空を飛んでいる――そんなありえないような言葉を聞いた顔で、アレクシスはノエルを見返した。

「なるほど。ミリア嬢やキースさんを異常なほど敵視されるのは、嫉妬でしたか。なるほど。冷静なアレクシス様にしてはおかしいなぁ、と思っていたんですが、納得しました！」

（私がミリア嬢に嫉妬？　……すき？　好き？　――心が惹《ひ》かれること、気に入ること、相手を愛《いと》おしく思う感情……）

「アレクシス様……？」

ノエルのわくわくするような顔をよそに、固まったアレクシスの頭の中で「恋」に関する連想ゲームが始まっていた。

（恋愛、愛、恋人、結婚、子供、嫉妬、側にいたい、触れたい、肉欲――）

そこまできて、以前抱き上げた時の華奢で柔らかい身体を思い出して、ぶわっと顔が赤くなった。

（なんて不埒《ふらち》な！）

蘇った手の中の感触はなかなか消えず、羞恥心がますます顔を熱くさせる。あまりの狼狽ぶりに「大丈夫ですか⁉」とオロオロしだしたノエルには、大丈夫じゃないので、今すぐに退室してほしい。がたん、と勢いよく立ち上がったアレクシスは、机に置いた片眼鏡もそのままに、顔を片手で覆い「少し休んできます！」と叫んで自分の私室へと逃げ込んだ。

逃げるなんて認めているようなものだが、何事もまっすぐに捉えるノエルの純粋な指摘と視線に耐えられなかった。

扉をきっちり閉めると部屋を横切り、窓のカーテンを閉めようと布の端に手をかけ、しかしその途中でぴたりと動きを止める。窓の外から見えるのは一際大きな木、そう、いつもエライザと昼食を取っていたあの場所だ。近くにある野苺《のいちご》を啄《ついば》みに小鳥が数羽、枝に止まり、愛らしく囀っている。よく見れば茂みにはウサギの親子が何か見つけたのか土を掘っていて、子ウサギも見様見真似で、一生懸命その小さな前足を動かしていた。

しかしそんなちいさきかわゆいものたちの愛らしい姿を見ても、アレクシスの心は癒されるどころか、物足りなさを感じた。戸惑いに首を傾げる。

本当ならミリアさえ現れなければ——今日もあの場所で、エライザとちいさきかわゆいものたちと昼食を取っていただろう。あれほど動物達に好かれているのにすげなく相手する彼女に文句を言えば、テンポよく返され軽い言い合いが始まり、雑談になり、最後には笑顔が零れる。なんだかんだとちいさきものたちとの仲立ちをしてくれ、触れさせてもらい、癒されるのだ。その時のエライザの横顔は穏やかで優しい。時々ちいさきものたちに囲まれ、同じように眠ってしまうこともあったが、無防備な横顔はいつもよりもあどけなく、それを観察するのが一等好きだった。

ちいさきかわゆいものたちを見ても癒されない理由は、とても分かりやすかった。

そう、彼の『楽園』はエライザがいないと完成しないのだ。

「……は……」

顔を覆って思わず笑い出す。慣れない感触に、今更片眼鏡を忘れたことを思い出せば、それすらも滑稽に思えた。

心の中で沸き立つ不快ではないざわめきと、側にいてほしいと願う心。これは認めなければ。思いが溢れて零れて嫉妬を覚え、妙な方向にねじ曲がっていた。

同郷にこだわるエライザを腹立たしく思ったのは、自分の知らない場所へ彼女が行ってしまうのではないかという恐れ。一方的にエライザを責め立ててしまったのも、自分が鈍く愚かだったせいだ。

（……謝罪を受け入れてもらえるだろうか……）

最後に見た彼女の酷く傷ついた顔を思い出し、込み上げた罪悪感と不安に胸元を握りしめる。

アレクシスは数十年ぶりに自分が大失態を犯したことに気づき、両手で顔を覆い隠すと、深く長い溜息を吐き出したのだった。

＊

――王太子の婚約者であるミリアは、魔力を持っているらしい。

そんな噂が町に広がったのは、ミリアが神殿を訪ねてからすぐのことだった。

ミリアがロベール伯爵と共に神殿に向かい祈りを捧げると、眠っている聖女に反応があり、神殿が確認の為にもう一度訪ねてほしいと王家とロベール伯爵に申し入れ、どちらも快諾したことで、神殿への再訪が決定した。

勿論、噂はアレクシスが画策したものであり、ミリアがまだ聖女として覚醒していないことを考慮し、聖女特有の『聖力』ではなく、それよりは一般的な『魔力』としたらしい。そしてミリアはアレクシスによって聖女として目覚める特訓を受けてもらうことになっている。

結果僅か三日後には派手な王家の馬車が神殿に横付けされ、最初に出てきたのは王太子レオナルドだ。その後に続く婚約者ミリアをエスコートする姿は、まさにお似合いのカップルである。

午後の部の為に並んでいた参拝者達もその煌びやかさに溜息をつき、慌てて頭を下げる。王家の支持が下がったといっても、王族は民衆にとって芸能人のような存在であることは間違いないのだ。

そして――エライザはノエルと共に、いつもの拝殿のバルコニーから薄い目でそれを見ていた。

「ミリアだけでいいのに。なんでアイツがしゃしゃり出てくるのよ……」

民衆に手を振る姿に寒気すら覚えてエライザがぼやけば、ノエルは苦笑し「王の名代として来ていらっしゃるようですから」と宥《なだ》めてくる。

しかしエスコートされるミリアの表情はどことなく暗い。それでもエライザが大きく手を振ると、ぱっと顔を上げ輝く笑顔を見せてくれた。ささくれだって沈んでいた気持ちが少し浮上する。

（本当にミリアって可愛い……こんな子を疑うなんて、さすが人でなし神官長……）

久しぶりの悪態をつけば、ふっとアレクシスの苛立った表情が思い浮かぶ。怒りよりもぐっと息が詰まって苦しくなるのは、もう三日も彼をまともに見ていないからかもしれない。

（避けてるのは自分のくせに……）

そう、ミリアのことで言い争ったエライザは、怒りと反抗心と悲しさからアレクシスを徹底的に避けた。勿論ランチも一緒に取らなかったし、夜も「一人で大丈夫です！」とノエルに伝言を頼み、祈りの間に引き籠っているのである。

そんな理由もあって、今日のミリア達の訪問も昨日の夜、ノエルを通して知ったのだ。

（……本当はもっとこっそりミリアと話し合いたかったのになぁ……）

避けていたエライザの自業自得だとは分かっているけれど、ミリアと再会を約束したのはエライザだし、段取りを決めるならば、ノエルを通してエライザに相談してくれてもよかったのではないだろうか。それなら自分だって話し合いのテーブルには座ったし、完全に無視するようなことはしなかっただろう。

……毎日一緒にいたアレクシスと物理的な距離を取ったことで、余計にアレクシスの心が遠くにあるように感じ、ますます彼のことが分からなくなってくる。それがとても苦しくて悲しい。好きだと自覚したばかりだから余計にそう思ってしまうのかもしれない。

（大変な時にバカみたいな恋愛脳発揮してどうすんのよ……）

自分で自分に呆れながらミリアを見ていると、しきりに後ろに視線をやっていることに気づく。

なんだろう……と思えば、そこにはキースの姿があった。街の警備を主とする騎士団の制服ではなく、王族を守る近衛騎士の白い制服に、エライザは目を丸くした。

「わ……キース、かっこいい!」

さすが悪役令嬢の幼馴染。ちなみに中身も格好いい。何せ最後まで忠義を尽くし、悪役令嬢を庇い続けてくれた漢気溢れる男である。

小さな呟きは歓声にかき消されたかと思ったが、どうやらノエルには聞こえたらしい。バルコニーの縁を掴んで、エライザの顔を覗き込んできた。

「あの……幼馴染と聞きましたが、もしかしてエライザ様、キースさんのこと好きなんですか?」

何故か不安げに尋ねられ、エライザは一瞬黙り込んだ後、勢いよく噴き出した。

「いやいや、本当にただの幼馴染! 乳母の子供なの。学園に入るまで、ずっと私の護衛をしてくれてたから兄妹みたいな感じかな」

幼い頃から面倒を見てくれた兄のような弟のような存在で、今更男女の関係の疑いをかけられるなんて、キースが聞けば爆笑するだろう自信さえある。

(そもそも私が好きなのは……)

自然とアレクシスを思い浮かべてしまい、慌ててかき消そうとしたところで、ノエルは、ぱあっと顔を輝かせた。ウンウンと頷くと「エライザ様にはもっと年上の方がお似合いだと思います!」なんて嬉しそうに言うので、ついアレクシスを当てはめてしまい、ぽんっと顔が熱くなった。

(待って待って。年上……神官長のことじゃないよね……もしかしてノエル君にバレてる!?)

見た目の幼さもあってノエルとこういった話をしたことはなかった。そんなに分かりやすかったかと焦って様子を窺いながら慎重に尋ねてみた。

「……突然どうしたの？」

ノエルはニコニコ顔のまま「何でもないです！」と、ぱっと話を切り上げる。そして口を挟む暇もなく「あ」と、神殿の中に消えていくミリア達を指さした。

「僕達もそろそろ行きましょう！」

そう促されエライザは、どうかバレてませんように……と、願いながらノエルの後に続いたのだった。


そして一時間後——。

エライザは心の底からこの場を去りたい衝動に耐えながら、祈りの間の隅で、鳥肌の立った腕を勢いよく擦っていた。

「——ああ、エライザ！　時間が過ぎれば過ぎるほど、私の心はお前のもとへと引き寄せられていく！　なんて罪深い女なんだろう！」

（いや、知らないわよ！　レオナルド、この前会った時から思ってたけど、こんなナルシストだった？　俺様属性だったのに、急なキャラ変はファンの反感買うよ⁉）

そう、今この部屋にはレオナルドとエライザが二人きり。何故こうなったかというと、アレクシスとの形式だけの挨拶を終えたレオナルドが、また一人でエライザと話したいと言い出したのだ。

（っていうかさぁ、私はほぼ死人みたいなもんだとしても元婚約者よ？　なのに現婚約者のミリアの前で会いたいなんて普通言う？）

その無神経さに神官達は引いていたし、あの場にいた護衛騎士すら顔を引き攣らせていた。

勿論エライザもドン引きだ。ちらりとミリアを見れば困ったように小さな笑みを浮かべていたけれど、どこか切なげにも見え、足をひっかけて転ばせてやろうかと本気で画策しかけた。

……ミリアのあの表情から察するに、レオナルドのことはちゃんと好きなのかもしれない。いや、きっとそうなのだろう。エライザの中の乙女のカンがそう言っている。

（なんでぇ……こんな男よりいい男は星の数ほどいるし、ミリアならよりどりみどりでしょ！　うちのキースなんて超おすすめよ⁉）

しかしレオナルドのエライザと二人きりになりたいという申し出は、アレクシスにとっては好都合でしかないだろう。ミリアと二人きりで話すチャンスだからだ。

そして以前と同じく人払いをし、そこからレオナルド劇場が始まったのである。

勿論いつものようにノエルが部屋の裏にいるし、神官達がいてくれるので危害を加えられる可能性は少ない。とはいうものの、レオナルドの女々しすぎる告白は精神攻撃となり、エライザは虫の息だった。気色悪すぎる。

（本気でこいつが王様になると思ったら心配になってきた。ちょっとはマトモに戻った宰相子息と騎士団長が手綱を握ってくれてたら大丈夫？　いや、それでも不安すぎる……）

エライザが国の将来を憂いている間も、レオナルドは棺の前で大きく手を動かし、身振り手振りを入れて独白の真っ最中だ。

彼曰く不幸な自分はとても哀れらしく、とんでもなく自分に酔っている姿は見るに堪えない。

（……今頃、神官長とミリアはどんな話してるんだろう……。ミリアがいい子だってこと、分かってくれたらいいなぁ）

そういえば今、二人きりなんだな。改めて思えば少しドキリとした。

（っていうか……神官長、ミリアを好きになったりしないよね？）

先日ミリアについて話した時に聞いた印象は、あまり良いものではなかったけれど、しっかりと話してみれば印象が変わったというのはよくある話だ。

エライザの頭の中に、穏やかな顔をしたアレクシスが、ミリアに聖女の冠を被せるスチルが思い浮かぶ。とても綺麗なスチルで印刷して額に入れて飾りたいくらい素敵だった——が、アレクシスへの想いを自覚した今のエライザには正直辛い。もやっとした自分の気持ち——嫉妬を自覚して、髪の毛をくしゃりとかき上げる。

（ミリアは本当にずっと見ていたいくらい可愛いし……元々のキャラクター設定に負けないくらい優しい子だし、実際顔を合わせてお喋りしただけでいい子だなーって分かったもん。きっと誰だって好きになるような子……）

エライザは凭れかかっていた壁を滑るようにしてしゃがみ込む。

はぁ、と溜息をついて再び視線を上げると、いつのまにかレオナルドはエライザの棺のすぐ前で膝をついていた。

(……あんまり至近距離で、じっと見ないでくれないかなぁ)

八つ当たり気味にそう毒づく。

(ベタベタ触らないでよね。指紋拭くの大変なんだから)

最初こそノエルや他の神官が棺の手入れとして拭いておいてくれたが、やることもないし、と自分で拭き始めたのだが、これが結構な重労働だった。洗剤があるわけでもないので、地道に息を吹きかけ、綺麗にするのである。

何とかして引き剝がせないかと、近づいたエライザだったが、時既に遅く、棺にべったりと凭れかかっていたレオナルドは、とんでもないことを言い出した。

「エライザ。まだ幼い頃、宮殿に劇団を呼んだことがあっただろう。悪い魔女にかけられた姫の呪いを王子が真実の口づけで解いて目を覚ます……ここ最近、よく夢に見るんだ……」

熱に浮かされるようにそう言ったレオナルドは、棺の端に手を伸ばす。

「……っく……開かないのか……仕方ない……」

そう、『再生の棺』は中の人間が回復し、起きようとしなければ蓋が開くことはない。おそらく今一番エライザはそのことに感謝した。

レオナルドは悔しげに呟くと、エライザの顔部分の硝子を撫で、そっと顔を寄せた。俗に言う硝子越し(一方的)のキスである。

(ぎゃあああああ！　やめて！　汚い！)

もう引っぺがしてやろうかと手を伸ばしかけたその時、ばんっと祈りの間の扉が勢いよく開いた。

扉の向こうにいたのはアレクシスである。その後ろにはミリアもいるようだ。

レオナルドも驚いたように棺をかき抱いたまま振り向いた。若干タコ唇のままだったので、明らかに棺の上からキスしようとしていたのは丸分かりだ。しかしすぐに気分を害した顔をして文句を言おうとしたが——それよりも早く、アレクシスが口を開いた。

「何を、やって、いらっしゃるのですか」

単語を一つ一つ区切り、尋ねるアレクシスの声は氷点下のように冷えている。

その冷気に気圧《けお》されるように、後ずさったレオナルドは頬をひくつかせた。

「エライザが早く目覚めるように、話しかけていただけだ！　神官長は知らないだろうが、彼女と私は幼い頃からの付き合いでな。夢の中では退屈だろうと思い出話を聞かせてやっていたんだ」

（幼い頃からの付き合いって、三歳の時に婚約が決まってから、顔を忘れないように、数カ月に一回定期的に親同伴で会ってたってだけでしょうが！）

アレクシスは無表情のまま、コツコツと足音を立てて歩み寄ってくる。

「その思い出話で棺に口づけする必要があったとは思えませんが。——『再生の棺』は神具の一つであり、盗まれても追跡できるように……いえ、少しでも触れれば私に分かるようになっています。妙な真似をして価値を損なうことのないよう慎重に扱ってください」

慇懃《いんぎん》無礼な物言いにレオナルドの肩がびくっと震える。しかし同時にミリアの肩も震えたのをエライザは見逃さなかった。

（ああ……ミリアは神官長の影になって、棺にキスしかけたの気づいてなかったみたいなのに、神官長の馬鹿、空気読んでよ！　……でもあの反応はやっぱり、ミリアはレオナルドのことが好きなんだよね？）

間の悪いアレクシスに毒づきつつも、ミリアの気持ちを確信する。

しかしその一方で、レオナルドの方はミリアの前でエライザに堂々と粉をかけ、一切悪びれない。おそらくレオナルドは誰のことも本気で好きなわけではなく、自分が一番好きなナルシストなのだ。あわよくばどちらも手に入れたいと思っているのかもしれない。

気まずい空気をどうしようかと頭を抱えていると、助け舟を出してくれたのは、やはりいつも頼りになるノエルだった。

「レオナルド王太子殿下。ここは窓もなく暑かったことでしょう。来賓室にお茶を用意しています」

「あ、ああっ！　そうだな、ちょうど喉が渇いたと思っていたんだ！」

話題が変わったことでほっとしたのだろう。レオナルドはそそくさと外にいた護衛騎士達の間に割って入りアレクシスから距離を取る。よほど恐ろしかったらしいが、安全地帯に入ると打って変わったように尊大に顎を上げ「ミリアはついてこないのか？」と尋ねた。

「……いえ、私は――」

「ミリア嬢には今からこちらで『再生の棺』に魔力を注いでもらいます」

「本当に魔力を持っていたのか⁉」

「ええ。ミリア嬢の魔力を測定した結果、僅かながら魔力があることが分かりました。この『再生の棺』は魔力を変換し、中の人物の治療を進めることができます。ミリア嬢も自ら聖女の目覚めの手助けをしたいと仰ってくださいました」

「そうなのか。お前は本当に優しいな。魔力開花といい、さすが私の婚約者なだけのことはある」

きっちり自分も上げて賞賛を送るレオナルドの薄っぺらさに、嫌悪感がますます膨らんでくる。

「……レオナルド様。私は時間が許す限りこちらに来たいと思います。その代わり登城する機会が減ってしまうと思いますが、国王陛下にお口添えいただけませんか」

エライザはミリアの言葉にぱっと顔を上げる。

（……ということは、アレクシスはミリアが敵じゃないって分かってくれたってことよね？）

おそらく国王はミリアが神殿に通うことを了承する。今神殿の申し出を退けることは世論上厳しく、アレクシスの言う支持をこれ以上下げないように、表向きは快く受ける筈だ。

しかし世論に疎いエライザですら分かったというのに、レオナルドは納得いかないようで、眉間に深い皺を寄せた。

「ミリア、そんなに神殿に通うのか。行儀作法や授業、サロン巡りで、ただでさえ顔を合わせる機会が減っているというのに……」

「……ええ、私のせいでエライザ様がお眠りになっているようなものですから、少しでも償いたいのです」

「そうか……。分かった。王には私から許可を取っておこう。私の婚約者として励むように」

「……はい」

「私はまだミリア嬢に『再生の棺』について説明があります。それが終わればすぐそちらに向かいますので、お相手できないご無礼をお許しください」

口調だけは丁寧だが、依然冷気は纏ったままだ。

俯きながら答えるミリアの表情は分からないが、声は明らかに沈んでいる。婚約者のそんな様子に気づいてもいないのか、レオナルドは神官長から逃げるように来賓室に足早に戻っていった。

そして祈りの間にエライザ・アレクシス・ミリアが残る。勿論アレクシスとは未だ口も利いておらず、エライザも来賓室に入った時から、アレクシスの方を見ないようにしていたので、気まずいままだった。

沈黙が落ち、最初に口を開いたのは意外にも当事者であるミリアだった。

「エライザ様。――私の後見人であるロベール伯爵がエライザ様を狙っている可能性が高いことや、彼らが作ったカジノで苦しんでいる人達がいることを神官長様から聞きました」

声は少し震え、顔色も悪い。ミリアにとって後見人であるロベール伯爵の悪事が相当ショックだったのだろう。

「以前話した通り、お屋敷の雰囲気が何だか嫌な感じだったんです。前は言わなかったんですがロベール夫妻は私にはとても優しいんです。けれど、使用人や出入りの商人には横柄で見ていられないくらいで……二面性、があるように感じていました。……こういうことは言いたくないんですが、アレクシス様の話を聞いて、納得できる部分も多くて」

人を見た目で判断してはいけないが、確かに彼らにはそう思わせるだけの嫌な雰囲気がある。目の前で見てきたのなら、本物だろう。

「それに最近はどこからか獣の声も聞こえてきて、使用人達にも尋ねてみたんですが、みんな聞こえないってあからさまに嘘をつくんです。しかもお屋敷の構造上、ある筈の地下への入り口もどこにもなくて、隠しているみたいです。それで……」

「彼らが違法である魔物の売買、もしくは国外からの輸入を行っている可能性があると考えられます」

「魔物⁉　何でそんなものが……」

言い淀んだミリアの代わりに答えたアレクシスにエライザは無視していたことも忘れ、声を上げた。

「凶暴な魔物を飼いたいという好事家がいるのですよ。他には魔物同士、時には人間と戦わせて賭けをする悪趣味極まりない蛮行を好む人間がいるのです」

その言葉にエライザは絶句する。自分にはとても分からない世界だ。

ミリアは静かに頷く。

「私本当に知らなくて……でも今思えば、大きな荷台がよく屋敷に運び込まれていたんです。貴族や商人の出入りも多いですし、中には顔を隠した見るからに怪しい人も。神官長に頼まれた通り、まずは地下室の入り口を探して本当に魔物がいるかどうか確認しようと思います。まさかロベール伯爵夫妻は、私が裏切るなんて思ってもいませんでしょうから」

（魔物を売買してる証拠を摑めたら、それこそロベール伯爵を追い詰められるチャンスだけど……）

「でもバレたらやっぱり危険だよね？　それにロベール伯爵はミリアの後見人だし、捕まったら今以上にミリアの立場が苦しくなるんじゃ……」

エライザはそこまで言うと、ぐっと身を縮めミリアの腕を掴み、耳元で囁いた。

「えっと……レオナルドのこと好きなんだよね？　後見人の立場危うくして大丈夫なの？」

ミリアは少し驚いた顔をした後、今までの硬い表情を緩めて、穏やかに微笑んだ。

「エライザ様はお優しいですね」

優しくそう言うと、エライザの手を上からそっと握る。

「ロベール伯爵が私の後見人から外されることになったら、次の後見人はウイルソン家が名乗り出てくれるそうです。神官長様が約束してくれました」

（……ウイルソン家ってノエル君の実家だ……。神官長の後見もしている家だけど、確かに中央に来ないとはいえ影響力はあるから、口を出さない分、文句も言いづらい……いいチョイスかもしれない……）

「それにしても神官長の後見人が、ウイルソン家だとは知りませんでした。北の孤高の鉄人とも呼ばれて東のセディーム辺境伯と並んで評されることが多い家門ですね。謎のベールに包まれている当主様にお会いできたら嬉しいです」

表情を和ませ、言葉を続けるミリアにもう暗い影は見えない。

無理はしないでね、と念を押すとミリアは嬉しそうに頷いたので、エライザも気持ちを切り替え、相槌を打った。

「ノエル君の生家だっていうのは聞いた？」

「はい。あの少年従者君のご実家みたいですね。それに神官長様にも、聖女の力を覚醒できるように訓練してもらえることになったんです。うまくいけば、本来のストーリーに戻って神官長に後見人になってもらえますし、聖女として堂々とレオナルド様と結婚できるでしょうから頑張ります」

——本来のストーリー。

何気なく吐き出されたその言葉は罪悪感を揺さぶる。エライザは一瞬固まったものの、すぐに頷いた。

「……うん。でも、本当に無理しないでね。何か手伝えることがあったら教えてほしい。聖女の力の覚醒も応援してる。あ、でもロベール夫妻にバレない程度にね」

「勿論です！　ロベール夫妻に知られたら聖女である私を利用して、アレクシス様と今の聖女であるエライザ様を攻撃してきそうですし」

ミリアと顔を合わせて、お互い頷き合う。そうだ、他にも色々聞かなきゃ……と口を開きかけたところで、アレクシスの咳払いが割り込んできた。

「お喋りは済みましたか？　ミリア嬢、訪問日はまたこちらからお知らせします。もう行きましょう。レオナルド王太子殿下が何か余計なことをしていないか気になります」

「あ、はい。——そうだ、ミリア！　よかったら普通に話してね。敬語だと肩が凝らない？」

「そうしたいのはヤマヤマですけど、私おっちょこちょいなので、一度普通に話してしまったら、もう戻れなそうなんですよね。前世でも私高校生になったばかりでこっちに来たから、切り替えがへたくそなんです。……エライザ様はしっかりされてるし、私よりも年上ですよね？」

（わぁ、女子高生……！）

ますますミリアの輝きが増した。若さは取り戻せない財産の一つだし、どうりで眩しい筈だ。

再びアレクシスに促され、二人は彼の後に続く。しかしその間も人気がないのをいいことに小声で会話を続ける。

「うん……アラサー。むしろ私こそ言葉遣い直せって感じ……」

「アラサー……。ふふっ！　懐かしい響きです！　年の離れたお姉ちゃんがエライザ様と同じ年頃だったんですよ。あ、エライザ様。今、キースが外で待機してるんです。話しかけられないでしょうが、姿だけでも近くで見たくありませんか？」

「！　いいの⁉」

「ええ。彼、王城でも近衛の騎士服が素敵だってすごくモテてるんですよ」

「分かる。騎士服は正義だよね」

最後はコソコソ話で顔を突き合わせつつ、夢中になってお喋りをしていると、ついつい声が大きくなっていたらしく、拝殿に入る前に「いい加減お喋りをやめなさい」と、アレクシスからいつになく厳しい注意が入った。慌てて唇を引き結ぶ。

そして拝殿の入り口、馬車がいる手前まで向かうと、久しぶりに間近でキースを見ることができた。

最初に会いに来てくれた時よりも、顔色はよくなっているし、同じ近衛騎士と話している時に、僅かながらも笑顔が見えて胸を撫で下ろす。同じ騎士団の仲間達ともうまくやっていそうだ。ミリアが機転を利かしてくれた配置換えがいい転機になったのかもしれない。未来の王太子妃の護衛騎士なのだから大出世だし、働き甲斐もあるだろう。

(乳母にもこれで顔が立ったわ……)

肩の荷が下りた気がして、心の底からほっとする。ミリアにも控えめに手を振り、馬車が遠ざかっていくのを見送ってから本殿へと戻った。

しかし道中、いや見送ってからずっと、真横から漂う冷ややかな冷気が止まらない。

(……喋ってた時の声が大きかったのまだ怒ってる？　それか最後はついついミリアと二人で喋り続けちゃったから完全に、無視しているように感じたのかも……)

そう思うものの、エライザから話しかけるのは勇気がいるし、それ以前にアレクシスに対してどういう態度を取るべきか、まだ自分でも分からない。下手に何かして、これ以上関係を悪化させたくなかった。あれだけ照れくさくて嬉しかった二人きりも、今は気まずさの方が大きい。

そしてエライザは本殿の入り口に戻り、祈りの間の前の扉まで来ると、殊更明るい声を出した。

「さて！　私は午後の参拝の準備でも！」

ぱちん、と手を打ってささっと中に入ろうとすれば、首根っこを掴まれ、くるりと身体を反転させられる。トン、と背中に扉が当たり、一瞬で壁に追いやられたことにエライザは驚いて顔を上げた。久しぶりの至近距離に、心臓が口から飛び出しそうなくらいドキドキする。

「――貴女は」

壁に手が置かれ、逃げ道を塞がれ、その近さにふわりと森の香りがして一層心臓が跳ねる。これは今や懐かしい壁ドン……と、思考が逃避しかけた。しかし。

「いつまで逃げるつもりですか」

アレクシスが発したとは思えない、掠れた小さな声に固まる。

（わぁあ！　急に来ないでぇ！　心の準備が！）

長い睫毛の奥の澄んだ瞳にじっと見つめられ、居た堪《たま》れなくなる。

しかし、先程までフードを被っていたことと近くに寄らなかったせいで気づかなかったけれど、下から見るとアレクシスの目元が赤く、顔色もどことなく冴《さ》えないように見えた。表情にも迷子の子犬のような心細さ——にも似た感情が浮かんでいた。

自然と引き寄せられるようにエライザは手を伸ばし、アレクシスの頬にそろそろと触れてみる。払いのけられるのも覚悟していたが、白皙の陶器のような肌は思っていた以上に冷たくて、少し驚いて指を浮かせると、逆に大きな手が伸び、しっかりとアレクシスの頬に手のひらが当たった。

「あ、あの、大丈夫、ですか……」

エライザが言うべきセリフではない気がするが、むしろそれしか思いつかなかった。

アレクシスは無言のまま少し屈み込むと、目を眇《すが》め顔を傾けた。まるでエライザの手のひらを堪能するように頬をすり寄せる。どこか熱っぽい伏せた焦げ茶色の瞳に、自分の驚いた顔が映っていて、見つめられていることが落ち着かない。かといって跳ねのけることも逃げることもできず、どうすればと、顔が熱いまま途方にくれたところで、アレクシスが一層距離を詰めてきた。

「……大丈夫ではありません」

耳元で低く囁かれて、その艶っぽい声に、ぞわりと肌が粟立つ。

きっと耳まで真っ赤になっているだろう。変な声が出そうになる。

アレクシスが小さく吐いた息がくすぐったい。するりと指先が名残を惜しむように髪を梳った。

それもまた意味深でエライザが固まっていると、もの言いたげな視線が絡まり、アレクシスが何か言いかけたところで、突然、ノエルの弾んだ声が静かな廊下に響いた。

「アレクシス様！　ご要望の特製サンドイッチですよ！　今日こそエライザ様とランチしましょう！」

じゃーん！　と、大きなピクニックの籠を掲げたノエルのぴかぴかの笑顔に、高まっていた緊張は一気に緩み、エライザはあまりの温度差に笑っていいのか惜しめばいいのか、分からなくなってしまった。


——十分後、エライザは例の中庭で、赤と白のチェック模様の布の上に座って、サンドイッチを齧っていた。

物論、リスや小鳥、以前は少し警戒して最後に来ていたウサギの親子も、すぐにやってきて近くにたむろっている。まだかまだかとお裾分けを期待して、ぴょんぴょん跳ねている姿は、久しぶりに見たせいか頬が緩む圧倒的な可愛さだった。既に膝の上で「くれ！」とばかりに前足を伸ばし、今にもサンドイッチを取ろうとしている図々しいリスすら、今日は和やかにあしらうことができる。

馬鹿にしていたわけではないが、アニマルケアは偉大だ。混乱していたエライザの心も少しずつ落ち着いてくる。そう思うと、ノエル君曰くアレクシスが主導だというこの昼食会……とうとうストレスが意地と仕事を超えた末の開催なのだろうか。

そして冷静になれば、先程の出来事が脳裏に蘇ってくる。

（なんかさっきの……仲直りしようとしている感じじゃなくて、それを通り越した甘い雰囲気だったような……）

そう感じたのは恋する乙女の愚かさか。単純に小動物達と戯れたいが故に、逃がさないように捕まえた、と言われればそうかもという気もしてくるし、圧倒的な恋愛経験不足に頭を抱えてしまう。

「エライザ嬢、ちいさきかわゆいものたちばかり構っていないで、きちんと食事を取りなさい」

「っあ、はい！」

唐突に声をかけられ、びくっと飛び上がる。

（……ん？　今ちいさきかわゆいものたちよりも優先された？）

まさに青天の霹靂《へきれき》――そんな奇跡に、ばっとアレクシスの方を振り返れば、いつのまにか口元に小さく切られたサンドイッチがあった。餌付け……もとい唇に触れた柔らかいパンの感触に条件反射で口を開くと、前とは違う小さな欠片は食べやすくて、一口で口の中に入ってしまう。

（小さくて食べやすい……じゃなくて！）

口を押さえて慌てて飲み込もうとして、けほっと咳き込む。

そんな小さなことにも驚いたらしいアレクシスは、エライザの背中に手を当て羽で撫でるような力加減で撫でてきた。

「ゆっくりしっかり噛んでください。せっかく小さく切ってもらった意味がないでしょう」

と、お小言めいた言葉が降ってきたので、エライザはそのままごくりと飲み込み、赤い顔のままアレクシスに反論した。

「ひ、人に食べさせてもらうの、意外と恥ずかしいものなんですよ！」

そう言ってエライザもバスケットからサンドイッチを取り出し、突きつけるように差し出す。

照れるなり怒って拒否なりすると思っていたのに、何故かアレクシスは一瞬驚いた顔をしたものの、にっこり笑って耳に髪をかけ、少し屈むようにして素直に口を開いた。驚いたのはエライザで、中途半端な距離で手が止まってしまう。

「おや、食べさせてくださるのでは？」

「え!?　……あ」

おそるおそる口に運ぶと、薄い唇がゆっくりとサンドイッチを噛む。太い喉ぼとけが動く様子から目が離せずぼうっとしていると、アレクシスが真っ赤になったエライザの顔を見て、少し子供っぽくくしゃりと笑った。眉尻は困ったように下がって、目は眩しいものでも見るように細まっているものの、むしろ熱が籠っている。口角は僅かに上がったままだ。

「……確かに、案外恥ずかしいものですね。特に人前では」

付け足された言葉にはっとして反対方向を見れば、ノエルがにこにこと満面の笑みを浮かべてエライザ達を見ていた。

（ぎゃああ！　子供の前で何やってんの！）

思わず顔を覆い隠したものの、言葉とは違い満更でもなかったようでアレクシスはおもむろにエライザの頰に触れ「ああ、やっぱり口が小さいんですね。少しついていますよ」と、エライザの食べ残しを親指で拭う。そんな風に甘ったるい空気は続き、エライザを翻弄したところで、ふいにノエルが話を振った。

「アレクシス様、エライザ様に明日から外出することを話しておかないと」

「……え？　どこかに行くんですか？」

思えばエライザが目覚めてから、アレクシスは外泊をしたことはない。神官長は常に神殿にいる決まりであるのだと思っていたのだが、そうではないらしい。

「特に話すつもりはなかったのですが……」

軽く睨まれたノエルは小さく肩を竦ませる。きっと意図的にエライザの前で、話を出したのだろう仕草にアレクシスは溜息をついた。

（いやいやいや、せっかく仲直り……じゃないけど、ギスギスした雰囲気じゃなくなったところなのに、急に何日も見かけなくなったら心配するから！）

「……」

エライザは少し迷って、外出の話にかこつけてずっと聞きたかったことを口にした。

「あの、神官長。そんなに私のこと信用できませんか？」

「……何を仰ってるんですか？」

「いやだって、この前だって、人を見る目がないって言ってたし、信用できないんだと……」

「そういう意味ではありません！」

珍しいアレクシスの大きな声に驚いた小鳥はノエルの肩から飛び立つ。アレクシスが言い淀むと空気をいち早く察したノエルが、ぱっと立ち上がった。止める間もなく「僕、午後の参拝の指示出しておきます。――早く仲直りしてくださいね！」と、言い放ち、駆け足で離れていく。

あ、と引き留めかけた手をアレクシスに摑まれた。

「待ってください。まずは貴女に謝罪を。先日は感情的に貴女を責めてしまいました。申し訳ありません」

「――え」

突然すぎる謝罪の言葉にエライザは驚きで固まる。

（あ、あの神官長が謝った……？）

美しい見た目通りの高い矜持《きょうじ》を持つ神官長が、こんなに素直に謝るなんて想像もしていなかった。

そもそもエライザの主張こそほぼ感情論で、アレクシスにしてみればミリアに関わるのは危険であることは間違いない。正論だからこそエライザも気まずくなって、三日も避けてしまっていたのだ。

「私も！　すみませんでした！」

もう勢いよく謝ってしまう。こういうことは時間を置けば置くほど拗《こじ》れるのは、この三日で学んだことだ。一瞬驚いたように目を瞬いたアレクシスだが、すぐに首を振った。

「いえ、貴女が謝ることはありません。私は――貴女が心配なんです。貴女が思っているよりもずっと。今回は逆に貴女に心の負担をかけると思って、黙って行こうと思いました。……私は貴女が心も体も傷つかず、いつも健やかに笑っていてほしい。――私の側で、ずっと」

最後にゆっくりと噛み締めるように呟いた言葉に、エライザは一瞬にして固まる。

今、自分はとんでもないセリフを聞いてしまったのではないだろうか。

「……ちなみに小動物として見てるということは……」

「ありません。私は小動物にこんな面倒な感情は持ちえません。貴女だけです」

「……っ」

思わぬ告白に目の前が真っ赤になって、頭の中がぐるぐるする。思わず燃えそうなほど、熱い顔を両手で覆い俯き、告白の返事を考える。信用されていないわけではなかったし、アレクシスなりの理由があったのは分かった。

(……こ、これって両想いってこと……？　っ私も！　好き、って、すき……って言わなきゃ……あ。あれ？　でも、好きとは言われてない……？)

アレクシスの言葉を反芻し、開きかけた口を閉じ、考え込む。

いやでも、と言葉選びが迷宮入りしたところで、アレクシスが小さく溜息をついたことに気づいた。呆れられたかと、びくりと肩が上がる。

「……貴女には酷い勘違いをさせましたし、余計なことを言って傷つけてしまいましたから、突然こんなことを言っても混乱させてしまったでしょう」

「えっ……!?　あ……」

結果的に黙り込んでしまったエライザに、アレクシスは全て分かっているとでもいうような穏やかな声でそう言った。

「そうだ。先程言っていた外出先の話をしましょう。貴女を信用している証拠になるかは分かりませんが、内情をお伝えしておきます。貴女のご友人を通してセディーム辺境伯と手紙を交わしているのはご存じですよね」

急に話題を変えられてしまい、エライザは開きかけた口を閉じる。

(完全に返事をするタイミングを逃した……！　しかも本格的に大事な話すぎて遮れない……！)

いや、きっとこういう浮ついた話は戻ってきてからの方がいいに違いない……と、結局そのまま黙って話を聞くことにした。

「前は話しませんでしたが、セディーム辺境伯から王太子の魔物討伐に人の手が加わった不審な点があると手紙に書かれてありました。ミリア嬢からも先日、地下で魔物を飼っているようだという話を聞いたでしょう。それで確信しました。ロベール伯爵が辺境伯の領地に現れた魔物を放った可能性があります。もしくはそれ以上……今王とも繋がっているかもしれません。私自ら出向いて、証拠品の確保と調査をしようと思います」

想像していた以上の内容に、エライザは思わず顔を上げてアレクシスを見た。

「あのっ！　危険はないんですか？」

「秘密裏に移動魔法で向かうので王家もセディーム家も感知できないでしょう。ノエルに変身魔法を使ってもらい、私のフリをさせる予定です」

アレクシスの予定を考えれば、なかなか慌ただしい。あと数日もすれば、エライザの意識も戻るので神殿の権威復興を知らしめるものとして、大々的に祝おうという案も出ている。

（だけど魔物討伐に不審な点、って……そんなのゲームにあった？　イレギュラーなことばっかり起こるけど、これは私がゲームの内容を変えたから？　二回目の魔物出没は、また別の攻略者のイベントでロベール伯爵の名前なんて一切出てこなかったのに）

やっぱりミリアとゲームの時系列や起こった事件を、一つずつ確認しておくべきかもしれない。エライザが覚えていないこともあるだろう。ただそれに神官長の許可が下りるかどうかだが……。

「ミリアにはいつ伝えるんですか？」

次来る時を知っておきたいと尋ねれば、アレクシスは一瞬黙り込み、まるでエライザの表情を窺うように見てから、ゆっくりと首を振った。

「ミリア・ロベールには私が明日から辺境伯のもとへ行くことは伝えるつもりはありません。貴女も、内緒にしてください」

「え？　……ミリアをまだ信用してないってことですか？」

驚いてそう尋ねれば、アレクシスは否定も肯定もしないまま難しい顔をした。聖女になることを手伝おうとするくらいなのだから、すっかり誤解は解けたのだと思っていたのでかなり驚いてしまう。

けれどアレクシスのエライザを気にする態度から、悪いと思いつつも何か考えがあるのだ、と思うことができた。

（……納得はいかないけど、ミリアの聖女覚醒を手伝おうとしてくれてるんだし、……今まで何でも自分一人で解決してきたんだよね。それもなんか寂しいけど……）

エライザは以前よりも冷静にそう判断して、小さく溜息をつく。感情的に責めてまた気まずくなるのは嫌だ。それにミリアに話さないのは、神殿に残るエライザが危険な目に遭わない為の保険でもあるのだろう。

本当にアレクシスの優しさは分かりづらい。固くコーティングされたイヤミを剝がして、ようやく本音が見えるのだ。けれどその屈折した優しさが不器用で、愛しい、と思ってしまった。

八

アレクシスを見送って二日目。エライザは予定通り一般参拝を迎えていた。

拝殿の礼拝堂の時は、参拝客の小さな声が聞こえるように、ポールと棺の前で待機するのが定番になっている。

ふっと影が差し、目に鮮やかな赤色が視界に飛び込んできた。慌てて姿勢を正して顔を上げれば、そこには妙齢の派手なドレスを着た女性が目の前に立っていた。

「――あの女狐にどうか天罰を。そうすれば私があの方の正妻になれるのです」

膝をつき、両手を胸の前で組むと、長い睫毛を閉じそう呟く。その内容にエライザは食傷気味に溜息をついた。

（愛人関係か……この手の相談事も多いなぁ……）

相手は聖女だというのに、呪いを頼もうとするのは、やはりエライザが元悪役令嬢だからか。一応名簿から名前と顔を覚え、頭の中にメモしておく。こういう色恋沙汰も貴族相手なら家督争いの火種になることがある――というのも、この数週間で学んだ。

そして午前中の短い休憩に入ったその時、アレクシスの代理として多忙なノエルが礼拝堂までやってきた。

彼は今、魔法でアレクシスの姿を取っている。最初に姿を見た時は聞いてはいたもののどこからどう見てもアレクシスで驚いたものだった。優しく穏やかで丁寧な口調に柔らかい雰囲気。むしろ最初に信じきっていた二次創作のアレクシスそのもので、どこか懐かしくも思ってしまった。

(あ、今思いついたけど、ゲームの中の聖女になったミリアにアレクシスが冠を渡すスチルってノエル君だった可能性もあるかも……)

ちなみに見分け方は左の耳についているピアス。アレクシスはダイヤでノエルはエメラルドらしく、それぞれ魔力を制御する役目があり、簡単に変えることはできないそうだ。しかしアレクシスはいつも左の髪を下ろしている上に、目深にフードを被っているので、気づく人はいないだろう。エライザだって黙って立っているだけだったら分からないかもしれない。

(……いや、分かるか。醸し出す雰囲気が全然違うんだもん)

そのアレクシスに扮《ふん》したノエルに廊下からこっそりと手招きされ、首を傾げつつも近づく。

(何かあったのかな……?)

人気のない外に繋がる裏口まで行くと、ノエルは長い袖から、一冊の本を取り出しエライザに差し出した。頬をかき少し言い辛そうに口を開く。

「あの……先程ミリア様が神官達への差し入れに焼き菓子を持ってきてくださったんです」

「ミリアが来てたの?」

かなり驚く。ミリアには打ち合わせ通り、多忙だから特訓はしばらく休みだと伝えた筈だ。

「ええ、忙しいのに自分が聖女として覚醒しないせいで時間を取らせて申し訳ない、と仰って……その謝罪を兼ねて差し入れを持ってきてくださったんです。最初こそ神官達に渡してさっと帰るつもりだったそうで、気配を感じて確認に行った私を見て、すごく恐縮されていました」

「あー……ミリア、気にしすぎるところありそうだもんね……」

ミリアの人となりを思い返して、納得する。そうか、そういう捉え方もあるのか、と今更ながら反省した。エライザも次会う時にうまくフォローできるだろうか。

「ええ。勿論時期的に忙しいので、それだけではないと言っておきました。……あの、それでこちらはエライザ様にと預かりました」

渡された本はカバーもついていない大衆小説で、年頃の少女が好みそうな綺麗な装丁だった。ノエルの不審な様子を不思議に思いながら、こくこくと頷いた。

「暇潰しにちょうどよかったかも。さすがミリア」

ノベルゲームをやり込むくらいだから、転生した今でも本は好きだった。それにアレクシスがいない長くて眠れない夜、退屈を紛らわせられるのは嬉しい。

少しはしゃいだエライザだったが、気まずそうに視線を逸らしたノエルに「どうしたの?」と声をかけた。何だか様子がおかしい。

するとノエルは覚悟を決めたようにエライザに視線を合わせ、話しだした。

「……あの、怒らないでくださいね。エライザ様への差し入れは危険を確かめる為に、一度目を通すことになってるんですけど……その、手紙が挟んであって……一緒に読んでも構いませんか」

アレクシスの指示といえど、年頃の少女の手紙を勝手に読むことに良心の呵責《かしゃく》を感じたのだろう。けれどそれがノエルの仕事であり、せめてエライザの前で確認したいと思ったに違いない。エライザも自分宛に来た手紙を他の人に見せるのは抵抗があって、少し迷う。

無言になったエライザにノエルは困った顔をしてから、小さな声で呟いた。

「――これ、渡された時、エライザ様に会えないかって聞かれたんです。アレクシス様の言いつけ通り、勿論断ったのですが……ミリア様、すごく思い詰めた顔をしてらしたんです」

「ミリアが？」

ノエルはその時のことを思い出すように、きゅっと目を細めて頷く。

エライザは数日前に見たミリアの笑顔を思い出し、不安になった。

「……うん。ノエル君も大変だよね。……もしかして神官長に報告するまでもないけど、一応相談しときたいみたいな内容かもしれないし……だから一緒に読もう」

ノエルはほっと安堵の息を吐き、エライザに近づく。エライザはミリアに心の中で謝罪しながら、手紙の封を切って便せんを取り出した。そしてノエルにも見やすいように腰を屈めて読み進め――驚きに固まった。

最初こそ季節の挨拶で始まり、本の見どころなど書かれていたが、二枚目からは、最後に見たミリアからは想像もできないような悲痛な文面で、ゲームの中にいることへの不安、ロベール伯爵夫妻の正体を知ってから眠れないこと、一向に覚醒しない聖女の力、寂しくて少しでもいいから日本の話をしたいこと――時系列も滅茶苦茶に、乱れた文字で綴《つづ》られていた。

（ミリア……笑顔だったのに、本当はここまで追い詰められてたんだ……。少しでも早く、何とか話だけでも聞いてあげないと……）

ミリアが生活しているのは、敵の本拠地とも言えるロベール伯爵家。婚約者であるレオナルドはアテにならず、心から信頼できる味方だっていない。不安なのは当然だろう。

最後には今日の深夜、こっそり屋敷を抜け出して祈りの間を訪ねるから扉を開けてほしい——と、体裁すら整っていない素直な子供のような文章で書かれていて、ぎゅっと唇を噛み締める。

ぐっと便せんを強く握りしめた拍子に落ちた影に、エライザははっとして一緒に見ていたノエルの顔を見た。今、祈りの間の結界はノエルが施している。ここで一緒に手紙を読まなかったにせよ、ミリアが夜、訪ねてきたらすぐ彼には伝わっていただろう。

エライザ同様乱れた文面に驚いたように無言になったノエルは、難しい顔をして便せんをじっと見つめている。

「ノエル君……駄目、かな」

エライザはおそるおそる尋ねてみた。

「……アレクシス様がいれば即座に却下されるでしょうが……幸か不幸かいらっしゃらないこの状態なのが迷うところですね。会わせることは可能ではあるんですが……」

「……どっちにしろこの文面だと、今日訪ねてくるよね？」

屋敷を抜け出してくると書いているなら、きっと一人だろう。思い詰めたミリアが追い返されるのを想像するだけでも胸が痛む。

「……そうですね。それにとても切羽詰まってるように見えます」

痛々しそうに唇を噛んだノエルが、ミリアに良い印象を持っていることは、普段のお喋りからもよく分かる。そもそもアレクシス以外の神官もみんな、ミリアに好意的だった。愛らしい外見は勿論、常に誰かを気遣っている様子を見れば、嫌いになれる人間がいるわけがない。アレクシスがミリアのことを苦手に思うのは、きっとエライザが処刑される原因になった相手だからだと今なら分かる。自分だって逆の立場だったら近づけたいとは思わないかもしれない。

「……でも、今晩ってことは神官長がいないのを知っていたんでしょうか？」

「そんなことないと思う。だって誰にも出発は知られてない筈だし、こうして神官長に扮したノエル君がいるんだよ。昨日も今日も朝の挨拶の時にみんなの前に姿を見せたし、偽者なんて分かるわけないと思う」

実際ミリアがアレクシスに会ったのは、たったの二回だ。年単位で毎日見ている神官達が分からないのに、判別できる筈がない。

「……そうですよね。つまりアレクシス様に見つかって追い出されるかもしれないけど、万が一にかけても、二人きりで話したかったたってことでしょうか」

ノエルの神妙な言葉に、エライザはいてもたってもいられず、勢いよく頭を下げた。

「……っお願い、ノエル君！　少しの時間だけでいいからミリアに会わせてほしい！」

エライザは頭を下げたまま必死に懇願する。

そしていつまでも顔を上げないエライザに、ノエルは根負けしたようで、小さな声で「結界を解いておきます」と、苦笑し頷いたのだった。


そしてつつがなく午後の参拝も終了し、日付が変わろうとする真夜中――。

エライザは少し後悔していた。あれからノエルはどうせ来るならお迎えしましょう、と自らミリアが入ってきそうな場所にあらかじめ張り込みし、誰にも見つからないよう祈りの間まで連れてくる役まで請け負ってくれたからだ。

そう、結果的に自分の我儘に言い訳もできないくらいにノエルを深く巻き込んでしまった。

けれど、あの追い詰められたような文面を見てしまえば、ほうっておくことはできない。同郷の年下の女の子がこんなに悩んでいる。しかもその半分以上が自分のせいなのだ。

――あの時、エライザがゲーム通りに処刑されていたら、ミリアだって記憶を取り戻すことなく、聖女として覚醒し、王太子であるレオナルドと共に正しく愛を育んで、やってくる困難に二人で立ち向かっていたかもしれない。少なくともレオナルドはエライザを再び気にかけることにはならなかった。

(私さえ、いなければ……)

ふとそう思って、すっと背中が寒くなった。死ぬことが役目のような中途半端な悪役令嬢だった自分の幸せが、ミリアの不幸の上に成り立っていたような気さえしてくる。それくらいミリアが書いた文字は苦しげで、痛ましかった。

エライザが何度目かの溜息をついた時、祈りの間にノックの音が響いた。

「エライザ様。ノエルです。ミリア様をお連れしました」

エライザはすぐに扉に駆け寄り、扉を開く。

そこにはノエルと、彼とよく似た神官服を着て、フードを被ったミリアが立っていた。

「いいですか。二時間だけこの部屋の結果を解いておきます。――すぐそこの執務室にアレクシス様がいらっしゃいますから、声の大きさには気をつけてくださいね」

念の為だろう、神妙な顔をして嘯《うそぶ》いたノエルに、ミリアは素直に「気をつけます」と頷く。

ノエルはそれを見て頷くと「聞かれたくないこともあるでしょうから、少しだけ離れていますね」と、部屋の扉を閉めて出ていった。祈りの間にはエライザとミリアが残る。

ミリアの額に汗が浮いているのを見て、エライザは部屋に置いてある水差しの存在を思い出した。お供えのひとつとして用意してくれているものだが、朝昼晩と取り換えてくれている。エライザも落ち着きたい時に口にしているので、誰が飲んでも支障はない。

少し重い水差しを慎重に傾けていると、ミリアが近づいてきた。コップを差し出すと「ありがとうございます」と受け取り、フードを後ろへ下ろした。

「はぁ……すごく緊張しました！　でもミッションインポッシブルです！」

胸を張って古い洋画の名前を強調してそう言ったミリアに、エライザは懐かしさを覚える。そんなエライザの表情を見て、ミリアはふふっと花のように笑った。

「あ、知ってました？　お姉ちゃんが好きだったんですよ。主演俳優さん」

そして続けられた名前は有名ハリウッドスターだ。この世界では彼女と自分しか知らない名前。

「懐かし……」

「こっちだと名前はともかく、姓も聞いたことないですよね」

ぽんぽんと打てば返ってくる、同性ならではの気安い共感すら懐かしくて楽しい。そう、自分はこんな他愛《たわい》もない会話をしたかったのだ。どうして許されなかったのか、ほんの少しだけアレクシスを恨みそうになってしまう。

（本当に……ミリアのどこが気に入らないんだろう）

改めてそう思い、二人は棺に一番近い木の長椅子に腰を下ろし、自然と膝を突き合わせた。ここに来た本題に触れないまま、いや、お互いこの空気を壊したくなくて避けたのかもしれない。二人とも溜《た》まったものを吐き出すように楽しいだけのお喋りに夢中になる。

前世も含めて改めて自己紹介すれば、彼女が亡くなったのはまだ高校生になったばかりの時。西暦で確認してみれば、ミリアの方がエライザよりも二年後に死んだということは分かった。ミリアは心臓の病気だったらしく、エライザも自分は通り魔に刺されて死んだらしいことをなるべく明るく話せば、まるで自分のことのように唇を噛んで労ってくれた。

そして一番大事だろうこれからのことをすり合わせするべく、ゲームの話題を持ち出せば、本編のアップデートはエライザが死んでからも一切なく、そのままサービス終了してしまったらしい。人気のなくなったソシャゲの宿命と言えど、熱心なファンだった身としては寂しい限りである。

「そっかぁ。じゃあ、あのゲーム本編はあれで終わりだったんだね」

「はい。神官長様のルートは絶対あると思ってたんですけどねぇ」

「ホントそれ。まぁ二次創作で満足しちゃった感はあるけど、やっぱり本編は見たかったなぁ」

「私、すごく優しい人だと思ってたから、会って会話したらすごくクールでびっくりしました。エライザ様に教えてもらってなかったら偽者かと思ったかもしれません……」

「あ、でも優しいところもあるよ。すっごく分かり辛いけど！」

咄嗟に入れてしまったフォローに、ミリアの長い睫毛がぱちぱちと瞬く。そして彼女にしては珍しい年相応の笑みを浮かべた。

「あの、もしかしてエライザ様って神官長様のこと……」

「……う、うん……え、なんで分かったの……？」

「だって表情が全然違いますよ。すごく嬉しそう」

その言葉にエライザは顔を両手で覆い、むにむにと揉む。今すぐ鏡が欲しい。もしかしてアレクシスの前でも、そんな一目で分かるような顔をしていたらどうしよう。

（いや、それはそれでいいんだけど……あ！）

「あのさ、だからじゃないけど！　私レオナルドと結婚したいとか思ってないし、可能性もゼロだから！　……レオナルドも最近やたら私に構ってはいるけど、それは悲劇のヒーロー……じゃなくて、世論に流されて血迷ってるだけだから安心してほしい！」

ミリアの前では悪口にしか聞こえない言葉を慌てて言い換えて、力強く宣言する。それはずっと伝えたかったことだった。好きな人――しかも婚約者のそんな不誠実な行動なんて、見るのも聞くのも悲しいだろうし、不安な筈だ。

（本当はもっといい人がいるんじゃない？　って説得したいけど……好きな気持ちは止められないのは痛いほど知ってるし、ゲーム通りレオナルドが改心するなら素敵な恋人同士になる筈だし……）

「……そうなんですよねぇ」

少し間を置いて低く小さな声が祈りの間に響いた。

つい先程までの弾むような明るいものではない。顔を上げればミリアは唇に拳を置き、ぽつぽつと言葉を続けた。

「おかしいんですよ」

すっと床を睨むように伏せた睫毛が暗い影を作る。明るく朗らかな雰囲気は一瞬にして消え去り、空気が凍った気がした。

「……エライザ様なんて所詮、悪役令嬢でも下の下のモブなんですよ。どうしてレオナルドが血迷ってるのかすら理解できません。だからいちいち上から目線で教えてくれなくていいんですよ。──モブのくせに、何調子乗ってるんですか？」

「──え？」

淡々と詰《なじ》る声に、思わず耳を疑い返事が遅れた。

当のミリアはそんなエライザを置き去りにふいっと視線を上げ、壁にかけてある時計を見上げた。

「もう、そろそろかな？」

そう呟き、エライザへと視線を合わせたミリアの顔には、いつもと変わらない微笑みが浮かんでいた。異様な雰囲気に呑まれて、ぞわりと肌が粟立つ。

「ねぇ、エライザ様。――あの時、どうしてちゃんと処刑されてくれなかったんですか？」

一瞬、息が止まった。

「どういう、意味……？」

「分からないんですか？　本当に？」

そう問われてエライザは思わず口元を覆う。

ミリアの瞳には、今までどこに隠していたのか不思議に思えるほどに、ありありと敵対心が浮かんでいた。

「エライザ様が死んでくれてたら、みんな幸せに暮らせたのに。……最後にしぶとく予言やら、聖女になるやら……本当余計なことばかりするから、話がややこしくなって、可哀想にレオナルドは勿論、フェリックスもロバートもおかしくなっちゃったんですよ」

フェリックスは宰相の息子、ロバートは王太子の護衛騎士で攻略対象でもある。以前レオナルドと共に来て謝罪をしてくれた二人だ。

「……おかしいって……」

喘ぐように掠れた声で尋ねると、ミリアはお芝居のように大袈裟《おおげさ》に肩を竦めてみせた。

「エライザ様が処刑される予定だったあの日までは、みんな優しくって何でも私の願い事を叶えてくれたのに、ロバートは避けるし、フェリックスは今まで笑って許してくれたこともお説教してきたり……。本当に鬱陶しいったら」

呆然とするエライザの目の前で、彼女は今までの鬱屈を晴らすように喋り続けた。

「ねぇ、エライザ様。エライザ様は随分気にされてたみたいだし、みんな私のこと可哀想って思ってくれるから黙ってたんですけど、私、別にレオナルドのこと好きじゃないんです。まぁ、顔は一番好みですけど」

吐き出された言葉が意外で、エライザは思わず耳を疑った。

「……じゃあ、どうしてレオナルドを選んだの？」

「んー……レオナルドを選んだのはやっぱり王道でしたし、王妃って肩書は魅力的じゃないですか？　どのみち王妃になっても、側近のあの二人はちやほやしてくれますし」

「……そんなことで？」

思わず零れた言葉はしっかりとミリアの耳に入ってしまったらしい。彼女は器用に片眉を吊り上げた。しかしすぐにぱっと表情を変える。

「そうそう、エライザ様。実はさっきしたゲームの話、私嘘をついたんです。本当はエライザ様が死んでしばらくしてから大型アップデートがあって、攻略対象が増えたんですよ。エライザ様の知らない他国の王子様達、それに――アレクシスとノエル」

「……え？」

今度こそ言葉を失った。アップデート？　攻略対象が増えた？　アレクシスとノエルまでもが攻略対象なんて、まさか、そんな。

「最初に会った時に、エライザ様、アレクシスが二次創作と違って性格に難があるって私に教えてくれたでしょう？　その時すぐにゲームの一部しか知らないんだ、って気づいたんです。……だから全部プレイした私は、最初からアレクシスの性格が悪いことなんて知ってましたよ。まぁ、アレクシスはアレだし、好みじゃないんですけど。ふふっ……でもまぁ一応攻略はしましたけどね？」

意味深に強調された『アレ』に引っかかるものの、それ以外にも与えられた情報が多すぎて、理解が追いつかない。

いやそれより、どうしてミリアは突然こんなことを話しだしたのだろう。エライザが変えた未来を糾弾したり、追い詰めたいと思うなら、わざわざこんな夜中ではなく、昼間に堂々と多くの人々の前でエライザの今の状態を暴露し、騒ぎを起こすだけで事足りるだろうに。

「そうだ。勿論アレクシスがここにいないのも当然知ってますから、騒いだりしないでくださいね。一応ノエルのルートもプレイしてますから、アレクシスが長期で不在の時はあの子が姿を変えて代理を務めることも分かってます。——で、彼らを見分ける方法がピアスの色でしたよね？　参拝者に紛れ込ませてる見張りが気づいて、今日は直接私が確かめにきました。どこに行ってるかは分からないけど、おそらく昨日から留守にしてるんでしょう？」

眩暈《めまい》がしてエライザの身体がふらつく。

「……私と二人きりになって、何がしたかったの？」

「もうすぐ分かりますよ。今、待ってるんです」

その言葉にエライザは嫌な予感がして扉へと向かう。しかしそれよりも早くミリアがエライザの腕を掴んだ。振り払うこともできない強い力にぎょっとした瞬間、ミリアの手からゆっくりと何かが流れ込んでくる。

握りしめられた手から、徐々に身体が薄くなっていることに気づいた時には、世界が反転したように視界が変わった。

硝子越しの見慣れた天井。間違いなく『再生の棺』の中だ。

いつものように起き上がることもできず、指一本動かせない。最初にアレクシスに起こされた時と同じ状況だ。

ミリアはまだ聖女の力に覚醒していないし、魔法だって使えない筈だ。アレクシスはこれを古い魔法だと言っていて、魔力が高いと言われているノエルですら使えないらしく「アレクシス様は特別ですから」と誇らしげに語っていたことを思い出す。

(まさか……聖女の力?)

ミリアは『再生の棺』の前に立ちエライザの顔を覗き込む。そしてエライザの予想は当たった。

「エライザ様。私ね、実は三歳くらいの時に前世を思い出していて、同時に聖女の力も覚醒したんです。エライザ様を棺の中に戻すことができたのも、この力のおかげですね。聖女として覚醒していることを隠したのは、その方が都合がいいから——ってとこでしょうか」

『都合がいいって……』

よく分からない。戸惑うエライザに、ミリアは先程から変わらない笑顔のまま続けた。

「華々しく迎えられるならいいと思ってたんですけど、王都に来て改めて聖女の仕事の内容を調べたら、全然思っていたものじゃなくて。聖女として崇《あが》められるのは悪くないですけど、神殿の規則は厳しいし、週の半分も汚い孤児や浮浪者相手に奉仕活動するのも、レオナルドやアレクシスと野営するような魔物の討伐に行くのも、想像するだけでぞっとします。――だから最初から王太子の怪我も無視するつもりでした。あんなの掠り傷じゃないですか。治癒能力ってすごく疲れるんですよ。そのくせ自分の怪我や病気は治せないのも心配ですし」

散々近づくなと言われていたミリア。アレクシスはこんな彼女の正体をうすうす感じていたのだろうか。それをエライザは冷たい、と反論して怒鳴って拗ねた。どれだけアレクシスは苛立っただろう。

「ふふっ！　それにこれ以上無駄な特訓なんてして、アレクシスの側にいるのも嫌なんですよ。いくら綺麗だって言っても人外じゃないですか？　リアルでそんな得体の知れないものと、長い時間過ごすなんて気持ち悪くないですか？」

（は……ジンガイ……人外ってなに？）

確かにあの神がかった美貌は人ではないと言われた方が納得できるかもしれない。ここはファンタジーの世界で、人間以外の種族も勿論存在するけれど、見たことがない分考えたこともなかった。

黙り込んでしまったエライザに、ミリアは声を張り上げた。

「エルフですよ、エルフ！　今の姿は人間に擬態してるんです。ええっと、何だっけ……そう、この国って自然崇拝をモットーとする神殿の立場が低いでしょう？　今王も環境破壊とか気にせず、鉱脈を広げたり山を切り崩して農地を増やしたり……それが彼らの目に余ったみたいな理由で、アレクシスが神殿の復興と、王家に干渉できるだけの権力復帰の為にエルフの里から派遣されたんです」

最後はゆっくりと幼い子供に聞かせるように、丁寧に説明してくれる。

思いがけない――いや、全く想像もしていなかった神官長の正体に、エライザの頭の中はこれまで以上に混乱し、動揺した。

（エルフ？　嘘でしょ？　魔力が高いだけで……でも、よく悪態をつく時に、すぐ『人間は』なんて主語がついてた……それに瞳も、そうだ。あの不思議な色は……）

ミリアはエライザの顔をまじまじと見つめると、ぷっと噴き出した。

「何も言えないってことは、あれだけ仲良さそうなのに教えてもらってなかったんですね！」

ぐっと言葉に詰まる。何も言わないエライザにミリアは、滲んだ涙を拭う仕草までして見せた。

「あはは！　エライザ様はアレクシスのこと好きなのに残念～！　フラグ回収失敗、好感度ゼロっ！　バッドエンド直行ってことですね！」

まるで悪い夢を見ているようだ。狭い部屋にミリアの笑い声が響き、思考も身体もバラバラになっていく。

と、その時ノックもなく扉が開き、ノエルが慌ただしく入ってきた。

「エライザ様、ミリア様！　敷地内の林から火が出ています。ここは安全な場所ですから、このままここで待機していてください！」

棺に近づきながら慌てた様子で捲し立てる、が、ミリアだけがいることに目を丸くした。

「エライザ様？　どうして棺の中に……」

困惑するノエルにミリアは口を閉じ、無言のまま顔だけで笑う。そんな彼女にノエルは訝しげな表情を浮かべたものの、何かに気づいたようにぱっと振り返った。

そして扉を開けて堂々と入ってきたのは、黒ずくめの集団だった。

「どうして……」

驚きと焦燥感の入り交じった呟きが、静かな部屋に響く。エライザはまだ呆然としていたものの、黒ずくめの男が何か大きな袋を持ち上げたのを見て、はっと我に返った。『逃げて！』と叫んだ——が、同時に男達の手から茶色の水袋が掲げられ、大きな水音が上がった。

『きゃああ！』

エライザが悲鳴を上げたのはノエルにかけられたものが、真っ赤な液体だったからだ。ノエルは一瞬不思議そうに液体の伝った自分の手を持ち上げて凝視してから、ゆっくりと目を回し、その場に崩れ落ちた。

『ノエル君！』

「大丈夫ですよ。鹿の血をかけただけですから。それにしてもすごい効き目！　エルフは生き物の古い血が苦手なんですって。これもゲームの設定なんですけど、前世を思い出した時にちゃんと書き留めておいてよかったです」

『ノエル君も……エルフ、なの？』

「ああ、もしかしてそれも知らなかったんですか？　そもそも遠縁だって聞いていたでしょう？北部の守り神ウイルソン家が王都に来ないのもエルフの血が入っていて、当主一家の老化が遅いせいなんですよ」

　ガンガンと頭がどこかに打ちつけられているように痛む。

（……落ち着け。ミリアが言ってることは多分嘘じゃない。裏を返せば、今すぐ命がなくなるような危険はない、ってことだ）

　祈るような気持ちでそう自分に言い聞かせたのと同時に、ミリアが男達に向かって言い放った言葉に耳を疑った。

「倒れる時に傷はつかなかったかしら。駄目じゃない。ロベール伯爵からの命令だったでしょ？　エルフは多少人間の血が混ざっていても高く売れるんだから丁重に扱えって」

『売る……？　……何てことを、考えるの……』

「あら？　エライザ様のご両親も奴隷商のお仕事してたでしょう？　同じ穴の貉《むじな》じゃないですか」

「――――！」

　ミリアの言葉は耳を塞ぎたくなるようなものばかりだ。両親の過ちは、ゲームの設定だからと考えないようにしていた。けれどそれは本当に正しかったのだろうか。

　見方を変えればミリアと同じ。自分に都合のいいように考えていただけなのかもしれない。

「――お嬢様。カジノの債務者達を焚《た》きつけ、救護院の方へ誘導しました。林にも火をつけましたので早く移動を」

　黒ずくめの集団をかきわけ前に出た男が、ミリアにそう報告する。神殿に伯爵夫妻が来た時に一緒にいた侍従だ。潰れたようなしわがれた声は間違いない。ミリアも頷きドレスの裾を翻す。

『ノエル君！』

ぐったりしているノエルの名前を叫ぶものの、覆い隠すように『再生の棺』に赤黒い布がかけられて、周囲が見えなくなってしまう。そのまま乱暴に持ち上げられ驚く一方で、チャンスだと思った。部屋の結界とは違い、『再生の棺』の管轄はアレクシスだ。以前レオナルドに触れられた時同様、すぐに彼に異変は伝わる筈である。しかしそんな小さな希望も見逃すことなく、ミリアはいっそ優しいほどの声で囁いた。

「『再生の棺』は安全だと思いましたか？　さっきノエルを失神させたのと同じ手ですよ。エルフの身体には神聖なマナが流れていて、こうして汚《けが》れた古い血に染まった布で覆ってしまえば、気配は辿れなくなってしまうんです。『エルフの本能が探ることを嫌がるのかもしれません』って、ゲームの中のアレクシスが教えてくれたんですよ」

布越しに聞こえてくる説明に絶望する。アレクシスはこの真っ赤な部屋を見て、どんなに大きな衝撃を受けるだろう。

（……ミリアを引き入れたのは私だ。せめてノエル君だけでも助けなくちゃ……）

そしてエライザはノエルと共に『再生の棺』ごと、誘拐されてしまったのだった。

＊

少し時間は遡り――大量の魔力を使う移動魔法を使った後にもかかわらず、アレクシスはセディーム辺境伯の屋敷の一室で、辺境伯本人と二人きりで机を挟み、顔を突き合わせていた。

セディーム辺境伯は半年前の老議会で会った時と変わらず、髪や髭は真っ白なものの、眼光鋭く、馬を操り自ら警備隊の先頭を駆るほど剛健で、武人らしい体軀《たいく》を保っている。

先触れすらしなかったアレクシス単身の訪問に、一瞬驚いた顔をしたものの、使用人達を口止めし、玄関から自ら部屋に招き入れてくれた。

どうやって来たのかと問い詰められると思っていたし、自分の正体を明かしてもいいと思っていたが、意外にも辺境伯はそこに触れず、ソファを勧めて早々に『相談事』について切り出した。

その結果辺境伯の手には既に、アレクシスが秘密裏に入手したロベール商会が輸入した魔物のリストがある。商会印やサインが入っていないので、確固とした証拠にはならないが、仲間となる辺境伯への資料としてなら、十二分にその力を発揮してくれる筈だ。

「確かに突然この地に現れた魔物と同じだな」

低く掠れた声でそう言い、リストを指で弾《はじ》く。声には嫌悪が交じり、剛腕には血管が浮いていた。

そしておもむろにセディーム辺境伯は、わざわざ神官長をここまで呼び出した理由を切り出した。

――レオナルドが仕留めた魔物は、そもそもこの地には生息しない筈の南の国にいる種であることから、討伐当初より違和感を覚えていたらしい。その後レオナルドを見送った辺境伯は、わざわざ森に残っていた魔物の死体を回収し、解剖したそうだ。

「これが魔物の胃の中に残っていた。よく見てもらえれば分かるが、ロベール伯爵の商会印が刻印されている」

そう言うと、テーブルの上に胸ポケットから取り出した鉄の指輪を、ことりと置く。アレクシスは一度断り、摘まみ上げて目を細めた。

「身分証明の為に使用人達に配られるものですね。確かにロベール商会の刻印がある。

確かにロベール伯爵の関係者がその魔物と関わったという証拠の一つにはなるでしょうね」

「まぁ、あの男のことだ。盗まれたとでも言い出すだろうが、狡猾《こうかつ》な奴には小さな証拠品を積み重ねていく方が確実だ。偶然も重なり続ければ言い逃れも難しくなってくる。ついでにもう一つ、関所の記録を調べていたら、魔物が現れた少し前に牛を乗せた馬車が三台通っていた。しかし納入先として届けられた牧場に人をやって確認してみれば、領外の牧場から購入したのは一頭だけだという」

「それに魔物が乗っていたということでしょうか」

「ああ、それに加え、そもそも狩猟の季節でもないのに、レオナルド王太子殿下が偶然この地へ狩りに来ていたのも怪しいと思わないか」

「ええ、大いに。しかしレオナルド王太子殿下がロベール伯爵の力を借りて自作自演した……というよりは、ロベール伯爵が今王を唆し、起こした騒動ではないでしょうか?」

レオナルドは見目良く剣術も優秀だが、国政の方はそれほど熱心ではない。それを知る一部の貴族、そして民衆もたまに街に下りては暴君ぶりを発揮するレオナルドに対して、いい印象を持っていなかった。今王がレオナルドを溺愛しているのは有名な話で、支持を増やす人気取りの話題として、魔物退治はまさにうってつけだろう。

「……何故そう思う？」

「レオナルド王太子殿下は自信家ですしプライドも高い。彼がこの計画を知っていたら拒否したと思います」

「魔物を取り零すような実力など、たかが知れておるがな」

セディーム辺境伯のレオナルドの評価は予想していた以上に辛い。実際一緒に討伐に向かった以上、その采配に思うところがあったのだろう。

「うちの領地を選んだのは、広く人目もない森があったからか。――ああ、分かった。それに寒冷地で、元々温かい南に生息する魔物が暮らせる環境ではない。生きていくには寒く、レオナルド王太子殿下が怪我をすることなく討伐できる程度に弱らせるのにも、ちょうどよかったのだろう」

アレクシスは知識豊富で頭の回転の速いセディーム辺境伯に感心し、頷いた。

「そう考えるのが妥当ですね。それにカジノ建設に反対した恨みもあったかと思われます。反対したのは手を出せない北のウイルソン家と神殿、そしてセディーム辺境伯だけでしたから」

お互いの情報を全て晒し、出た結論に、セディーム辺境伯はソファに深く背中を預けた。

いつも背筋を伸ばしているだろう彼らしからぬ様子で、深い溜息をつく。

「では、証拠品の指輪は貴殿に預けよう。ちなみに魔物解剖には老議会のメンバーではない第三者である隣の領地のノーデン伯爵にも立ち合ってもらい、証明書も用意してある。勿論関所の記録も持っていって構わん」

「素晴らしい采配です。――では、この指輪を含めて証拠品はしっかりお預かり致します。――先の騒動で亡くなった領民が心残りなく自然に還り、また巡り合えるよう、ロベール伯爵には相応しい罰を受けさせます」

アレクシスはまっすぐにセディーム辺境伯を見つめ、そう誓う。

ゆっくりと顔を上げたセディーム辺境伯は、目頭を一度揉むと悼むように静かな声を漏らした。

「ああ。突然魔物が現れて亡くなった者には、古くからの知り合いもいた。是非そうしてくれ。どちらにせよ貴殿が倒れたら次は私だ。協力は惜しまない」

そんな心強い言葉と証拠を手に入れ、アレクシスはしっかりと深く頷いた。

――そして、その日は魔力を回復させる為に屋敷に滞在させてもらい、次の日の朝、辺境伯が目覚めるのを待って挨拶を済ませ、アレクシスは屋敷を出た。

慌ただしかったが、しっかり睡眠を取ったのでそこまで疲労は残ってはおらず、瞬間移動するところを見られないよう、目立たない場所に移動する。辺境の地は四季があり、それを証明するように緑豊かな森がある。自然の精気を取り込む為にも、アレクシスは森に分け入り、ほどよい場所で立ち止まり、深く息を吸った。

これだけ証拠を揃えれば、ロベール伯爵も言い逃れはできないだろう。王族との繋がりを示すものはまだないが、我が身可愛さに今王との繋がりを口にするかもしれない。それに狡猾で周到な彼ならば、保険として今王との取引の証拠を残している可能性も高い。

エライザの不当裁判の件で、民衆の手前、王族に甘い裁判官を置くことはできないだろうし、次代の王となる王弟カミロは既に説得を終えている。うまくいけば今王を退位させ、辺境伯もカミロの後見人の一人になると約束してくれたので、問題なく新しい王として擁立できるだろう。

(ようやく決着がつくのか)

そう心の中で呟けば、一番に頭に浮かんだのがエライザだったのは、最後に屋敷の裏門まで見送ってくれたセディーム辺境伯の言葉があったからかもしれない。

『エライザ嬢が目覚めたらよろしく伝えてくれぬか。……すぐにでも自分は処刑されるあの状態で、咄嗟に友を思いやれるなんて、よほど綺麗な心の持ち主なのだろう。彼女にも何か困ったことがあれば力になると伝えてくれ。うちの領民の恩人でもあるからな』

目を細め、ごつごつとした武人らしい手で握手を求めてきた。

――そう、エライザはミリアよりもはるかに聖女らしい純粋さを持っている。人間嫌いで偏屈な自覚がある自分がずっと側にいたいと思うくらいなのだから、他人にとってもそうなのだろう。しかしそのせいで余計な人間が虫のように寄ってくるのはいただけない。ミリアや彼女の友人達、度々名前が挙がるキース・カントとかいう幼馴染もそうだ。

(……そう、全てが終わったら、神殿を去ればいい)

そう心の中で呟き、描いていた未来に想いを馳《は》せる。

エライザは最初から聖女と騙《かた》ることを嫌がっていた。追い出されたら行くところがないと最初は神殿に留まることを希望したが、謝罪金の話が出た時の表情を見れば、すぐにでも神殿から出ていこうと考えていることが、分かりやすく顔に出ていた。

しかし、あの時とは違い、アレクシスはもうエライザを一人で神殿から出すつもりはない。

（この国に来て五年……今回の騒ぎが終わって、王族と神殿の権力を平衡状態にまで回復させる道筋はできている。ならば私の仕事も終了といっていい筈だ）

神殿を出ていくエライザを丸め込み、自分が同行してもいいのではないだろうか。次の神官長はノエルに任せれば間違いないし、本来エルフは村に隠れ住んでいるものの、自由を奪われているわけではない。世界を知る為に旅に出たり、運命の相手を見つけ、外に永住したりと、ノエルの家の初代伯爵のように伴侶の為に貴族籍を持ち、国に根づく者もいる。アレクシスは子供の頃こそ魔力の暴走で村の外れに置かれていたが、今はもう完全にコントロールすることができるので、制限がかかることもないだろう。

（反対されても、伴侶を見つけた、と言えば、暴走を恐れて何も言ってこないだろう）

そう思って思わず熱くなった頬を撫でる。

エルフはいっけん冷酷だと言われるが、自分が運命の相手だと定めた伴侶には、とことん深い愛情を注ぎ、暴走する者も出るほどだ。里にいた時は、たまに出逢う夫婦のお互いの独占欲に呆れたものだが、今はその気持ちが痛いほど分かった。勿論エライザはそんなアレクシスの気持ちなど知らない。なのに心は一足飛びならぬ三足も四足も飛んだ。

（できるならすぐに応えてもらいたいものだが……。夫婦になって契り合いさえすれば、彼女のあの脆弱な身体を強くすることができるというのに……）

そうすれば、常にアレクシスの胸に巣食う『エライザがいつ倒れるか分からない』不安も、少しはマシになるだろう。けれどそれ以前に一つ大きな懸念もあった。

アレクシスが人間ではなくエルフであることを彼女がどう受け止めるか——不安があった。存在は認知されているとはいえ、人間達にとって異質であることは確かで、特にアレクシスはエルフの中でも『化け物』と呼ばれたことがあるほど、畏怖と脅威の象徴でもあった。

ふっと嫌な記憶が蘇って、振り払うように首を振ると、無性にエライザの顔を見たくなった。

そして森の中で移動魔法を使い、何度か休憩を挟んで魔力を回復させ、目立たない王都の端に移動した時には、既に夜も更けていた。魔力の消費量を確認し、路地裏に入って再び神殿の裏庭へと飛ぶ。

そうして神殿の裏庭の木陰に降り立てば、いつになく空気が淀んでいた。

「……？」

フードを下ろし、視界を広げて周囲を見渡す。

たくさんの悲鳴と慌ただしい足音。喉に刺さる焦げた匂いは何かが燃えていることを知らしめた。

(——火事？　ノエルがいるというのに？)

素早く通信用の魔石を取り出し、魔力を注いで連絡を取るが一向に応答がない。

ありえない。ノエルが自分からの連絡を無視するわけがないし、何より火事なんて神殿で起ころうものなら、真っ先に連絡がきている筈だ。

(なんだ。何が起こっている……!?)

目を凝らせば、人々が遠巻きに見つめるその先は拝殿ではない。その奥から火が上がっている。あそこは救護院に続く林だろうか。

神官達が必死で消火活動する中、その内の一人を捕まえ「エライザ嬢は、ノエルはどこにいるのですか！」と怒鳴るように尋ねた。

「――神官長様⁉ ああ、よかった。ご無事だったんですね。お姿が見えなかったので、火事に巻き込まれたのかと」

顔を煤《すす》で真っ黒にさせた神官がそう言い、ほっとしたように安堵の息を吐く。しかしすぐに報告を続けた。

「林と救護院の建物の一部が焼けましたが、中の母親や子供達は無事です！　彼女達の夫だと名乗る男達の集団が急にやってきて『嫁や子供を返せ』と暴れて、林の一部に火をつけたようですが、既に鎮火していて、今は煙を吸った者を救護しているところです！」

今救護院にいるのは、件のカジノで追われた家族や、ギャンブルに嵌った主人や夫の暴力から逃げてきた女子供が多い。そのせいで父親や関係者が来たのは初めてではないが、集団で徒党を組みやってきたのは初めてだった。

（ロベール伯爵の仕業か……！　何故、私が留守にしていることが分かった？）

「引き続き消火活動を。――本殿には誰が行っていますか？」

「ノエル様です。一人で大丈夫だからと仰って……」

神官達にここをまかせ、アレクシスは本殿に目を向ける。自分の次に魔力が高いノエルが一人で本殿に向かっても不思議ではない。たとえ火が回っても結界によって祈りの間は安全だが、意識体であるエライザが混乱しないようにきっと説明に向かってくれたのだろう。

ローブを翻し拝殿の裏に回って、躊躇なく本殿の祈りの間に移動する。魔力の枯渇で酷い頭痛がしたが、一秒たりとも無駄にしたくなかった。

そして祈りの間に降り立ち、目を開けるよりも先に、獣臭さと鉄の匂いにぐっと吐き気が込み上げた。反射的に手で口元を覆い目を開け、アレクシスは絶句した。

（……何があった）

荒らされた室内。木の長椅子と大理石の床には生臭い血がまき散らされ、今も乾くことなく、黒く染み込んでいく。足元にはノエルがいた気配がかろうじて残っているが、唐突に消えているのは、この獣の血のせいだろう。

（エルフが古い血が苦手だと知っている者がいる？　ありえない……ずっと秘匿されてきた情報だというのに）

アレクシスはぐっと奥歯を噛み締め、ゆっくりと顔を上げた。視線の先は祈りの間の上座。いつもならば『再生の棺』が安置されているその場所には――予想していた通り、何もなかった。

ともすれば倒れそうな重い身体を引きずり、アレクシスは棺のあった場所へ駆け寄る。ここにも獣の血の匂いがしたが、先程よりも幾分ましだった。しかし代わりに襲ってきたのは、エライザを失うかもしれないという、息が止まりそうなほどの恐怖心だった。

『再生の棺』ごと誘拐されたのなら、エライザに命の危険はない。どうやったってエライザの身体が治るまで『再生の棺』の蓋は開くことはないし、エライザの目覚めるという意志も必要だ。

僅かばかりの安堵を覚えたが、ノエルが誘拐されたことも気になる。何より誘拐犯はエルフが苦手だとする古い血を用意してきたのだ。ノエルがエルフの子孫だと一体どこでバレたのか。

（エルフに精通している……いや全てを知っている者がロベール伯爵の側にいる……。棺に対しても興味を持っていたし、魔物の密輸売買をしていることを考えれば、人身売買もありえる）

確かエルフも高額で取引される筈だ。ノエルは突然先祖返りした個体になり、ほぼエルフだと言ってもいい潜在能力を秘めている。

ぎりっと奥歯を噛み締めると、祈りの間の痕跡を徹底的に追う。証拠らしい証拠がなく、この部屋には日中、多数の人間が出入りしているので気配も雑多で判別しにくいことも仇《あだ》になった。

集中しようとすると、血の匂いが鼻に纏わりつく。アレクシスはぐっと目を閉じ、唇を噛み締め、一度外に出た。

『再生の棺』は装飾も豪華なことから、かなりの重量がある。中に人間が入っているなら尚更。拝殿へ移動させる時も複数の神官で運んでいた。そんな人数が突然本殿に現れ、運んでいったとしたら騒ぎになるだろう。何より結界に引っかからなかったのもおかしい。

（――救護院に火を放ったのはそのせいか！）

救護院とは真逆の方向に裏門がある。お忍びで来る貴族の為のもので、人目につかないような場所にあった。目撃者を探そうにも、神官達は消火の為に救護院に集まっている。

目の前が真っ暗になり、足元すらおぼつかなくなったその瞬間、微かな『再生の棺』の気配を感じた。交じり合うのは汚れた血、しかし、その奥には甘いほど強く濃く香るエライザの血の匂いがあった。

「エライザ……！」

アレクシスはほぼ無意識に魔法を使い、緑の光を纏ってその場からかき消えた。

九

エライザが閉じ込められた『再生の棺』は、ノエルと共に猛スピードで走る馬車で運ばれ、どこかの地下へと運び込まれた。

最初こそ混乱していたエライザだったが、周囲が布ですっぽりと覆われていたおかげで、逆に落ち着きを取り戻すことができていた。聞き逃すものかと布越しに聞いた男達の会話や、遠くから聞こえる軽快な音楽、コインが擦れ落ちる派手な音から、ここが港町のカジノであることを確信する。

(……どうしてこんな目立つ場所に……)

床に置かれた感覚と同時に、覆われていた布が勢いよく剝ぎ取られる。

眩しさは感じないものの、覗き込んできたロベール伯爵の顔を見て嫌悪感と悔しさに唇を嚙む。

後ろから夫人の声も聞こえてきて、役者は全て揃っているのだと思い知った。

「ミリア。本当にエライザ様は意識があるの？」

「ええ。目を閉じてますけど見えている筈です。まぁ、さっきからだんまりですけどね」

首を竦めたミリアはエライザの棺に近づくと、トン、と指先で叩いた。

赤黒く汚れた棺に、指紋が花のように咲く。その向こうに見えるミリアは愛らしく微笑んだままだった。まだ悪い夢でも見ているような気がして、エライザは心の中でぶんぶん首を振った。

『……すぐ、神官長が来てくれます』

脅しと鎌をかける為にそう話せば、夫人とミリアは顔を見合わせて、くすりと笑った。どうやら今のエライザの声はミリアだけじゃなく第三者にも聞こえるらしい。

「あらあら、聖女様が嘘をつくなんて。神官長は遠くへお出かけしてるんでしょう？」

「ええ。彼は膨大な魔力を持っていますが、長距離移動でかなり消費します。ですから騒動の連絡がきたとしてもすぐに都に戻れるかどうか。それに動物達の死骸を壁に塗り込めたこの地下の存在をアレクシスは察知できません。勿論、ノエルも『再生の棺』も同様。痕跡や気配すら見つけられないでしょう」

ミリアが笑みを深くする。夫人に、というよりはエライザに聞かせるように話した内容は、ゾッとするものだった。

視界の端に映る天井と壁はのっぺりと灰色で塗られ、一部が黒く変色して奇妙な模様に見える。

エライザは込み上げてくる吐き気を堪えながら、生臭さを誤魔化すように、大量の香が焚かれ白く煙っている部屋を必死に見渡した。

（ノエル君は……いた！）

例の布の上で、真っ赤な身体がだらりと投げ出されているのが見えた。

（どうやってノエル君を助けたら……！）

エライザがミリアに騙された結果巻き込んでしまった優しいノエル。せめて彼だけでも助けたい。

「それにしてもよくやったわ。ミリア」

エライザの後悔をよそに伯爵夫妻と並んだミリアがおどけたように頭を下げた。

「お前が神殿に通うと言い出した時は、妙な罪悪感でいつレオナルド王太子殿下の婚約者候補を辞めると言い出すんじゃないかと心配していたが……よい義娘ができたものだ。ロベール伯爵家《ウチ》に幸福を運んでくれる幸運の鳥だな」

「普段からお世話になっておりますから、少しでも御恩をお返しできてよかったです」

「どんな傷でも治るのなら若返りや、死者の蘇生もできるかもしれない。美術品コレクターだけでなく各国の研究機関も欲するだろう。神官長め。こんな素晴らしい物を独り占めしようだなんて」

満足そうにミリアに頷きロベール伯爵は手袋を嵌めた手で、棺の表面をなぞる。いつかよりももっと露骨に値踏みし、感心したように何度も頷いた。

「ふむ……棺についている宝石だけでも相当なものだ。足がつかないように解体して国外に売っても手間賃以上の価格がつきそうだ」

「あら、それより暫くここに置いて、しっかり効果を確かめておいた方がいいわ。若返る噂が本当なら私も入ってみたいし。……勿論、大勢人体実験した後にね」

同じように棺を観察していた夫人は、棺の蓋を開けるように黒ずくめの男達に命令した。

しかし開けることはできず男達が少々乱暴に揺り動かすと、すぐにロベール伯爵の怒鳴り声が響いた。

「丁重に扱え。ミリア、中のエライザ嬢を出せないのか？　あと数日後には目覚めるとの話だが、このままにしておくのも危険だし、早めに処理しておく方がいい」

「おかしな趣味の好事家には、このままコレクションとして売れそうですけどね」

微笑を浮かべたままミリアはコツコツと踵を鳴らして近づき後ろを振り返ると、控えていた男達に声をかけた。

「持ってきて」

指示された男がノエルの腕を掴み、荒々しくミリアの隣にひきずった。

ノエルが纏う血の匂いに顔を顰めたミリアはノエルを立たせるように命令すると、男は後ろ襟を掴み直し、猫の子のようにぶら下げた。苦しげな呻き声がノエルの口から漏れる。

『ミリア！　ノエル君に酷いことしないで！』

「酷いこと？　ゲームをめちゃくちゃにしたくせに、よくそんなことが言えますね？　それに酷いことをさせるのは、私じゃなくてエライザ様ですよ」

そう言うと男に向って顎を向ける。すると男は銀色の刃を抜いて、項垂れたままのノエルの首にぴたりと当てた。

――銀色の刃。

至近距離で光る刃と細い首。

「いくら頑丈なエルフといっても首を刎ねられたら、死んじゃいますよね？　ねぇ、エライザ様、貴女を慕うノエルが可愛いなら自分から出てきてくださいな」

――首を刎ねられる。

ぐわんぐわんと頭の中に大きな鐘が鳴り響いて、目の前が真っ白になる。心臓の音がうるさくて、ミリアの声が遠い。

(駄目。息……空気、呼吸……嘘、なにも克服なんて、して、ない……)

——怖い、怖い。

荒い息が音になって漏れたのか、ミリアはノエルからエライザへと顔を向けた。ノエルの首元——刃とエライザを見て、まぁ、と口元に手をやる。

「エライザ様? もしかして刃物が怖いんですか?」

——返せるのは荒い息だけだった。

「ふふ、あはは! そうですよね! トラウマになっちゃいますよね!? だってギロチンで処刑されそうになっちゃったんだもの! 私だって過呼吸起こしちゃうかもしれないです。エライザ様、なんてお可哀想なの……」

(……何してるの私。訓練したじゃない、大丈夫って、大丈夫だって)

神官長が、と続けたその時、耳の奥に『大丈夫ですよ』と低く戸惑う優しい声が蘇った。細く冷たい手で撫でられた背中。落ちつかせようとする声。ナイフで切られた果物の甘さ。口に触れる細い指先。——静かに心臓が落ち着いてくるのが分かった。

けれどミリアは興奮したように別の男から小ぶりの細いナイフを借りると、面白そうにエライザの顔の正面、棺の蓋ぎりぎりまで切っ先を突きつけた。

小さく悲鳴を上げてしまったのは、尖った先端を突きつけられたら誰でも感じる恐怖心からだ。

（だ、大丈夫。大丈夫。怖くない）

しかしそれもミリアはトラウマからくるものだと思ったらしい。さも愉快そうに笑うと、ゆっくりとノエルの腕に刃を滑らせた。

『やめっ……っ！』

「じゃあ、起きてくださいよ、早く。ノエルが傷だらけになって観賞用として売れなくなっちゃったら、もっと酷い扱いを受けますよ？」

執拗《しつよう》にナイフをチラつかせ、ミリアが歪《いびつ》に口角を上げたその時、僅かにノエルの頭が動いた。

「エラ、イザ様……決して……そこから、出ないで……きっとアレクシス様、が……」

『ノエル君⁉』

「うるさい！」

初めてミリアが声を荒らげた。

「……本当、どいつもこいつもエライザ、エライザってうるさいのよ。このゲーム本当にバグだらけで最悪だわ」

最後はぽそりと小さな声で呟き、今度はノエルの力なく垂れ下がった細い腕に力任せにナイフを突き刺した。ノエルとエライザの悲鳴が再び響く。

「おいおい、あまりやりすぎないでくれよ。大事な商品なんだから」

そう注意しながらもロベール伯爵が動く気配はない。夫人と共にどこか面白そうにこちらを見ていて、全てミリアに任せるつもりらしい。

「あら、ごめんなさい、お義父様《とう》。ああ、そうだわ！　魔力を分けてあげましょう。その棺、回復装置ですもんね。ある程度は治ってないと出られないんでしたっけ？」

そう言いながら棺に手を掲げた。金色の光が帯となって身体に纏わりつき、何かが注がれる。生まれて初めて感じる感覚だった。

（これ魔力じゃない。聖女の治癒の力だ……）

同じ色の光に包まれるミリアは神々しく聖女そのものだった。悲しいくらいに美しい姿。この力は本来傷ついた人間に与えられるもの。――私じゃない。

（どうしてこの子が聖女なの。治すならナイフなんて下ろしてノエル君を治しなさいよ……）

その間も身体の感覚は戻っていき、自然と瞼が開いた。つっと涙が流れたのは、感情のせいか生理的なものか分からない。

けれど左手でナイフを弄んでいるミリアをじっと見つめ、これからどうするのが一番いいのか必死で頭を巡らせる。

するとロベール伯爵が近くにいるミリアに「怪我はしないでくれよ」とナイフの扱いを注意し、夫人も「そうよ。顔に怪我でもしたら大変だわ」と心配する素振りを見せた。

その様子を見て、彼らはエライザが思っている以上にミリアを大事に扱っていることに気づく。王太子に対する絶対的な手駒だからだろう。

（いっそ……ミリアこそ聖女だってロベール伯爵夫妻に言えば……？　ううん。それじゃますます彼らには好都合になる。それに……）

ここまで彼らをうまく利用し、騙し続けたミリアだ。とぼける筈だし、普通なら『奉仕活動をしたくない』なんてふざけた理由で、聖女という地位を放棄することを信じないだろう。彼らは権力こそ大事な貴族だから。

「ふぅ……これくらいでも大丈夫でしょ。とりあえず棺さえ開けばいいんだし……」

その間も身体の感覚は戻っていき、どくりと心臓が一際大きく動き出したような衝撃があった。

「エライザ様……早く起きてくださいな。棺の内側もしっかり見たいんです」

ロベール伯爵がそう急《せ》かしてくる一方で、ノエルが呻きながらも首を左右に振っている。額から血と汗が滴り落ちていて、これ以上見るに堪えない。

(考えろ、考えろ。自分のせいだって思うなら、ちゃんと責任取りなさいよ！　エライザ！)

そう自分を叱咤して、ミリアが手に持っているナイフに注目する。

きっと訓練された人間とは違って、完全に油断している彼女からなら、ナイフを奪うことはできる。

——ミリアを人質にすることができれば、ロベール伯爵と交渉ができるかもしれない。

エライザは今もまだ過呼吸を引きずっているふりをしながら、覚悟を決めた。棺の蓋に手を触れると、すっと蓋が浮いた。足元へとゆっくりずれていき、傾いた状態で止まる。

「おおっ不思議な仕組みだなぁ。やはりここに研究者を呼んでウチが研究するべきか。失われた古代技術がたくさん詰まっているに違いない」

興奮気味に早口になったロベール伯爵の声を聞きながら、エライザはゆっくり棺の縁に手をかけ、起き上がった。

妙に身体が重く感じるのは、今まで意識体だったからだろうか。そして鼻につくのは、一層きつくなった血と香の強い匂い。

注意深く部屋を観察すれば、構造上の問題か唯一、換気の為に鉄格子がはめられた細長い隙間が二つあった。だが身体が入るような大きさではなく、何より高い場所にある。

(あそこからは逃げられないけど……投げれば届く?)

はっと思いついて、すぐ側にある棺の蓋を横目で確認する。

目覚めた後の『再生の棺』の強度は、どのくらいになっているのだろうか。中身《エライザ》が入っている内は壊れることはないと言っていた。ならば、いなくなってしまえば、どうなるのだろう。

(割れる? その欠片か、壊れた細工の一部でも、あそこに投げ込めたら……)

『再生の棺』には、追跡魔法のようなものがついている。割れた棺の欠片がどこまでその能力を残しているのか分からないが——どっちにしろ、棺を出た自分に価値はない。破れかぶれでやってみる価値はある。

もしうまくいけば、アレクシスが察知して来てくれる筈。もうそれくらいしか思いつかない。

——まずは。

ミリアが満足げにこちらを見ていて、ロベール伯爵夫妻の位置もそのままだ。近くにはノエルを押さえている男が一人。

「さっさと出てきてください、エライザ様。それともエスコートが必要ですか?」

ミリアはいつまでも動かないエライザに焦れたらしい。手を差し出すようにナイフを持った手を突き出した。

(——今だ!)

ふらついたフリをしてミリアに身体を傾け、素早く手を動かしてミリアの腕を捻り、取り落としたナイフを摑む。

恐怖をねじ伏せ、しっかりと柄を摑み持ち上げる。思っていたよりもナイフは重かったが、そちらの方が都合がいい。

逃げようとしたミリアの手首をぎゅっと摑み、上にあげれば、痛みを避けようとしたミリアは自然にエライザに背中を向ける体勢になった。引き寄せ、ミリアの首にナイフを近づける。

「きゃあああっ! 腕が、いっ、いたぁい! 離して! 離してよぉ!」

捻られた腕に驚き、喚くミリア。近づこうとした男達とロベール伯爵夫妻にエライザは叫んだ。

「動かないで! ミリアの顔に傷をつけるわよ!」

レオナルドは面食いだ。ミリアの顔に傷がつけばどうなるかなんて分かりきっている。そもそも顔に傷のある王太子妃なんて王族も貴族も認めないだろう。ミリアも自分の傷は治せない。

エライザの言葉に今になってようやく状況に気づいたらしい。顔のすぐ側にあるナイフにミリアは目を剝くと、ひっと小さな悲鳴を上げ、必死で顔を引こうとした。

「や、やめて。エライザ様……そんなの痛いわ!」

無視して改めて手に力を込めると、意外なほどにミリアは大人しくなった。声も身体も震え、何度も鼻を啜る。先程まで傍若無人に振る舞っていたミリアとは別人のようで面食らった。

「お義父様、お義母様、た、助けて……」

しゃくり上げ、ぼろぼろと涙を流す様子は、まるで幼い子供のようだと思い、妙に納得した。

(……違う、この子はきっと本当に子供なんだ……)

ゲームだと思っているからこそ、自分の思い込みの上ならどんな残酷なこともできる。前世を思い出したのは小さい頃だと言っていた。それからずっと彼女は所詮ゲームの世界、自分の思い通りになる世界だと思い込み、亡くなった時のまま心の成長を止め、ミリアの人生を過ごしてしまったのだろうか。

――一瞬、同情しかけたエライザだったが、ノエルの呻き声にはっと我に返った。

背中で手首を捻られると動けば動くほど痛い。身を以《もっ》て経験したのだろう。ミリアは大人しい。

エライザは捻った手首をしっかり確保しつつ、今度は思い切りよくナイフの柄を棺に叩きつけた。

「きゃああ!」

「わああっ! なんてことを!」

がしゃん、っと呆気なく『再生の棺』の蓋が割れる。飛び散った硝子が腕を掠めたものの、気にする余裕なんてなかった。

素早く欠片をまとめて拾い、真横にある換気窓の向こうに投げる。力任せに握りしめたせいで手が切れて血が混じったのが気になったけれど、古い血ではないから大丈夫だろう。格子や壁に当たって跳ね返ってきた欠片もあったが、確実に窓の外に出た筈だ。

「何をしたんだ！」

顔色を失くしたロベール伯爵が駆け寄ってくる。

……正直『再生の棺』の欠片がどこまでその能力を発揮してくれるのか分からないが、エライザは、はったりを口にした。本気にしてくれたら幸いだった。

「逃げた方がいいんじゃないですか？　見たでしょう？『再生の棺』の欠片が、この気味の悪い部屋の『外』に出たところを」

ロベール伯爵夫妻が怯み、ミリアもはっとしたようにエライザを見る。

（この表情は、もしかして当たり――？）

そんな希望をおくびにも出さず、エライザは再びミリアの顔にナイフを近づけた。

「とりあえずノエル君を今すぐ離してください。今すぐにでも神官長が――」

エライザが言い終わるよりも早く、どん、と言葉の途中で爆発が起きた。

ノエルを拘束していた黒ずくめの男も、エライザが捕らえていたミリアも見えない力で弾き飛ばされる。しかしノエルとエライザは瞬時に緑の球体に包まれ、爆風や砂埃《すなぼこり》すら浴びることはなかった。

状況を理解する時間もなく、エライザはそのまま倒れ込むノエルを咄嗟に支えようとしたが、力が足りず一緒にしゃがみ込むことになった。

ふと影が差し、顔を上げる。途端、視界が涙で滲んだ。

「……神官長……！」

視線の先には——待ち望んでいたアレクシスの姿があった。フードは外れ、長い髪は乱れて、照明が消えてしまったせいか顔色が悪い。急いで駆けつけてくれたことは一目瞭然だった。どうやら破れかぶれのエライザの作戦は成功したらしい。

「——無事ですか」

耳慣れた声に頷いた拍子に涙が零れ落ちた。けれどノエルのことを思い出して、必死に説明する。

「血をかけられて、ずっとぐったりしてるんです！」

声も震えていたけれど、それでも伝わったらしく、アレクシスは無言のまま、さっと手を掲げた。

その手に吸い込まれるように、ノエルの肌や服から赤い染みが消えていく。

ぴくりと睫毛が動き、ゆっくりと瞼が押し開けられ、エライザを見るなり、ノエルは勢いよく起き上がった。

「エライザ様、無事で……っ」

「大丈夫……意識が戻ってよかった。神官長が助けに来てくれたから、もう大丈夫。——痛い？痛いよね？　止められなくて、迷惑かけて、ごめんね……っ」

傷をつけられた腕を撫でると、ノエルはふわりと微笑んでエライザの手首を逆手で握りしめた。

「それは僕のセリフです。大丈夫です掠り傷です。エルフの血が混ざってるんでアレクシス様ほどじゃなくても丈夫なんですよ。それより僕こそ足手纏いになって……申し訳ありませんでした」

「ノエル君は何も悪くないよ。ミリアに騙されて会いたいってお願いしたのは私だから」

そもそも、それが今回の騒ぎの元凶だ。

二人の会話は聞こえていただろう。責められるのを覚悟でアレクシスを再び見上げれば、表情のなかった顔が動く。すうっと滑るように自分が作った結界の中に入ってくると、エライザをじっと見つめてから、きゅっと唇を噛み締めた。無理やり怒った顔を作ったような表情は今にも泣きだしてしまいそうで、よほど心配させてしまったことが分かって、軽率だった自分の行動を後悔した。しかしそうして沈黙が落ちて数秒、おもむろに鼻を長く細い指できゅっと摘《つま》まれ、へ、と変な声が出てしまう。

何するんですか、とくぐもった声で尋ねた時には、アレクシスはいつもの表情に戻っていた。

「……約束を破ったことに対してはそれ相応の罰を受けてもらいます。しかしまぁ、結果は上々でしょう。証拠集めが無駄になったくらい派手な騒ぎを起こしてくれましたから」

「……アレクシス様。申し訳ありませんでした。全て僕の責任です。……エライザ様は今度こそしっかりお守りしますので、負担軽減の為にも、あちらに集中してください」

すっと立ち上がったノエルがパチン、と指を弾く。するとエライザ達を包んでいた透明の壁が二重になった。

アレクシスはそれを確かめてから、パチンと指を打つ。球体の色が薄くなりアレクシスが最初に張ってくれた方が消えたのだと分かる。ロベール伯爵夫妻のもとに向かうアレクシスの背中にこれ以上ない安心感を覚えて、今更ながら足が震えてきた。

（……良かったぁ……）

後はアレクシスがあの三人をどうするのか、最後まで見守らなければ。

「ミリア嬢、ロベール伯爵、夫人。貴方がたはもう終わりです。聖女と神官の誘拐、神具の盗難。もうすぐこの騒ぎを聞きつけた上のカジノ客や野次馬、勿論騎士団もやってきます。効力が消えるようにこの悪趣味な壁は半壊させてもらいましたが、それでも言い逃れできないでしょう。くわえて『再生の棺』が見るも無残な姿でこんなところにある。言い逃れなどできません」

（あ、それは私が……）

一瞬口を開いたものの、そっと振り返ったノエルに首を振られて、エライザは押し黙った。

「くそ……っお前達行け！　ここさえ逃げ切って国外に出れば何とか……」

ロベール伯爵が瓦礫《がれき》から逃れて指示すれば、男達は押し潰された仲間達を見て一瞬躊躇したものの、腰から剣を引き抜き、アレクシスに向かって一斉に飛びかかった。

視線すら動かさずアレクシスは右手を一閃《いっせん》させ、その全てを弾き飛ばす。ちょうど逃げようとしていた夫人を巻き込み、薙《な》ぎ倒した。

「痛いっ！　ちょっとおどきなさい！　あなた、助けてちょうだい……！」

投げられ唸る男達よりもはるかに元気な声でそう喚いた夫人が、ロベール伯爵に向かって手を伸ばした。ロベール伯爵はぎくりと肩をそびやかすと、夫人に振り返って忌々しそうに舌打ちした。

「うるさい！　お前が小娘なんかに唆されるから！」

そのまま一人で逃げるつもりなのだろう、夫人を見ることもなく、瓦礫を登って外に出ようとするロベール伯爵に夫人は顔を真っ赤にした。扇を力いっぱい放り投げ、夫の後に続く。

「私のせいじゃないでしょ！　あなただって若い娘にデレデレしてはいはい頷いていたじゃない！」

ロベール伯爵夫妻は逃げながらも罵り合う。その様子にアレクシスは呆れたように溜息をついた。

「似た者同士で醜い争いを見せないでください」

「うるさいっ！　うるさいぞ！　化け物！」

ぴくりとアレクシスの眉が動く。それまで淡々と二人を見ていたアレクシスの顔が歪んだ。

「……化け物？　むしろ貴方がたの方がその名に相応しいのでは？」

ロベール伯爵夫妻の間に光の矢が打たれ、二人の前髪を掠める。ひっと後ろに引いた二人にアレクシスは小さく深呼吸してから、再び口を開いた。

「殺してしまってもいいのですが、貴方達は王への取引に使えますからね。しかしお喋りがお上手なようなので一人でも大丈夫そうです。どちらが残りますか？」

まるで悪魔の選択である。冷静には見えるが、怒りが言葉の端々に滲んでいるのが分かった。

しかしアレクシスの言葉を受け、一層舌戦を激しくした二人は本当にどうしようもないのかもしれない。「人間って愚かだな」とエライザが思うくらいなのだから、アレクシスは尚更だろう。

ロベール夫妻を薄い緑色のオーラで拘束し、アレクシスはそのまま部屋の隅に向かった。そこには手首を抱えてしゃがみ込んでいるミリアがいた。

「ミリア・ロベール」

アレクシスの呼びかけにすら反応を見せず、ミリアは自分の手首を握りしめたままだ。金色の光が手首に集まっているが、直前で反発するように消えている。おそらく治療の力を使っているのだろう。自分には効かないことなんて、分かっているだろうに。

「貴女はもう聖女として覚醒していたのですね」

ミリアは俯いたまま聞いていないようだが、アレクシスは容赦なかった。

瓦礫から拾い上げた剣を持ち、ぴたりとミリアの額に当てる。ようやく我に返り、ひっと悲鳴を上げたミリアは力を放出するのをやめ、怯えた顔でアレクシスを見上げた。

アレクシスが再び同じ問いを口にし、かち、と刃の角度を動かすと、それを凝視しながら、ミリアはこくこくと頷いた。

「何故、エルフが『古い血』が苦手だと？」

「ゲ、ゲームの知識です」

「ゲーム？　ああ、エライザ嬢が言っていた前世の記憶ですね……」

そう呟くと、少し考えるように片眼鏡の縁をなぞる。

「貴女以外に知る者は？」

「ロベール夫妻だけです……！」

その言葉にアレクシスだけでなく、エライザも勿論、ノエルもほっとしただろう。僅かに表情を緩めたアレクシスは厳かに、ミリアに——本物の聖女に宣告した。

「貴女がしたことは到底許せるものではありません。個人的な制裁を与えたいくらい腹立たしく思っていますが、それは自然の摂理に反するでしょう。正しく同族の人間の法に裁かれなさい」

「……どうなるの……？」

目を見開いたままミリアが尋ねる。その声音は本当に幼い子供のようだ。

「さぁ？　終身刑で済めばよいですが、おそらく……公開処刑でしょうね」

アレクシスが冷たくそう突き放したのは、エライザの仕返しも含まれていたかもしれない。けれど嬉しいとは思わなかった。それよりもこれから現実に、ミリアに降りかかる痛みを伴う恐怖に彼女が耐えられるか気になった。

（……同情してどうするの。ノエル君をあんな目に遭わせたんだし、騙されてたし……あー……同じ日本人、なのにな）

まだどこかでミリアを信じたい気持ちが残っている。それに彼女の中身の幼さを知ってしまった今は単純にざまぁみろ、とは思えなかった。

まだ精神的な攻撃をしそうなアレクシスを止めようと、口を開いたエライザだったが、先程からムカムカしていた胃が突然熱くなった。それを吐き出すように咳をすれば、反射的に覆った手の中に血だまりができていた。

「エライザ様！」

混乱しつつも大丈夫、と答えようとすれば、また次の咳が吐き出され、今度は胃の中がひっくり返るような痛みと衝撃が走った。比例して吐き出された血も多く、押さえきれなかった手を伝って胸や地面へとぼたぼたと落ちていく。

「――エライザ？」

静まり返った空間に響いたのは、不思議そうなアレクシスの声だった。振り返ってエライザを瞬きすらせずに、凝視している。数秒、数十秒と、短いのか長いのか分からない静寂の後、響いたのはミリアの笑い声だった。

「ああ！　ははは！　そういえば少しだけ治療するの、加減したんだった！　やっぱり中身はまだ治ってなかったんだ！　私を人質にしてヒーローごっこなんかして動き回るから！」

確かに普段以上に動いた自覚はあるが、あの棺は完治するまで出られない筈ではなかっただろうか。……いや完治までとは誰も言っていない。治療が完了すれば、だ。

（治療詐欺とか、そんなのある？　……ああ……でも確かに動き回ったもんなぁ……それにしても、ミリアめ……同情なんてするんじゃなかった……）

内臓だってびっくりするだろう。白いドレスのせいで大袈裟に見えるが、出血量はそこまでじゃないし寒気もない――と、案外冷静に判断できたのは、過去に二度死にかけたことがある嫌な経験からだ。

「だ、だいじょ――ぶ……」

ぼんやりとしてきたけれど、必死でそう答える。一生懸命声をかけてくれるノエルの声も遠く、まっすぐにこちらを見つめるアレクシスの姿だけがぽつんと視界に映った。そんな場合ではないのに、一人で立つアレクシスを抱きしめてあげたくなる。

（心配性の神官長の過保護が一層酷くなりそう……きっと気にするだろうな……）

そう思い目を閉じようとしたその時――。

見開かれたままだったアレクシスの瞳孔が一瞬細くなり、焦げ茶色から輝くような新緑色に変化する。その周囲を銀色の睫毛が飾り、同時に風もないのにふわりと浮いた焦げ茶色の髪も、毛先から徐々に銀色に染まっていった。

髪から覗く特徴的な長い耳が僅かに揺れ、残っていた片眼鏡と共にピシっと硬質な音を立ててピアスが割れて地面に落ちる。魔力の動きに揺れる銀の髪は半分以上露出した空の下で月光に反射し、その神々しい美しさにエライザは一瞬痛みを忘れ、見惚れてしまった。

しかしロベール伯爵夫妻はエライザとは真逆の感想を持ったらしい。

「ひっ……化け物……！」

「きゃあああ！　こっちに来ないで！」

そう叫ぶと、捕縛されたまま身体を引きずるように逃げだそうとした。アレクシスが鋭い視線で彼らを射貫《いぬ》くと後ろの壁が剝がれ落ち、そこから出現したのは無数の木の枝。爆発的に成長した葉がみるみる周囲を埋め覆い尽くし、ロベール伯爵夫妻もミリアも声を上げる暇もなく、その中へと呑み込まれていった。

「アレクシス様！　落ち着いてください！」

ノエルの必死な声が響く。濃い森の匂いが周囲を包み、意識を保つのも限界になったその時、ふわりと身体が浮いた気がした。ついで抱きしめられる感触。

「――もう、誰がなんと言おうと離しません」

最後にどこか陶然としたアレクシスの声を聞き、エライザの意識は暗転した。

十

(森の匂い……それに鳥の声……？　……あと、なんか背中、熱い……)

エライザは鼻を動かしながら、異様に重たい瞼を押し上げた。

目の前には、横向きで眠っていたエライザと並ぶように横になったアレクシスの姿。曲げた肘を枕にしつつも眠っておらず、森の春を閉じ込めた新緑色の瞳で、じっとエライザを見つめていた。

「――ゆ、夢？」

思わずそう呟いてしまったのは、自分達が横になっているのが、見慣れたピクニック用の布の上だったからだろう。木陰も変わらず、遠くに神官長室や執務室の窓も見えて、まるでいつかの昼下がりに戻ってきたようだった。違うのはアレクシスが木漏れ日よりもはるかに輝く美しい銀髪に新緑色の瞳であること、何より耳が尖っていることだ。その姿こそ、これが夢じゃないことを証明していた。

「神殿に帰ってきたんですか？　あの後、どうなって……あ、ミリア達は……」

当然のように身体を起こそうとすると、それよりも前にアレクシスの腕が伸び、エライザの動きを止めた。

まるでまだ寝ていて、とでも言うように、ぽんぽんと腕を優しく撫でられ、目が合うとふんわりと柔らかく微笑まれる。……エライザが自分の目を疑うほどに、普段の近寄りがたい雰囲気は綺麗さっぱりとなくなっていた。

（ど、どうなってんの⁉　え、本当に夢？　っていうか、これ本当に神官長……？）

イヤミ交じりやイチモツ抱えた笑顔なら数えきれないほど見たが、こんな交じりっけのない純粋な微笑を向けられたのは初めてではないだろうか。そしてもう一つ、おかしなことに気づく。

何故か中庭の動物達がエライザの背中に集合している。小鳥からウサギ、勿論お馴染みのリスもいた。それらがみんな、エライザの背中にフジツボのごとく、びっしりと張りついているのである。

どうやら目覚めの原因になった暑さはこのせいらしい。

もう貫禄さえも備わっているリスはともかく、寝返った拍子に潰しそうな小鳥は怖い。

理解はできていないが、とりあえずアレクシスの手に自分の手を重ねて、離れない、という意思を示しつつも、エライザは今度こそ慎重に上半身を起こした。

動き出したエライザに小動物達は一旦離れるものの、今度はお尻の方に集まってくる。小鳥はスペースがなくなったのかエライザの後ろにある木の枝に止まった。――が、それら全てがアレクシスの視界から隠れるような角度だった。間違いなくアレクシスから身を隠している。

（……最近は随分慣れてきてたんだけど……）

一旦落ち着いて小動物達を観察してみると、餌付けを始めた頃よりもアレクシスに怯えているのが分かった。しかし不思議なことにアレクシスはそれに傷ついた様子もなく、怖がる子ウサギを後ろ手で撫でるエライザだけを蕩けるように甘い視線で見つめている。状況すら掴めていないというのに、照れてうまく喋れなくなりそうなので、さりげなく視線を逸らしておく。

「……あの、神官長。ここは神殿でしょうか？　その割に人の気配はないし……それに、あれからどうなったんですか？」

話している内にだんだん記憶も戻ってくる。ミリアに騙されノエルと共に攫われ、アレクシスが助けに来てくれた。無事解決かと思えば突然血を吐いてしまい、アレクシスはエルフになって——。

そしておそらく……いや、間違いないだろう。血を吐いて倒れたエライザを見て、暴走してしまったように見える。瞬間移動はただでさえ魔力を使うと言っていたのに、その上で建物を半壊させるほどの魔力を使ったのだ。

（神官長の身体は大丈夫なのかな……一緒に寝てたってことはやっぱり調子が悪いとか？）

顔色は悪くないし、表情も穏やかだ。以前魔力を使いすぎた時に見た汗もない。

よく見ようとそろりとアレクシスを窺い見ると、アレクシスもゆっくりと身体を起こし、同じようにこてりと首を傾げた。

（え、可愛い……じゃなくて！）

「アレクシス様、しっかりしてください！」

思わず胸に掴みかかれば、まるで猛獣を宥めるかのように、そうっと胸の中で抱き留められた。回された手で優しくどうどう、と背中を撫でられる。

森の深い匂いとどこか甘い心地いい香りと共に、意外に分厚い胸板を意識してしまい、エライザの顔は赤くなった。いやいや、そんな場合じゃないから。

そろりと顔を上げて目が合うと、またふわりと微笑まれ、ますます顔が熱くなる。エルフ姿になったせいもあって、とても、いや、いつも以上に……いや、目が潰れてしまうような美しさだった。

元々の造形に加え、月の光を寄せ集めたような銀髪と一等綺麗なエメラルドを太陽の光に透かしたような瞳――完璧に調和の取れた美貌といってもいいだろう。確かに本当の姿だと言われれば、いつもの焦げ茶色の髪や瞳よりもしっくりとくる。とても自然で美しく、完成された美とはまさにこのことを言うのかもしれない。

どうにかして逃れようとすると、押していた胸が少し遠のいた。しかしそれも一瞬、くるりと反動を利用されて、地面に背中がくっつく。そして真上、否、真正面に例の神々しい顔がきた。

僅かに体重がかかり、伸しかかられていることに気づけば、銀色の長い髪がカーテンのように下り、周囲の世界を遮断する。美しいアレクシスしか見えない小さな世界に閉じ込められ、エライザは息の仕方さえ忘れそうだった。

背中に隠れていた動物達が一斉に散らばり、木陰や枝へと移動する慌ただしい音が遠くに聞こえる。アレクシスの指先が頬から首筋をゆっくりと辿り、触れられたその場所から、ふつふつと熱が生まれていく感覚に戸惑う。

「……ふ、……あ……？」

（な、なに、これ、なにこれぇ……!?）

優しく撫でる指は触れるか触れないかというもどかしさなのに、身体がいちいち反応してしまう。

耳朶《みみたぶ》を親指と人差し指で擦られただけで、声が出てしまった。

たまらず捩った身体を宥めるように、大きな手が腰に触れる。薄いお腹の上を手のひらでゆっくりと押し撫でられ、ぞわわっと身体の奥から、遠い昔……いや、前世で覚えのある感覚が込み上げた。身体の奥から何かが溢れる感覚に、ひゃぅ、っと、高い声が漏れた。

（って、ぎゃあああ！　なに、どういう……⁉）

はっきりとそういう場所に触れられているわけではない。しかし、いわゆる……性感を覚えていることが、とてつもなくエライザの羞恥心を煽った。そして唐突にアレクシスの唇から衝撃の言葉が放たれた。

「愛しています」

鼓膜に直接響いた声は、腰がぞくりとくるほど、甘く艶やかだった。

（……は……今、あいしています、とか、聞こえたような……）

予想していた以上の言葉は頭の処理能力を超えた。固まるエライザを置き去りに、アレクシスは頭のてっぺん、首、肩、背中と指で優しくなぞりながら、口づけを落としていく。そしていつのまにか、ワンピースのボタンが一つ、二つと外されていることに気づき、とうとう叫ぼうとしたところで、頭の中に聞き慣れた大きな声が響いた。

『——エライザ様！』

驚きに肩がびくっと上下する。

（……ノエル君？　……今の声は絶対ノエル君よね⁉）

仰向けになったまま、きょろきょろ周囲を見回すが、先程と全く景色は変わらない。けれど、すぐにまたノエルの声が頭に響いた。

『エライザ様！　よかった。目を覚まされたんですね。ノエルです！　ご無事ですか⁉　あ、アレクシス様に気づかれないように黙ったまま、頭の中で返事を思い浮かべて応えてください』

切迫した言葉に、思わず開きかけた口を閉じる。何故アレクシスに気づかれてはいけないのか分からないが、ノエルの声には切実さがあった。しかしエライザだって相当切実である。

（さっき目が覚めたところだけど、何故か神官長に押し倒されてる！）

決して子供に聞かせるべき状況説明ではないが、切羽詰まって、そのまま伝えてしまった。

一瞬、ノエルは無言になったが、すぐにエライザ以上に動揺し『わぁぁぁぁ‼』と叫んだ。

『あ、あの……っ伴侶になったエ、エルフと交合すれば、身体も丈夫になり、ちょっとやそっとの傷や病気では死ななくなるんで、きっとそれを狙って、そういうことになってるのかと！』

（は⁉　なにその設定！）

『とりあえず逃げない、という意思表示をして、大人しくしていてください‼　むしろ逆にぎゅっと抱きついて、何もできないようにする方がアレクシス様には有効です！　馬鹿力の分、怖くて無理やり引き剝がせない臆病なところがありますから！』

ノエルも相当動揺しているのか、驚くほど遠慮がない。しかしエライザは考えるよりも先に、藁《わら》にも縋る想いで、早速実行した。

頤《おとがい》を優しく撫でていた手に触れ、指の間に指を入れる。俗に言う恋人繋ぎである。

にぎにぎしながらそのままさりげなく横にやり、一度強く握る。そこからそっと手を離して背中へ滑らせ、ぎゅっと隙間なく抱きついてみた。目が合うとにこーっと笑ってみせる。するとアレクシスは無邪気にくすくす笑い出し、同じようにぎゅっと抱きしめ返してきて、横になった。

エライザが軽かったのか勢い余って、次はエライザがアレクシスの上に乗った体勢になってしまい、ちょっとアレな状況に墓穴を掘ってしまったと後悔したものの、アレクシスは大変満足した顔になった。その状態のまま再びエライザの頭を優しく撫ぜ、髪を梳り始める。反対側の手はいつのまにかまた恋人繋ぎになっていて、その素早さに驚くと同時に、先程までの色っぽい空気が消えていることに気づき、胸を撫で下ろした。ちょうどいいタイミングでノエルの声が再び響く。

『大丈夫ですか！　無理なら強硬突破します！』

（ちょっと待って！　多分、大丈夫そう！　なんか大型犬みたいになってる！　それより強硬突破って何？　ノエル君は無事？　あれからまた怪我しなかった？　私が気を失った後、どうなったのか教えて！　それに神殿も火をつけられたって言ってたよね？）

神殿の火事に関しては周囲を見渡してもいつも通りなので、大きな被害はなかったと思いたいが、まともに会話できる人が来てくれたおかげで、矢継ぎ早に問いが口をつく。

『僕は勿論、神官達も救護院の方々も全員無事です。アレクシス様がエライザ様を連れて消えた後、すぐに警備隊がやってきて、気絶しているロベール伯爵夫妻を聖女誘拐の現行犯で捕縛しました。証拠はアレクシス様がこつこつと集めてきたものがありますし、何よりカジノの地下に多数の国外にしかいない魔物が見つかりましたから、言い逃れもできません。王が関係性を知られないようロベール伯爵夫妻を暗殺しようとしたようですが、それよりも早く、カミロ王弟殿下とセディーム辺境伯が動き、彼らの身柄を拘束しました』

（カミロ王弟殿下？　そんなのいた……？）

ゲームには出てこないキャラクターだ。突然現れた大物に思わず聞き返せば、ノエルは『昔から付き合いがあるんです』と教えてくれた。

『で、続けますね。それで王が暗殺者を差し向けた事実と、ロベール伯爵がレオナルド王太子殿下の人気取りの為に魔物を放つ取引をしたと自白しました。裏切られないように手紙も残していて、カミロ王弟殿下は既にそれを確保しています。これを取引材料として今王と話し合い、年の終わりには退位してもらう流れになっています』

（もうそんな展開に⁉）

いくらなんでも早すぎないか、と問い返そうとしたエライザにノエルは少し疲れが窺える声で『ええ、あの騒ぎから一カ月経っていますから』と、答えた。

（一カ月！）

思わず声に出しかけて慌てて閉じる。

まさか、のんびり眠っている間にそんなに時間が経っていたとは……。

そういえば棺の中で目覚めた時も同じようなことを思ったな、と、遠い昔のことのように思い出していると、ノエルはがらりと口調を変えた。

『それより今はエライザ様です！　そこはアレクシス様が作った亜空間で、エルフの里の一部と繋がっていて、濃いマナが流れています。分かりやすく言うと「再生の棺」の上位互換みたいな空間で、だから怪我をしたエライザ様を入れるのは問題ないんですが……』

（あ、そういえば、あれだけ痛かった胃の痛みもない……）

それどころか何だかしっかり眠った朝のように心も身体もすっきりしている。なるほどエルフの里。すごい場所だ、と感心していると、それまで静かだったアクレクシスが唐突に動き出した。

膝の上に乗せてエライザを抱え込むと、今までのゆるふわ具合が嘘のように、顔を険しくさせて周囲を警戒するように見回し始める。

（も、もしかしてノエル君近くにいるの⁉　なんか神官長、さっきまでふにゃふにゃしてたのに、今は人を殺しそうな顔で周囲を見回してるんだけど！）

『うわっ……もうバレちゃったのか。ああもう！　いいですか、エライザ様』

アレクシスの目が皿のように薄くなり、射殺せんばかりの勢いで一点を見つめている。今気づいたが太りすぎたのか逃げ遅れたリスがエライザのスカートの下に隠れていた。

あまりにぶるぶる震えているので抱き上げてやりたいが、アレクシスを怖がっているのなら、逆効果だろう。緑に赤が交じり合ったオーラがアレクシスの身体を包んでいて、抱きかかえられているエライザですら怖い。そんな中、覚悟を決めたようなノエルの声が聞こえてきた。

『今のアレクシス様、好きな人を誘拐された挙句、あんな大量の血を吐くのを目の前で見ちゃって、ちょっとおかしくなっちゃってるんです。……で、動物達がいることから予想するに、おそらく自分の好きなものを全部集めて、安全地帯に閉じ籠ってる状態なんじゃないでしょうか』

今度はエライザが無言になる番だった。

（……好きなものを全部集めて……って）

何とも言えない感情に胸が痛くなる。子供っぽいといえばそうなのだが……。

（っく……可愛いすぎる……とか思っちゃうなんて！）

『アレクシス様ってただでさえ排他的なエルフの中でも、一切社会性がないんです！　コミュニケーション能力が著しく低いというか、その結果引き籠るっていう選択肢を取っちゃったっていうか』

エライザが無言になってしまったことで、焦ったのだろうノエルが再び畳みかける。

『そのっ……詳しくはアレクシス様に聞いてほしいんですけど、生まれながらの魔力の高さから暴走しないように、偏屈な賢者みたいな人と村の外れで暮らしていたらしくって！　だから、ちょっと倫理的におかしいところもあったり、好きな人に対する行動が分からなくて、嫉妬故の苛立ちがそのまま態度に出ちゃうこともあったっていうか……でも、ほら！　エライザ様とミリア嬢についてぶつかってから、ようやく自覚したみたいで雰囲気も変わりましたよね？』

……確かにあれからアレクシスは明らかに変わったし、エライザに優しくなった。

（じゃあアレクシス様って、本当に私が好きなんだ。それでもう二度と怪我とかしないように一緒に閉じ籠っちゃったってこと……？）

それはそれで愛が重い。いや、物語のヒーロー……エライザの前世の経験からすると、人外設定のキャラは大抵相手に執着するものだ。

しかしいざ、自分に向けられてみると……。

（……満更でもないのが、逆に怖い……むしろときめいてるなんて末期だわ……）

今度こそ伝わらないようにと願ったせいか、怖いという感情だけが伝わってしまったらしい。ノエルははっとしたように一度間を置いて、真面目な口調で語りかけてきた。

『エルフにとっては不思議でもない行動なんですけど……普通の感覚からしたら、傷が治っても二人きりで閉じ込められるなんて引きますよね。エルフの血を引く僕でも犯罪だと思います。……でも、あの、本当にアレクシス様に悪気はなくて。この場所を選んだのもエライザ様と一番長く過ごした大事な場所だからで……』

一つずつ確かめるようにノエルは言葉を紡ぐ。その慎重さはきっと、長年側に仕えてきたからこそ、エライザに正しくアレクシスの想いを伝えたいが故だろう。

『そしてそんなアレクシス様の耳に届くのは、大好きなエライザ様の声だけなんです』

声に切実さが籠り――エライザは何を伝えるべきか考えようとしたその時。

「――ここか」

『うわっ！』

何もない空間に硝子を割ったような亀裂が走った。アレクシスはエライザを膝から下ろし、背中へと庇う。エライザが慌てて首を伸ばして前を見れば、そこには両手を上げたノエルが割れた硝子の向こう……おそらく現実の世界だろう場所にいた。どうやらぎりぎり攻撃は避けたらしい。

「ノエル君！　大丈夫⁉」

「わぁっ！　正気を失った伴侶の前で、他の男の名前を呼ぶのはいけません！」

顔をさっと青くさせて、ノエルがそう叫んだと同時に、アレクシスのこめかみにぴしりと青筋が浮くのをエライザは間近に見た。硬質な美貌が怒りに染まり、空気が凍る。

（ひっ……これは、本格的にまずいんじゃ……）

アレクシスは無言のままエライザをいつか見た緑の透明な球体の中に押し込み、ノエルの方へと歩き出した。動物達も慌ただしくあちこちへ逃げだすものの、四方に見えない壁があるらしく、大混乱に陥っている。結局、小鳥が一羽中に飛び込みエライザの肩に止まると、次々と他の小動物達も追いかけるように入ってきた。どうやら彼らにもここが一番安全だと分かったらしい。急に密度が濃くなり空気も薄まった気がするが、一際大きな爆音が響き、エライザは思いきり叫んだ。

「ちょっと！　ノエル君でしょう!?　貴方の補佐役！　仲間！」

「エライザ様、名前連呼しないでくださいってばぁ！」

必死で逃げるノエルにそう言われ、エライザは慌てて口を閉じるが、時既に遅く、ダークエルフならぬ闇落ちしかけたように新緑色の瞳を暗く染めたアレクシスは、一層眉を吊り上げた。攻撃も比例するように一層激しくなる。

「神官長！　……ア、アレクシス様！」

生まれて初めて読んでみた名前に、ぴたっと動きが止まる。そう、本当はもっと早く呼んでみたかった名前。反応があったことにノエルも目敏《めざと》く気づき「その調子です！」と、こくこく頷く。

身体中に張りつく動物達に構わず緑の球体から抜け出し、意を決してアレクシスに駆け寄る。そして、その勢いのまま腕を取った。

「アレクシス様！」

もう一度名前を呼べば、ノエルを気にしつつも振り返ったアレクシスの目がエライザを映し、柔らかく細まる。いける！　と確信したエライザは、スカートの裾にひっついていたリスをひっつかむと、ずずいっと前面に押し出した。

マジかお前……みたいな顔をしてエライザを見たリスだが、アレクシスを見るなり、ぴゃっ！　と飛び上がり、エライザのワンピースの袖の中に入り込もうとする――が、いかんせん女性物の袖だ。高速で震えるリスのお尻と尻尾は隠せるわけもなかった。

「見てください！　こんなに怯えてます！　閉じ込めて飼うよりも、野生で生き生きしている方が、ちいさきかよわきものたちも、ついでに私も！　生き生きしてて可愛いと思いませんか！」

なかなか恥ずかしいことを言っている自覚は勿論あるが、今はもう必死だ。

エライザの言葉は通じている。攻撃を繰り出そうとする手が下ろされたのを確認すると、エライザはリスを地面に逃がし、覚悟を決めてアレクシスの胸元を掴んだ。

（私だって突然あちこち触れられて、死ぬほどびっくりしたんだから！）

エライザはもう仕返しのような気持ちで、思いきり背伸びをして、高い鼻に当たらないように勢いよく唇を合わせた。若干歯が当たったような気もするが許してほしい。

前世はともかく、エライザにとってファーストキスである。触れるだけのものなので、先程アレクシスにされたことに比べれば可愛いものだ。けれどエライザの中では精一杯のショック療法だった。

――そして、意外にもアレクシスは大きな反応を見せた。唇を離して様子を窺えば長い耳まで真っ赤にさせ、エライザを潤んだ瞳で見つめている。手は肩を掴みたいけれど、触れられないというように中途半端に浮いていた。エライザは咄嗟に逸らされそうになった視線を許さず、両手を頬に伸ばし固定し、ちゅっと音を立ててから一旦唇を解放する。羞恥心に叫びたくなる衝動を必死で抑え、負けるものかとじっと見つめていると、数十秒……いや数分でアレクシスは大人しくなった。

「……正気に戻りました?」

戻ってなかったらもう一回する、という脅しを視線に含ませて問えば、アレクシスは突然の口づけによほど驚いたのか、ぱっと口を押さえて今すぐ離してくれと言わんばかりの必死の形相でぶんぶんと頷いた。

(失礼！　すごく失礼！　ちょっとノエル君！　本当にアレクシス様って私のこと好きなの⁉)

本気で嫌がっていそうな動きに思わず心の中で叫べば、瓦礫からひょいと顔を出したノエル君が、身体いっぱいで大きな○を作って、ぴょんぴょん跳ねていた。

可愛いな！　と思いながらも、まだ油断はできないのと、体勢が落ち着かないので、アレクシスにその場にしゃがんでもらう。伝えることはまだまだあるのだ。

頬を固定したまま、まっすぐとアレクシスを見たエライザは一度深呼吸し、口を開いた。

「私はこの通り、アレクシス様のおかげで、すごく元気になりましたから、怖がらないで、安心してください」

手を取り、自分の首筋に冷たい手を当てると、アレクシスの身体から徐々に強張りがほどけていく。やっぱりそうなんだな、という深い確信を得て、エライザはアレクシスの大きな不安と心配を取り除くべく、勇気を振り絞って言葉を続けた。

「それに貴方が私を好きでいる限り、今みたいにわざわざ閉じ込めなくてもずっと側にいますから。好きです。アレクシス様」

間違いなく人生初の告白だ。自分が思っていた以上にずっと言いたかった言葉だったのだろう。羞恥心よりも伝えられた高揚感と満足感が大きかった。

きっぱりとそう宣言すれば、ほろり、とアレクシスの瞳から涙が零れ落ちた。その綺麗な涙は拭うのすらもったいないほどだった。自然と指で掬い取ってしまい、しっかりと目が合う。くしゃりと顔を歪め俯いたアレクシスは、先程までの器用さが嘘のように、エライザの背中にぎこちなく手を回した。ゆっくりとお互いの身体の距離が縮まる。アレクシスの心臓の音が落ち着いたものになるまで、エライザはアレクシスの広い背中に手を回し、いつかのお返しをするように優しく撫で続けたのだった。


「――アレクシス様！」

二人がただ静かに抱き合っているのを見て大丈夫だと思ったのか、ノエルが折れた木の影から転がるように駆け出してきた。

さすがに悪いと思ったのだろう、土と埃に塗れたノエルを見たアレクシスは、気まずそうに視線を逸らし「申し訳ありませんでした」と口早に謝罪した。手を掲げてノエルの怪我や服の汚れを弾き飛ばしたところを見ると、どうやらアレクシスの魔力も回復しているらしい。暴走した後遺症なんかもなさそうでほっとする。

同時に全ての景色が元に戻る。小動物達も再びエライザの側へとやってきて、またフジツボのごとく背中に張りついた。その様子を見たアレクシスはくわっと目を見開き、よろりと身体を傾けたが、自分のしたことを思い出したのだろう。肩を落とすと同時に空間に小さな穴を開けた。

その反応に逆に本当に正気に戻ったんだな、とエライザは思わず苦笑してしまう。

本能から出口だと分かったのか、蜂の巣をつついたような勢いで、小動物達はそこから一目散に逃げていく。最後のリスだけは少しお尻がつっかえたようだが、それでもすぐに抜け出し、本物の茂みの奥へと消えていった。

居心地は正直悪くないが、閉じ込められているという事実があるので、気持ちは分かる。

アレクシスをじっと見れば何が言いたいのか分かったのだろう、少しぶっきらぼうに答えた。

「……貴女の身体はまだ完全に回復していません。『再生の棺』には自己修復機能がついていますから、今頃元の姿に戻っているでしょうが、ノエルの話は長くなるでしょうし、棺越しに話すのも嫌でしょう？　それにここにいる方が回復も早い」

（そういえば、ここ棺の上位互換みたいな場所、って言ってたもんね……）

こくりと頷きここにいることを了承すると、アレクシスが聞き取れない呪文を紡いで、普段の神官長の姿に戻ろうとしていることに気づいた。髪や瞳の色が見慣れた焦げ茶色に変わっていく様子が興味深くて、ついつい見つめてしまう。ぱっと視線が合ったアレクシスは、一瞬顔を強張らせふっと視線を避けた。

「……見慣れない姿でしょう。少し向こうを向いていてください」

どこか拗ねたような不安げなアレクシスにエライザは首を傾げたものの、人外、化け物と失礼なことを叫んでいたミリアやロベール伯爵夫妻を思い出し、もしかして、と気づく。

（……エルフだって黙ってたの、気まずく思ってるのかな……）

エライザのもの言いたげな表情から察したのだろう。アレクシスはますます声を硬くさせた。

「エルフだということを騙すつもりはありませんでしたが、力を解放する姿を見て『化け物』などと称されることが何度もありましたし、貴女は知らない方がいいかと……」

言い訳のように小さくそんな言葉を呟くアレクシスに、先程ノエルが話してくれた過去の話を思い出した。この世界の常識なんて、現代日本で育ったエライザにとってあってないようなものだ。

エライザは鼻で笑い飛ばし、アレクシスの袖を引いて、わざと顔を覗き込んだ。

「エルフの姿、あんまり綺麗だったので、もうちょっと拝んでおけばよかったって思ったんです」

エライザの言葉が意外だったのだろう。アレクシスは数秒ほど固まった後、ふいっと顔を背けて、ぼそぼそと返した。

「……そうですか。別に、誰もいない時ならいつでも見せて差し上げます、が……」

「え！　本当ですか」

エライザはらんらんと輝く目をして飛びつく。さっきは驚きで、あの芸術品のような神がかった美貌をしっかり見る暇がなかった。美しいものはしっかりじっくり純粋に観賞したい主義である。

「……参拝料を取ります」

「え！　守銭奴！」

素直になろうと決意したのはほんの数分前なのに、気づけば言い合いへと発展してしまう。結局いつものようにノエルが間に入り、二人を冷静にさせてくれたところで、エライザはさっき聞けなかった——ミリアについて、改めて尋ねた。

名前が出た途端、ぴくりと肩を上げたノエルは、一度唇を引き結ぶ。その仕草にエライザは覚悟を決めた。ノエルに向かってしっかり頷いて見せると、彼はゆっくりと話し出した。

「……実はミリア嬢は護送中、護衛の隙をついて扉を開け、走る馬車から飛び出し……そのまま打ち所が悪く——亡くなってしまったそうです。私自ら確認したので間違いありません」

ひゅっと喉が鳴った。いくら騙されて殺されそうになった相手だとしても、少し前まで笑い合ってお喋りをしていた身近な年下の女の子が死んだ——ということは、思っていた以上にエライザにショックを与えた。

「死んだ……？」

「ええ。捕縛した時からずっと『りせっとしなきゃ』と、ブツブツ話していたそうで……。何か心当たりがありますか？」

気遣うよう自分を見上げるノエルに、エライザは髪をくしゃりと握りしめ、項垂れた。

（ああ、やっぱり……）

「……彼女の中でこの世界はやっぱりゲームだったんだと思う。『リセット』は、私達の中のゲーム用語で『最初からやり直す』という意味があって……」

「彼女はまだここが、現実ではないゲームの世界だと信じていた？」

険しい顔をしてそう尋ねたアレクシスに、エライザは小さく頷く。

「はい。全てをバラした時や痛がり方、怯える様子が子供のようだと感じました。前世の彼女が亡くなったのはまだ十五歳で……ゲームの感覚を引きずったまま、ミリアの人生を過ごしてきてしまったんだと思います」

胸が痛む。正直、裏切られた悔しさや腹立たしさよりも、虚《むな》しさや悲しみの方が先に立った。

何かできたかなんて、今更言ってもしょうがない。もしかすると彼女が言った通り、『リセット』できて、世界線の違う同じゲームに行ったのかもしれない。だけどもしそうなら……今回のことで自分と同じようにそこに存在する登場人物達にも感情や痛みがあるのだと気づいて、今度こそゲームに縛られない自分の人生を送ってほしい。

ふと励ますようにアレクシスに手を取られ、その温かさに自然と強張っていた肩の力が抜ける。

それが呼び水になったように、頭の中を溶かすような抗えない眠気が襲ってきた。

「……やはり、まだ完全に回復していないようですね。一度お眠りなさい」

「エライザ様、おやすみなさい。言い忘れてましたけど、僕を助けてくれてありがとうございました。とっても格好良かったです」

そんな声が降ってきて、身体が温かいものに包まれる。最後に触れた冷たい手に頬を押し当てれば、大きな手で優しく包み込まれて身体の力が抜けていく。

「安心なさい。——目が覚めたら全てが終わっていますよ」

最後にそう言われた頃には、もう意識は深い森のような深淵《しんえん》に沈んでいった。

十一

「――ください。起きてください。エライザ」

いつかを繰り返すような低く玲瓏な声に呼ばれて、意識が浮上する。

同時に少し冷たい大きな手が頬を優しく撫でたかと思うと、切ない甘さを含んだ声にもう一度名前を呼ばれた。エライザは自然と手のひらに頬をすり寄せ、ゆっくりと瞼を押し上げる。

「アレク……シ、ス様？」

半ば反射的に応えたものの、予想通り棺の中を覗き込んでいたのはアレクシスだった。安堵したように息を吐いた拍子に長い髪が顔に触れる。思わず手を伸ばせば「わぁぁ！」と、その背後から賑やかな歓声が上がり、少し、驚いた。

（――あ、『目覚め』たんだ）

まだ意識がはっきりしないせいか、他人事《ひとごと》のようにそう思ってしまう。

どういう状況か分からないけれど、ここがいつもの祈りの間ではあることは確かだ。

慌てて起き上がろうとすると、すぐに側にいたアレクシスがエライザの背中に手を添え、介助してくれる。相変わらず照れ臭いくらいの過保護っぷりだ。

「あ、ありがとうございます……」

今まで眠っていたエライザの感覚では、ついさっき、異常と言ってもいい執着心の果てに監禁され、紆余曲折の末、告白した相手でもある。

どんな顔をすればいいか分からない……と、既に熱くなってきた顔を逸らし、介助され最後まで身体を起こしきる。――と、アレクシスの身体越しに、思いも寄らなかった顔がたくさん見え、驚きに目を見開いた。

「みんな……！」

ノエルや神官達は勿論、マリアンヌやメアリー、キースがいた。そして以前屋敷に勤めてくれていた使用人達までいる。その顔には笑顔と涙が溢れ、目が合うとみんな感極まったように口を開いた。

「待たせすぎだ。おかえり、エライザ！」

「エライザ！　どれだけこの日を待ち望んでいたか分かる⁉」

「そうよ、神官長様もずっと待っていてくださったんだからね！」

「お嬢様！　よくお目覚めくださいました！」

口々に自分の名前を呼ばれ、気を利かせたノエルがこっそり、エライザが再び眠りに落ちてから十日が経っていると耳打ちしてくれて状況を理解した。

そして今ここにいるマリアンヌ達も、きっとエライザが会いたいと言うだろうと、目覚めるタイミングでアレクシスが呼んでくれたらしい。……キースの姿がちゃんとあることを意外に思いつつも、それだけエライザの気持ちを考えてくれたのだと気づけば、胸がふわりと温かくなった。

「全てアレクシス様が解決してくださいましたからね！　エライザ様に危害を加える者なんて金輪際現れませんから！　これからも安心して神殿でお過ごしくださいい！」

弾んだ声で言い添えたノエルに、エライザは思わずアレクシスを見る。

その言葉だけでアレクシスがどれだけ奔走したのか分かったが、よく見れば瞳は充血していてクマも濃い。普段表情に出ないアレクシスが憔悴するほど無理をしてくれたのだろう。自分は呑気に眠っていただけだという事実が申し訳ない。

何だか堪らなくなってエライザはそっと手を伸ばし、アレクシスの目の下を親指でそっと撫でた。するといつかと同じようにアレクシスの顔が傾き、すり、と陶磁器のような肌が手のひらに預けられる。甘えるような仕草に、エライザはきゅっと心臓が鷲《わし》掴みにされるような心地になった。

「……随分待ちましたよ。エライザ」

喜びを静かに噛み締めるような低い声でそう囁いたアレクシスは、エライザの身体を両手でそっと包み込む。心配症な彼にとって、待っている時間はとても長かったのだろう。

「うん。待っててくれて、ありがとうございます……」

そう言って抱きしめ返せば、後ろからきゃあああっと、甲高い悲鳴と盛り上がる声が聞こえてきて、ぱっと離れた。二人きりでもないのに堂々と抱き合ってしまった事実に気まずくマリアンヌ達を見れば、改めて懐かしい顔ぶれに鼻の奥がツンと痛んだ。

（あ、泣きそう……みんなに迷惑かけたって謝らなきゃいけないのに……）

本格的に涙が零れてしまう前にエライザはアレクシスの手を握ったままそっと身体を離して、みんなを見回した。

「みんなも目覚めるの待っててくれてありがとう。キース、私の為に注意してくれたのに拒絶してごめん。マリアンヌもメアリーも心配して声をかけてくれたのに無視して……ずっと庇わせて……学園での立場を悪くさせてごめんなさい。じいやもお屋敷のみんなも、あんな放り出すように解雇して……謝罪なんてしたって許されることじゃないと思ってる」

キースがぐっと顎を引き、マリアンヌ達は涙を浮かべた目で何度も頷いた。使用人達は感極まったようにお互いを抱きしめ合っていた。

「私達こそっ……ごめんなさい。最後はもうどうしたらいいのか分からなくて結局、何もできなくて……」

「お嬢様、大丈夫です。私共はそうしなければならなかったお嬢様の優しさに気づいております。今はそれぞれ他の家に勤めておりますし、寝食に困っているわけでもありませんから、安心してください。――しかしいつか、いつか……お嬢様に再び仕えられる日を待っております」

使用人を代表して、じいやがそう話せば、周囲の使用人達もうんうんと思い思いの顔をして頷いた。とうとう涙が零れて視界も滲む。アレクシスの肩に顔を埋《うず》めて顔を隠すと、キースの声が降ってきた。

「エライザ、俺も悪かった。最後までお前を信じきれなかった。許してくれ。今度こそ俺が……」

「さて、これで貴女の心残りはなくなったでしょう」

キースの言葉を遮るように、それまで黙っていたアレクシスがすっと口を挟んだ。え、と戸惑うキースの顔を見て、これはさすがに、とエライザがアレクシスに注意しようとすれば、ふわっと身体が高い場所まで持ち上げられた。横抱きにされている状態と高さに驚いて慌ててアレクシスの首にしがみつく。

「ではノエル。後は頼みました。神官長代理としてひと月ほどよろしくお願いします」

「あー……やっぱり行っちゃいますよね……。いや、分かってますよ。むしろここまで『再生の棺』ごとエライザ様をかっ攫って、雲隠れしなかっただけでも奇跡ですもんね……」

ははは、と空笑いしながらもノエルはそう答えて、肩を落とす。

「おいっ！　まだ話してる途中だろうが！」

一瞬呆気に取られていたキースがいち早く我に返り、エライザ達に詰め寄ろうとした。しかしノエルがその間にすっと入り、ニコーッと無邪気に笑って、いきり立ったキースの毒気を抜く。

「……あ、いや、エライザをどこに連れていくつもりなんだ……？」

若干勢いをなくしたキースの言葉にむしろ、エライザは同意した。自分も聞きたい。感動の目覚めと再会だというのに、今からアレクシスはどこに行こうとしているのだろうか。

「はいはい、みなさん！　これからエライザ様とアレクシス様は一緒に静養されますので、お開きです！　——エライザ様！　アレクシス様は今まで神殿再建と王家との新しい関係作りと……すごくすごーく頑張ったんです。蜜月期間ですし、いっぱい褒めてあげてくださいね」

ふふふ、と笑ってそう言ったノエルに、アレクシスが若干気まずそうに小さく舌打ちする。

アレクシスの一番の理解者はやっぱりノエルかもしれない。そう改めて感じたエライザは、大きく頷くだけに留めた。もう彼等の中でこれからのことは通じ合っているらしい。

どこに行くつもりなのか知らないが、しかしノエルの言葉に、覚悟を決めた。

（……みんなに元気な姿は見せられたし、こうして目覚めてすぐに謝る機会を作ってくれたんだもんね。今度は私が付き合ってもいい、うん）

「エライザ！　いつのまに神官長とそんな関係に……！」

「きゃああ！　二人で駆け落ち⁉」

最初にキースが怒鳴り、それを打ち消すようにマリアンヌが黄色い悲鳴を上げる。

「マリアンヌ、滅多なことを言わないで。エライザ、戻ってきたらしっかり話は聞かせてもらいますからね！」

戸惑う面々の中で復帰が早かったのは、メアリーだった。きゃあきゃあ騒ぐマリアンヌをいち早く諫めて、今にも飛びかかってきそうなキースの腕を摑んでいる。いつもそんな役回りばかり押しつけて申し訳ない。メアリーに次会ったらそれこそ最大限の謝罪と感謝を捧げなければ。

思えばアレクシスは今、ローブのフードを外し、顔も晒していて片眼鏡すらかけていない。きっとみんなアレクシスの美貌に驚いたことだろう。元々ミーハーなマリアンヌは勿論、二人を止めているメアリーすらも、よく見ればアレクシスの顔をちらちらと見ているくらいなのだから。

（謝るよりも先に、アレクシスのこと聞かれそう……）

そんな予感にエライザは苦笑し、まるで人攫いのようなアレクシスの心象を少しでもよくしようと笑顔で手を振る。何だかんだとみんなは祝福ムードだが、キースだけは納得のいかない顔でアレクシスを睨んでいた。

「待て！　エライザは俺にとって妹みたいなかけがえのない存在だ！　そんな顔だけ抜群にいいだけの胡散臭い男に任せるわけには……！」

真上でふっと鼻で笑う気配がする。煽らなくても……と、思ったところで、アレクシスはエライザの目を覆って「――移動します」と耳元で囁いたのだった。


（……ここは……）

瞼から手が外され、再び目を開けたエライザの目に映ったのは、見慣れない部屋だった。雑多に書類が積まれた机に、見慣れた神官長の替えらしき白いローブ。

「……もしかして、神官長の部屋ですか？」

「ええ」

意外にも、とても近い場所だったことに拍子抜けする。そういえば床は祈りの間と同じ大理石だし、家具も執務室のものとよく似ている。

キースやマリアンヌ達だってまさかあの感じで同じ建物にいるとは思わないだろう。……むしろすぐに気づかれて追いかけてくるんじゃ……と、若干不安に思っていると、アレクシスは再び口を開いた。

「少し空間を弄《いじ》っていて、誰も入ってこられないようにしています」

つまり、以前閉じ込められかけたあの空間のようなものらしい。そう納得したところで、アレクシスはエライザを寝台の端に座らせた。

ふわりと鼻をくすぐったアレクシスの香りにどきりとして、視線を逸らすと寝台の横のテーブルには毎度お馴染みのピクニックバスケットがあり、そこにはすぐに食べられる果物や日保《ひも》ちするパン、ワインが入っていて、まるで籠城するみたいだな、と思ってぱっと顔が熱くなる。

（籠城……!? そ、そういえばノエル君、蜜月がどうのこうの言ってたもんね。えっとつまり、ずーっと一緒にいるってこと……？）

今更ながらそのことに気づき、エライザは固まる。

一度離れるかと思ったが、アレクシスは屈み込んだまま腰の横に両手を置き、エライザを閉じ込めるように囲い込んだ。上目遣いで揺れる瞳に、エライザが映る。先程とは打って変わった静けさに、急に緊張感が高まってきた。

そろりと上がったアレクシスの指が毛先を梳いて、細い指が肩に触れる。一層雰囲気が甘くなり、エライザの顔にぶわりと熱が集まってくる。

（……あの中庭の続き……？ いや、それは展開が早すぎない……!? せめて眠っていた間の出来事を教えて……いや、単にお喋りでもいい！ とりあえず緊張を解《ほぐ》してから……！）

そう突っ込むものの、切なげにエライザをずっと見つめる熱の籠った瞳のせいで、うまく言葉にすることはできない。

……それに実際のところ、エライザだって本当は嫌でないのだ。

寝起きのせいかまだ都合のいい夢を見ているようで、全てが終わったのだと実感したいし、想いを交わし合いたい。

そして何よりここにいるのだとアレクシスに触れたくて、触れてほしくてどうしようもなかった。

しかしエライザはアレクシスからちゃんと言葉で気持ちを伝えられたことがない。中庭に閉じ込められた時のことは正気ではなかったので、ノーカンである。どうせならちゃんと聞きたいし、一方通行ではないと信じたい。

（我ながら保身がすぎるけど……言葉でも安心したいのよ！）

そうしてアレクシスの言葉を待っていたエライザだったが――しかし、耳に届いたのは、エライザが想像していたような甘い言葉ではなかった。

「エライザ。私と交合すれば、身体も丈夫になり、ちょっとやそっとの傷では死にません」

「は……」

一瞬、沈黙が落ちる。

おそらくエライザの顔も固まっていただろう。

しかしアレクシスはそんなエライザの様子に構わず、淡々と言葉を続けた。

「それに人間が好む財力も知力も地位もあります。顔もいいでしょう？　貴女時々見惚れていますし、……番《つがい》、いえ伴侶にするなら私が一番です」

エライザの反応に納得できなかったのかアレクシスが尚も言葉を重ねようとしたところで、エライザはストップをかけた。

ロマンの欠片もないお誘いの言葉に、前世アラフォーの自分が顔を出したのである。一応「……もしかして口説いてますか？」と尋ねてみれば、アレクシスは不満そうに首を捻った。

「それ以外に聞こえますか？」

「……やり直し！」

「――は!?　ここまで言わせてこれ以上何を！」

　頬を赤く染めて言い返すアレクシスにエライザは、いやいや……と首を振った。若干緊張も緩み、少々膨れっ面で溜息をついてみせる。

「健康にするとか、寿命云々って死なない為だけにするならお断りです。アレクシス様の知力も顔の良さも痛いほど毎日思い知ってますし、見惚れていることも認めましょう！　なので……それ以外のことを教えてくれませんか？　私の知らないアレクシス様の話を貴方の口から聞きたいです」

　エライザの言葉にアレクシスは虚を衝《つ》かれたように黙り込んだ。言葉に迷うように俯き、そしてゆっくり立ち上がり、今度は隣に座った。無造作に足を組み、エライザの反対側、少し斜めに視線を逸らして、ポツリと呟いた。

「……聞いたって面白くありませんよ」

「判断するのは私です」

　そう、実は気になっていたアレクシスの生い立ち。ノエルから中途半端に聞いてしまった罪悪感もあった。聞かない方がいい気もするけれど、どうしてもこの気難しい、ややこしいアレクシスを理解したい。それにロベール伯爵から言われた『化け物』という言葉に怒りを見せたり、自嘲するように自ら口にした時も、痛そうで見ていられなかったから——アレクシスを傷つけない為にも知りたいと思ったのだ。

エライザの視線に逃げられないことを知ったのだろう。アレクシスは深く長い溜息をつくと、重そうな口を開いた。

——そうしてエライザが聞いたのは、強大な魔力を持って生まれた孤独なエルフの男の子の話だった。

(子供って残酷な時、あるもんなぁ……)

頭をよぎったのはミリアの無邪気な笑顔だった。きっとエライザも一生彼女のことを忘れることはできないだろう。

黙り込んでしまったアレクシスに寄り添うように腕に凭れる。膝の上で固く握りしめられていたアレクシスの手を上からそっと握り込めば、ぴくり、と少し動いたものの好きにさせてくれた。

……幼い心は柔らかく繊細だ。大人になっても忘れられないこともある。話から察するにきっとそこから同世代とは関わってこなかったのだろう。庇ってくれたり、化け物なんて酷い言葉を口にした子供を叱ったりする大人はいなかったのだろうかと憤ってしまう。

思わず手に力が入ってしまったらしい。アレクシスはエライザの顔を見ると、ふっと表情を和ませた。

「貴女がそんな顔をしないでください。彼らも幼かっただけで悪気はなかったのでしょう。……むしろ貴女が『化け物』だとか『エルフ』だとか気にならないのなら、どうでもいいことだと分かりましたから」

……アレクシスとそんな会話をしたことがあっただろうかと頭を悩ませたものの、ピンとくるものはなかった。しかしエライザが分からなくてもいいらしく、アレクシスは小さく笑って手の平をひっくり返し、指を絡ませた。

「……だからあんなに小動物が好きなんですね……」

エライザの呟きにアレクシスは顔を上げた。そしてじっとエライザを見つめると、穏やかな表情で首を振った。

「……いいえ、最近気づいたのですが、自分が本当に求めていたのは小動物ではなかったのかもしれません。勿論ちいさきかわゆいものたちは今でも好ましい。しかし本来エルフは動物達に好かれる性質を持っていて、普通ならば何もしなくても自然と側に寄ってきてくれるのです。……私はそういった相手――いつも傍らにいてくれる温かい存在を欲していたように思います」

内緒話をするように小さな声でそう言って、エライザの頭に自分の頭を軽く乗せる。

意外な言葉にエライザが返事をするよりも先に、アレクシスは噛み締めるような声で呟いた。

「貴女は温かい。ずっと側にいてくれたら、私は世界で一番幸福なエルフになるでしょう」

その言葉に胸の奥が熱くなる。

エライザは衝動のままにアレクシスを横から抱きしめた。悲しいのに嬉しい。

泣きそうな顔でぎゅうぎゅうと抱きしめ続けるエライザにアレクシスは噴き出してから、声を立てて笑った後、おもむろに片眼鏡を外した。そして。

「エライザ、ずっと側にいて、私に愛させて、愛してくださいーーこれでいいですか」

そう囁くと、少しだけ身体を離し、エライザの頤を持ち上げた。

潤んだ視界にいるのは、僅かに頬を染めたアレクシス。きっとこんな顔は一生見られるかどうか。

エライザは頷き、気持ちごとアレクシスを受け入れたのだった。


肩をゆっくり押され、そのまま寝台に沈み込む。

追うように覆い被さってきたアレクシスの髪が頬を撫で、つい恥ずかしさも相俟《あいま》って、焦げ茶色の長い髪をひと房摑んでしまう。

「……何を」

「あの、本当の姿でしないのかな、って」

エライザの言葉が意外だったらしい。アレクシスはエライザが摑んだ髪を引き取ると片方に寄せつつ、少し嬉しいような少し怒ったような複雑な顔をして、こつんとエライザの額に自分の額を軽く押しつけた。

「あの姿は理性が利きづらいですし……それに加減ができない危険性があります」

少し恥ずかしそうに聞こえる声に、表情を隠したかったのかもしれないと思った。完璧を目指していそうなアレクシスがこんな風に自分の欠点を口にするのは珍しい。

エライザとしてはどちらもアレクシスなので問題ないが、その選択がエライザの為なのだと思えば、その気遣いが嬉しかった。

エライザは首に腕を回し、アレクシスを引き寄せると小さな声で耳打ちした。

「じゃあ、あの『して』大丈夫になったら……おいおいですね」

アレクシスは俯いて顔に手を当てると、はぁ……と、大きな溜息をつき、エライザを強く抱きしめてきた。

「……貴女はこんな時まで、私を惑わせる」

掠れた囁き声が鼓膜をくすぐり、エライザの身体がピクリと跳ねる。

(むしろそのいつもより低い声に惑わされているのは、私ですが……)

元々聞き心地のいい声だが、こんな場面のせいか今までで一番艶っぽく耳に届く。

(……それにしても思った以上に緊張する……前世で一応彼氏がいた時期もあったんだけど……久しぶりすぎて色々忘れてるし……相手が美人すぎるのも考えものだよね……)

「どうかしましたか？」

黙り込んだエライザにアレクシスが優しく問いかける。

「……アレクシスがあんまり美人なんで、ちょっと気後れしてると言いますか……」

何せずっと眠っていたのだ。多少のことは目を瞑ってほしい。

ぽしょぽしょと言い訳を口にすると、アレクシスは怪訝《けげん》そうに眉を顰めた。

「気後れ……？　口ぶりから美醜や背格好のことでしょうか。今更そんなことを？」

「そ、そんなことじゃないです！」

自分が美人だからってなんて傲慢な！　と、首から手を離し上目遣いに睨めば、アレクシスは呆れながらも優しい顔で、エライザの腰をさらりと撫でた。

「ひゃんっ」

「おや、存外良い声で啼《な》く」

「〜〜っ」

不意打ちに思わず声が出て、アレクシスを再び睨めば「可愛いですね」と、口角が上がった。腰の手をエライザの頭に移動させ、すっかり慣れた手つきで頭を撫でてくる。もはやあの不器用さが懐かしいくらい、優しくて心地いい。

「一般的にエルフは顔の美醜には興味がありません。魂、本質から溢れ出るオーラや色を判断し、惹かれることが多いんです」

「と、いうことは剝き身とは、剝き身な私がお好み、と？」

「……っく……剝き身とは、また面白い言葉を使いますね……っ」

咄嗟に出たのがそれだったのだからしょうがない。しかし、思いのほかツボに刺さったらしく、アレクシスは再びエライザに覆い被さり、抱きしめるように肩を震わせて笑い出した。

そしてエライザ自身がことごとく、いい雰囲気をぶち壊していることに気づいてしまう。

(うう……ついつい、いつもみたいに言い返しちゃうから駄目なのよ。だけど、アレクシスは私が美人じゃなくても大丈夫なんだ……へぇ……)

正直、外見を褒められるのは嬉しい。だけどまだまだ記憶も感覚も色濃い前世の純日本人そのものの自分の外見を忘れたわけではないので、今のこのエライザの姿を百パーセント自分だとは言いきれない後ろめたさは少なからず感じていた。

（でも、本質とか魂って、本当の意味で『私』自身を見てくれているってことよね？）

そう結論づければ、すとんと肩から力が抜けた。じわじわと嬉しさを超えた、抑えきれない感情が込み上げて、そっと身を委ねる。

「……おばあちゃんになっても？」

「無論です。まぁ、交合を何度か繰り……いえ、伴侶になれば老化はゆっくりになりますが、どんな姿になろうともこの想いは変わりません。エルフは人間と違って一途なんです」

途中でじとりと睨めば、すぐに言い直す。やり直し、と言われたのが効いているのかもしれない。

「話をしていると先に進めません。時間は有限です。——エライザ。……口づけしても構いませんか？」

確かにそうだ、とエライザはしっかりと頷いた。近づいてくる端正な顔にやっぱり緊張して瞼を閉じれば、深い森の香りと共に、ゆっくりと唇が重なった。

「ん……」

エライザがアレクシスを正気に戻す為にしたものとは明らかに違う。意外な柔らかさを実感して今更ながら恥ずかしくなる。角度を変え、下唇を柔らかく噛まれ、感触を楽しむように何度か繰り返された後、無防備に開いた口に、舌が入り込んできた。

（なんか、生々しい、な……）

相手が神様のような美形だからか、エルフのイメージだからか、こういった行為は儀式のような淡泊なものになるのかと思っていた。けれどぴちゃぴちゃと舌が絡まる水音も、溢れたそれを啜る音も、ちゃんと音になっていて、現実なのだと思い知る。

「っふ……っ」

呼吸するのもままならなくなって、苦しい息が鼻を抜ける。

それに気づいたのか、アレクシスは一度唇を離し、僅かに汗の浮いたエライザの額にかかった髪を優しく後ろに梳った。耳にも唇を落とした感触に閉じていた目を開けると、明らかに緊張した面持ちのアレクシスと目が合った。

「……キスとか、触るの、ん……上手、です、ね……」

多分彼の普段の発言や今の表情から初めてだとは思う。しかし何となく手馴れている気がして尋ねてみれば、アレクシスは僅かに動揺し「閨事《ねやごと》は初めてなので……極力貴女に負担をかけないよう、書物で勉強しました」と、告白した。なんだかほっとしたような嬉しいような複雑な気持ちと、真面目だなぁ、とアレクシスを可愛く思う気持ちがごちゃ混ぜになって、もうどうすればいいか分からなくなってしまう。

「……脱がします」

僅かに赤みの残る頬もそのままに、アレクシスは律儀にそう断ると、エライザの背中に手を回して上半身を起こした。首元のボタンを器用に外していき、あっというまにドレスは脱がされ、下着一枚になってしまった。

エライザが慌てて胸を隠せば、アレクシスはシーツを引っ張り、自分ごと中に入り込んだ。

二人の息がかかる狭く薄暗い空間。けれど表情は分かる。

「これで恥ずかしくないでしょう？　ああ、明かりも消しましょうか」

そんな提案にエライザはこくこく頷く。これも本で習ったのだとしたら感謝しなければ。魔法を使ったのだろう。——橙色《だいだいいろ》の微かな明かりだけを残して部屋が暗くなると、大きな手が胸に触れ、どきりとする。

「柔らかい……」と、どこか熱っぽく陶然とした声が降ってきて、身体が熱くなる。改めて言葉にされると恥ずかしい。様子を窺うようにふにふにと優しい力で揉まれ、下から持ち上げられたかと思うと、細い指と指の間に先端を挟まれた。突然の甘い刺激に声が出て、ぴくっとアレクシスの手が止まった。

「……痛かったですか？」

一瞬無言になり、エライザはぱっと口を押さえる。しかし、一向に再開する様子のないアレクシスの視線に耐えられず「……いえ」と蚊が鳴くような声で返事をした。何だか嫌な予感がする……が、愛撫《あいぶ》は再開され、反対側の膨らみも同じように触れられた。その後は、淡く色づいた場所ごと先端を口に含まれ、じゅっと強く吸われた。

「っあ……っ！」

そのまま先端を舌で押し込まれるように弄られ、お腹の奥がきゅうっと切なくなる。

抑えきれない声を我慢して口を押さえようとすると、アレクシスの手がそれを止めた。

「それはいけない。まぐわっている間は、ずっと声を聞かせてください。気持ちいいのか嫌なのか、分からなくなりますから」

諭すようにそう言われ、嫌な予感が当たったことに叫びだしたくなる。もしやずっと新しい場所に触れられる度に尋ねられ、じっと観察されてしまうのだろうか。

長く綺麗な親指がエライザの唇をなぞって歯列に当てられる。口を閉じられなくなったおかげで、エライザの声は溢れるばかりだった。

エライザが身を捩るせいで、シーツは既に寝台の端に追いやられてしまったらしい。薄暗い部屋の中でもエライザを見つめるアレクシスの眼差しに熱が籠っているのが分かる。顔を上げた拍子に、微かな吐息が濡れた胸の先端にかかり、身体の奥が痺《しび》れるように疼《うず》いた。

「はぁ……くっ……う、……ンッ」

「胸が気持ち良さそうですね……。こうやって優しく擦られるのと引っ張られるのと、どちらがお好きですか？」

両方試され、刺激の強さと気持ち良さに一層声が高くなり、じわりと視界が緩み、助けを求めるようにアレクシスを見る。そんなエライザの様子が、アレクシスの探究心に火をつけてしまったのか、触れ方を変えてエライザの反応を確かめてきた。その度に背中が反り、お腹の奥の切なさが大きくなってくる。

（む、胸ってこんな、気持ち良かったっけ……ぇ……!?）

「なるほど、押し込まれて、ぐりぐりされるのがお好きですか」

「ひゃあああんっ……やっ、だめっ！　……ああっ」

「良い反応ですね。……とても可愛らしい……逃げないで、私だけの大切な人」

胸を弄くりながら、耳の後ろや首筋に吸いつかれる。ちりっとした感覚にキスマークをつけられているのが分かったものの、その小さな痛みにすら反応してしまう。

そしていつも以上に饒舌なのは勘弁してほしい。何だか変な趣味に目覚めてしまいそうだ。

「……あんまり恥ずかしいこと、言わないで、ください……っ！」

はふはふ息を整えながらそう言えば、アレクシスは小さく肩を竦めて、手の甲でエライザの頬を撫でてきた。しかし覗き込んできたアレクシスの顔はとても楽しそうだ。

「魅力的な貴女に煽られてつい。お喋りしていないと、理性を保つことすら難しいと感じています」

甘く蕩けた声でそう言われ、火が出そうなほど赤くなった頬を隠すように、エライザはシーツを手探りで引き寄せ、横向きになる。

そんなエライザの抵抗にアレクシスはくすりと笑って、背中に口づけた。びりっと甘い痺れが広がり、「んん」とまた声が溢れる。背中を撫でていた手が下へと向かい、どきりとエライザの心臓の鼓動が大きくなる。下着の紐を片方外され、すぅすぅするのは、そこが大変なことになっているからだろう。それを証明するように、アレクシスの長い指先が太腿《ふともも》の間へと滑り込むと、くちゅりと濡れた音がした。びくっとエライザの身体が大きく震える。

「随分と濡れるものなのですね」

「……っそれ以上言うと……口、縫いつけますっ」

羞恥心も許容量を超えたエライザはとうとうシーツを頭から被り、アレクシスから身を捩って距離を取ろうとした。が、最初の位置からかなり移動していたらしく、バランスを崩し寝台から落ちそうになってぎょっとする。しかしそんなエライザをアレクシスは、危なげなくシーツごと抱き止め、悠々と胸に引き寄せた。

（ううう……かっこわる……）

まるでおくるみに包まれた赤ん坊のようだ。本気で泣きたくなってシーツの中で反省する。どうしてロマンチックにならないのか、間違いなく自分が原因である。けれどふっと小さく息を吐き出したアレクシスは、シーツごとエライザの背中を大きな手で撫でると「申し訳ありません」と殊勝な声を出した。

「聞きたいのは確かなんですが、少し……調子に乗りました。いつになく素直で恥ずかしがる貴女があんまり可愛いもので」

おずおずとエライザが頭を出せば、膝の上に乗せられ背後から抱っこされている状態だった。宥めるように大きな手が身体を撫で、皮膚の薄い項《うなじ》に唇が落ち、ぬるりと舌が這う。そのまま耳朶の形を確かめるように唇でなぞられ、穏やかな愛撫に身体からゆっくりと力が抜けていく。

そっと後ろから胸を愛撫され、力の抜けた足の間へと再び入り込んだ指が、少し硬くなった蕾《つぼみ》に優しく触れた。二本の細い指で撫でるように擦られ、自然と切なくなった腰が浮いてしまった。

「可愛い。――もっと足を開いて……私に触れさせてください」

だんだん気持ちよさが大きくなっていき、そんな淫靡《いんび》な命令にも素直に頷いてしまう。

蕾を規則的に撫で擦られ、きゅっと胸の先端も押し込まれる。すると甘い痺れが電流のように腰に走り、つま先までピンと力が籠った。

「っあ、あ、……イッちゃ……ああっ、あっ……！」

閉じた瞼の裏で何かが白く弾ける。まだ少ししか触られてないのに——と、心のどこかで思いながら、エライザはアレクシスに導かれるまま、達してしまったらしい。

「……かわいい」

先程よりも蜂蜜を溶かしたような甘く掠れた声。ぐったりとアレクシスの胸によりかかり、息を整えていると、ぽつりとそんな声が落ちてきた。くるりと身体を返され、気づけばシーツの上に押し倒されていた。

余裕を残していた表情は消え、熱の籠った視線は、焼かれるように熱い。僅かな新緑色が交じり合って、不思議な宝石のようだった。欲に塗れた顔すらも美しいなんて反則だ。

細く、けれど男らしい大きな手のひらが愛しげに頬を撫でる。

「……エライザ。貴女はこの世界で一番可愛いです。罪深いほどに愛らしい。……もう一度、私に可愛い顔を見せてください」

低く甘い声に抵抗する力さえ奪われ、大きく開かされた足の間に再び指が侵入し、今度は蕾のその奥を探られた。先程の絶頂で一層吐き出された蜜を纏った指が、僅かに泥濘《でいねい》に沈む。二本の指が入り口を丁寧に、まるでマッサージするように解していく。それがまた気持ち良くて、エライザは触れられるまま、喘ぐことしかできなかった。そのせいでアレクシスが徐々に下に向かっていたことに気づいたのは、すっかり剝き出しになった蕾をねっとりと舐められた瞬間だった。

「っひや、あっ……だめ、汚い……！」

「貴女に汚いところなんてありませんよ。……なるほど、こうなってるのですね……」

「そ、……そういうの、言わないでって、言った……ぁっ！」

真っ赤になった顔で非難すると、アレクシスはぺろりと薄い唇を舐めて、小さく首を傾けた。

「おや、すみません。うっかり」

きっと反省はしていない。好奇心が勝ったのか、今度こそじゅっと音を立てて吸いつかれ、本格的な責めが始まる。非難の声は喘ぎ声に変わり、エライザにできることは、さらさらの髪をかき回すことくらいだった。

その間に中も解されていき、何度目かの絶頂を迎えたところで、アレクシスがらしくなく乱暴に服を脱いだ。

何度も短時間で上り詰めてぼんやりした視界の中で、暗闇に光る白く美しい彫刻のような身体に見入る。華奢なイメージがあったが着痩せするタイプらしい。ごくり、と喉を鳴らしたのはエライザだったのかアレクシスだったのか分からない。抱えられた足の間に、ぐっと腰を押しつけられ、ぬちゃ、と淫靡な音がして、お互い甘い吐息を零す。

とうとう、と思ったのと同時に、きゅうっと入り口が反応するのが分かった。溢れ出た愛液もひくつく入り口も蠢《うごめ》いて、一つになるのを待っている。アレクシスの息も荒く、流れた汗がエライザの胸の谷間に落ちた。はぁ、と息を漏らしたアレクシスの眉間に皺が寄る。一方的に奉仕してきたようなものだから、きっと辛いのだろう。

「――ゆっくり、入れますね」

それでも最後までエライザに気遣い、ゆっくり、ゆっくりと腰を進めてくる。むしろこちらが焦れてしまうほど慎重だった。しかし中ほどまで進んだところで圧迫感がきつくなり、思わず息を詰めると、アレクシスはすぐに止まった。

「やっぱり痛いんですね」

エライザの顔を見てそう確認したアレクシスは、汗の浮いたエライザの額にちゅっと口づけ、反応が大きかった蕾に親指を置き、捏《こ》ね回すように弄り始める。先程までの愛撫ですっかり慣れた蕾はすぐに快感を拾い上げた。エライザの身体から力が抜け、慰めるような口づけに、引き攣るような痛みも薄くなり、じわりと痺れるような快感が押し寄せてきた。

「……痛みを抑える魔法をかけました。他の感覚も薄くなりますが、不安に思わないでください」

瞳に熱は残したものの、不安げな声を出したアレクシスに、エライザは首に手を回した。耳元で「痛くてもいいですよ」と囁く。

本来なら破瓜《はか》が痛いのは当然だし、ここまで大事にされて嬉しくないわけがない。少しくらいの痛みなら大丈夫――と、続ければ、アレクシスは心の底から困った顔をした。そしてエライザの腰を強く摑み直すと同時に、ずんっと下腹部に重い衝撃が走った。

「っぅああ、っ……！」

痛みはないが、さすがに衝撃が大きい。

「……キツイ……申し訳ありません……痛い、ですか？」

アレクシスの方が苦しそうな顔をしてそう尋ねてくる。ふる、と首を振れば、アレクシスは愛おしそうにエライザの頭を撫でて、想いが溢れたように顔中に口づけを降らせた。魔法のおかげで痛みはなく、そのくすぐったさに思わず笑ってしまう。そしてアレクシスの艶《あで》やかな顔をじっくりと眺められることに感謝した。

「徐々に魔法を解除していきます、ね」

何度か馴染ませるように腰を動かし、アレクシスはそう説明する。違和感はあるが痛みは本当にない。試しに動いてみれば「……ん」とアレクシスの口から甘い声が漏れた。

自分でも思いがけなかったのだろう。ほんのり頬を染めたアレクシスにじとりと睨まれて、エライザはひゃっと首を竦めた。そんなエライザに不遜《ふそん》な笑みを浮かべたアレクシスは、一度ゆっくりと腰を引いて、ぎりぎりのところで止めた。

「……いたずらしていると後が酷いですよ」

上気した頬は艶っぽく、感覚は薄くなっている筈なのに、中がきゅんと反応してしまう。

「……っまた」とアレクシスは声を上げて叱ろうとしたものの、ぎゅっと目を閉じ、緩く腰を動かし始めた。

「ああ、なるほど……は……ぁ、これは……っ人間が、身を崩してもっ……耽《ふけ》る理由が分かります」

ぐ、ぐっと中を押し広げるように腰を回され、甘い痺れが背筋を伝う。アレクシスの魔法が解けていっているのだろうが、まだ痛みよりも一つになった幸福感と快感の方が勝っていた。

その上、先程から的確に責められているのは、アレクシスが指で中を探る途中で見つけた、エライザの良いところばかりで、快感に頭の中が溶けていくような感覚に肌が粟立つ。怖くなって手を伸ばせば、アレクシスが迎えるように手を摑んでくれた。

「アレクシス、……ん、気持ち、いい……」

「……それは良かった。……大丈夫ですよ。破瓜はもう済みましたから、浅いところからゆっくり慣らしていきましょう。……先程、指で撫でて可愛い声を上げていたところを全部突いてあげますから」

蕩けるような熱い視線に晒され、そんな言葉にすら応えるように、エライザの中がきゅうっと収縮してアレクシス自身を締めつける。再び息を詰め、今度は大きく溜息をついたアレクシスは、指ですっかり尖りきった蕾を押し潰すように捏ね始めた。同じリズムで気持ち良いところを突かれ、甘い声がひっきりなしに上がる。もう抑える理性は残っていなかった。

ばちゅ、ぱちゅっと水音が上がり、中途半端に絡まったシーツにしぶきが飛ぶ。

それをすっかり取り払うと、アレクシスは陶然とした表情でエライザの薄い腹を撫で、ぐっと手のひらで押した。

「っああ……っ」

「形が分かるくらい……慣れましたね。中も腫れて吸いついて離さない」

「あっ……ああっ、も、だめ……」

限界が近づき、一瞬頭が真っ白になる。同時に中もきつくしまったらしく、アレクシスは今までより少し乱暴に腰を打ちつけ始めた。彼の限界もすぐそこなのだろう。きつく眉を寄せたかと思うと、「……っく」と、いう甘い声と共に、身体の一番奥で熱いものが弾けた。その刺激にもまた反応してしまう。甘い声はもう嗄《か》れ果て、喉まで痛い。けれど。

「……エライザ、……愛して、います」

私も、と応えた声は音にならなかったが、アレクシスには聞こえたらしい。ぐっと息を詰め、縋るように強く抱きしめたのだった。

*

——それから一年。

新国王即位後の最初の祝い事として、神官長と目覚めた元聖女との結婚式が執り行われることとなり、人々は不運ながらも数々の奇跡を起こした元聖女と、そんな彼女を治療し、悪党から救い出した神官長とのラブロマンスに沸いた。人々に盛大に祝福され、結婚式当日は国内外問わず二人の結婚式を一目見ようと観光客が集まり、王都全体が大きな祭りのような賑わいとなった。

そして会場となる礼拝堂は参列者でごった返し、見知った顔は最前列でそれぞれ仏頂面だったり、笑顔だったり感動の涙を浮かべたりと、思い思いの表情を浮かべている。椅子に座りきれなかった者達も、ステンドグラスの向こうから顔を覗かせて、今日の主役達を待っていた。

そんな中肝心の二人といえば——。

「全く——神官長を辞任すると言った途端、カミロ王がセディーム辺境伯と一緒になって大々的に私達の結婚式を国事として執り行って逃げられないように外堀を埋めてくるなんて……おかげで後数年は辞められなくなってしまいました」

今回、控え室となった祈りの間で、苦い顔でそう呟いたのはアレクシスだった。

結婚式だというのに本人の意向で、いつもと変わらぬフード付きの神官服を身に着けており平常通りだ。結婚式ならせめてフードは取った方がいいのでは、とカミロ王が苦言を呈したがアレクシスの美貌を見ると、妙に納得して主張を引っ込めた。

(……いやぁ多分、花嫁が主役の座を奪われることになると思ってくれたんだよねぇ)

おそらく花嫁が入場しても大多数の参列者の視線はアレクシスの美貌に釘付《くぎづ》けになってしまうだろう。苦笑いをしつつ、純白のウエディングドレスを身に着けたエライザはアレクシスを見上げた。

ちなみに支度や着付けはマリアンヌと彼女のメイド達によるものである。まだ薄暗い早朝からやってきて、頭の先からつま先までそれはもう丁寧に磨き上げて、着付けしてくれたことには感謝しかない。

「まぁまぁ、神殿を出たら結婚式を挙げようって話してましたし。……ちょっと大規模すぎて緊張はしますけど、私は嬉しいですよ」

数回しか会ったことはないが、今王カミロはなかなかのやり手であることは分かる。よほど有能で気心の知れたアレクシスを要職から外したくなかったのだろう。

そう、エライザだって王命からのここ数カ月の怒濤の展開に驚いたものの、ここまでお膳立てされてしまえば、いっそ流されるのもアリかもしれない、と諦めの境地に達した。ちなみに目覚めてから偽の聖女を演じることにやっぱり罪悪感も覚えたけれど、ノエルの口から「あんな恐ろしい騒ぎを起こしたミリア様が聖女なら、エライザ様は神様にだってなれますよ」と、青筋の浮いた見たことのない笑顔で言われ、すとんと肩から力が抜けた。まぁ確かに、と思わないでもない、と自分のできることを頑張ることにしたのだ。

エライザは改めて、先程からずっと文句を言っているアレクシスの袖を摑む。

……おそらく彼には彼のちゃんとした結婚式の計画があったのだろう。ただこれだけは譲れない、とエルフの里から妖精が織ったという純白の布を取り寄せ、神官長業で多忙だというのに、エライザの為に一からデザインして自らドレスを作ったことには驚きを隠せなかった。またそれがエライザの好みをふんだんに取り入れ、かつ乙女心をときめかせる素敵なドレスで、一目で気に入ったのが少し悔しいほどだったのである。

エライザの呼びかけにアレクシスの眉間の皺が解かれ、瞳が柔らかく愛おしげに細まる。エライザの頰を優しく撫でたアレクシスは、腰を屈めて額にちゅっと軽い口づけを落とした。

「……貴女のその姿を見られたことだけが幸いです。本当によく似合います。私のちいさきかわゆい愛おしい人」

艶やかな甘い声に耳元で囁かれ、エライザの顔が熱くなる。アレクシスと恋人同士になってから一年、しかも今日は結婚式も挙げるというのに、この甘さにまだ慣れない自分に呆れてしまう。

「アレクシス様！　エライザ様！　そろそろ入場のお時間ですよ！」

ノックの音と共にノエルが顔を出し催促されて慌てて離れる。けれど一段と晴れやかな笑顔をしている彼にエライザも自然と口角を上げた。

アレクシスもいい雰囲気だったのに邪魔されたことに一瞬ムッとした顔を見せたものの、エライザに向かって腕を差し出す。

「では行きましょうか。エライザ」

エライザはベールを揺らして立ち上がる。その端が何かに引っかかった気がして振り向けば、今はもう空っぽの『再生の棺』があった。

そっと引っ張ればするりと解けていく。思えばこの『再生の棺』のおかげで今があるのだと気づき、エライザはレースの手袋のまま、棺の表面をさらりと撫でた。いまだに馴染む感触は、エライザを祝福するようにどこか温かい。

「どうかしましたか?」

「いえ、行きましょう」

足を止め、少し心配そうに尋ねたアレクシスに、エライザは笑顔でその手を取ると、みんなが待つ礼拝堂へと向かったのだった。

Kunoe Kazami
風見くのえ
Illustration
中條由良
訳ありモブ侍女は退職希望なのに次期大公様に目をつけられてしまいました
フェアリーキス
NOW ON SALE
身バレ防止のために
偽の恋人同士に！?
王太子妃付きの侍女マリーベルは、実は前国王の隠し子。おまけに、王太子に与えられていると国中が信じる『神の恩寵』の真の所持者という大きすぎる秘密を持っていた。なんとかバレる前に退職したかったのに、ある日『神の恩寵』の力が発動した場面を王太子の右腕である小大公アルフォンに目撃されて絶体絶命！……のはずが、マリーベルの秘密を守るべく、なんと二人で偽の恋人同士を演じることに。あれ？ これって本当にお芝居ですよね……？
フェアリーキス
ピュア
fairy kiss

人でなし神官長と棺の中の悪役令嬢

著者　日向そら

2024年6月5日　初版発行

発行人　藤居幸嗣

発行所　株式会社Ｊパブリッシング
〒102-0073　東京都千代田区九段北3-2-5 5F
TEL 03-3288-7907　FAX 03-3288-7880

製版所　株式会社サンシン企画

印刷所　中央精版印刷株式会社

ISBN:978-4-86669-674-4
Printed in JAPAN